KB159135

지은이
미쓰다 신조 三津田信三

일본 나라현에서 태어났다. 대학에서 국문학을 전공하고, 졸업한 뒤에는 출판사에 들어가 호러와 미스터리에 관련된 다양한 기획을 진행했다. 1994년 단편소설을 발표하면서 작가의 길을 걷기 시작했다. 2001년에는 첫 장편소설《기관, 호러작가가 사는 집》을 출간하며 미스터리 작가로서 널리 이름을 알렸다.

데뷔 초부터 미스터리와 호러의 절묘한 융합, 특히 본격추리에 토속적인 괴담을 덧씌운 독자적인 작품세계를 구축하며 자신만의 독특한 작품들을 선보여왔다. 특유의 문체와 세계관, 개성적인 인물들, 미스터리로서의 높은 완성도가 평단과 독자 양쪽의 호평을 이끌어냈다.

2010년《미즈치처럼 가라앉는 것》으로 제10회 본격 미스터리 대상을 수상했으며, 지금은 '미쓰다 월드'라 불리는 작가의 마니아층이 형성될 정도로 명실상부 일본 본격 미스터리를 대표하는 작가로 자리 잡았다.

미쓰다 신조 본인이 등장하는 '작가 시리즈'를 비롯해 '사상학 탐정 시리즈', '도조 겐야 시리즈', '집 시리즈' 등 다수의 시리즈 작품을 발표했으며,《일곱 명의 술래잡기》《노조키메》《괴담의 집》《괴담의 테이프》《흉가》《화가》《마가》등 지금까지 출간한 소설만 수십 권에 이를 정도로 왕성한 활동을 펼치고 있다.

우중괴담

AMAYADORI

© Shinzo Mitsuda 2020

First published in Japan in 2020 by KADOKAWA CORPORATION, Tokyo.

Korean translation rights arranged with KADOKAWA CORPORATION, Tokyo

through Shinwon Agency Co., Seoul.

이 책의 한국어판 저작권은 신원 에이전시를 통한 저작권자와의 독점 계약으로
㈜더난콘텐츠그룹에 있습니다. 저작권법에 의해 한국 내에서 보호를 받는 저작물이므로
무단 전재와 복제를 금합니다.

우중괴담

미쓰다 신조 소설

현정수 옮김

북로드

일러두기

각주는 모두 옮긴이 주다.

목차

은거의 집

집

お籠りの家

어릴 때부터 건물에 흥미가 있었다. 가까이에 존재하는 건축물이 아니라, 텔레비전에서 본 서양 영화에 등장하는 고성이나 성관城館에 대해 뭐라 말할 수 없는 동경의 마음을 품고 있었다. 다만 그 대다수가 영화용 세트였다고 생각되므로, 나는 실존하지 않는 건물에 매료되어 있었다는 이야기가 된다.

이윽고 해외 미스터리에 눈을 뜬 뒤로는, 작품 서두나 작중 건물의 평면도 또는 사건이 일어난 현장의 견취도에 몹시 가슴이 설렜다. 그것이 평면도 아니라 입체도였을 경우에는—예를 들면 S.S. 밴 다인의《비숍 살인 사건》이나 존 딕슨 카의 《유다의 창》, 나가이 히데오의 《허무에의 공물》 등—그런 경우가 드문 만큼 뛸 듯이 기뻐했다. 중학생 무렵에 창작 흉내를 시작했을 때도, 우선은 희희낙락하며 무대가 되는 건물이나 살인 현장의 도면을 그렸다.

그래서 대학은 건축학과에 진학했느냐 하면, 그렇지는 않다. 현실의 건물에는 이상하게도 흥미를 느낄 수 없었다. 어디까지나 이야기 속에 등장하는 집에, 이야기의 무대로 설정된 장소로서의 건물에, 아무래도 나는 홀려버렸던 모양이다.

편집자 시절, 건축 분야 도서의 기획을 담당했던 적이 있다. 그때 알게 된 건축사에게서 "보통 그렇게까지 건축물을 좋아하면 그다음에는 설계나 구조, 혹은 건축사建築史 등에 관심을 가지는 법인데, 당신의 경우에는 들어맞지 않네요"라며 의아하게 여기는 말을 들었다. 나의 기호가 사실은 어디쯤에 있는가, 그것을 예리하게 찌르는 지적이었다고 생각한다.

현실의 건물에 흥미를 느끼지 않았다고 적었지만, 건물의 평면도가 되면 이야기가 달라진다. 마냥 바라보고 있어도 질리지 않는다. 그 그림이 일러스트풍이었을 경우는 말할 것도 없다.

현관문을 열어 신발 벗는 곳에 발을 들이고, 현관 마루를 올라 복도에 선다. 거실을 지나 다시 복도로 나와서, 응접실을 지나 안방으로…… 라는 식으로 도면상의 실내 산책이 시작된다. 그와 동시에, 그 집에서 무슨 일이 일어났는가…… 라는 이야기가 머릿속에서 움직이기 시작한다.

그러나 뇌리에 떠오르는 일이나 사건에 구체성은 거의 없다. 내게는 집필하는 도중이 아니면 이야기를 만들어낼 수 없다는 성가신 특징이 있기 때문에, 집의 평면도를 보는 것만으로는 그저 막연한 뭔가가 떠오르는 정도다. 그 망상이 한 편의 소설이 될지 어떨지는, 실제로 쓰기 시작하고 한동안 집필을 계속해보지 않으면 알 수 없다.

그렇다고 해도 돌이켜보면, 처음으로 원고료를 받은 단편이 〈안개의 관〉이고 장편 데뷔작은 《호러작가가 사는 집》(문고판으로 내며 《기관, 호러작가가 사는 집》으로 개제改題), 청탁을 받고 쓴 첫 단편이 〈내려다보는 집〉이니 그야말로 '집'으로 점철되어 있다. 그밖에도 《화가》, 《흉가》, 《재원》, 《마가》로 이어지는 '집 시리즈'나 《괴담의 집》, 《일부러 흉한 집을 세우고 산다》 같은 '유령 주택 시리즈'가 있으니, 내가 보기에도 용케 질리지 않는다며 조금은 감탄이 나올 정도다.

이러한 집 이야기와는 관계없지만, 나는 소설이 아닌 '실화 괴담'도 좋아한다. 이른바 '실제로 있었다고 하는 무서운 체험담'말이다. 사실 내 작품의 경우 취재로 얻은 실화 계열 이야기를 기초로 한 사례가 많다. 특히 괴기 계열 단편은 대부분이 그렇다고 말할 수 있다. 들은 그대로 쓰면 다양한 문제가 생기기 때문에 이야기를 대폭 조정하는 경우도 있지만, 핵심이 되는 체험은 가능한 한 바꾸지 않는다. 요컨대 '핵심' 부분이다.

여기까지 적으면 독자분들도 아실 거라 생각하지만, 그렇기에 나는 '집에 관련된 괴담'에는 사족을 못 쓴다. 어디에나 있는 민가나 집합주택의 방에서 발생하는 '괴이怪異'는 그곳이 일반적인 장소이기에 무서운 것인데, 개인적으로는 역시 '그 집'이 무대이기에 일어났다고 생각되는 괴이 쪽이 역시 재미있게 느껴진다. 어쩌면 이것은 작가의 본성인지도 모른다. 자기도 모르게 '소재가 될 것 같다'라고 생각하기 때문일 것이다.

이제부터 소개할 '어느 남자의 유소년기 체험담'이 그야말로 딱 그런 이야기에 해당한다. 아니, 틀림없이 그럴 것이라고 생각하지만…….

어째서 말끝을 흐리는가 하면, 확실히 알 수 없기 때문이다. 체험담에 등장하는 '집'이 특별한 장소라는 점은 거의 확실하다. 그렇지만 그 문제의 집이 무엇인가, 어떠한 기능을 갖추고 있었는가, 어째서 그 사람이 한때 그곳에서 지낼 필요가 있었는가, 라는 당연히 떠오르는 의문에 대해서는 아무런 대답을 할 수 없다. 체험자 본인에게도 모든 일이 수수께끼인 상태다.

그 집에 관해서 말할 수 있는 것은, 특수한 집 구조로 보아 중요 문화재급 건축물이 아니었을까 하는 점 정도밖에 없다. 다만 이 또한 체험자가 성장한 뒤에 자신의 기억을 돌이키며 독학으로 건축 공부를 해 추리한 것에 지나지 않는다. 따라서 근간이 되는 끔찍한 체험의 기억이 잘못된 것이었을 경우에는 이 고찰 자체가 크게 흔들리고 만다.

실제로 그 사람의 이야기에는 애매한 부분이 많이 있었다. 어릴 적의 기억이기 때문에 어쩔 수 없기야 하겠지만, 한편으로는 선명하게 기억하는 상황도 있는 등 차이가 극심했다. 그럼에도 불구하고 내가 커다란 관심을 가진 것은, '집'에 관련된 그의 기억이 확실했기 때문이다. 그리고 무엇보다, 나는 그 사람을 찾아온 괴이에 매료되어버렸는지도 모른다.

이 체험자가 누구이며, 어디에서 나와 만나고, 어째서 내가 이야기를 들을 수 있었는가. 이에 대한 정보 일체는 유감스럽게도 본인이 밝히기를 바라지 않으므로 말할 수 없다. 여기에 적을 수 있는 것은 상대가 나와 같은 간사이 지방 출신인 것, 그리고 나보다 최소한 열 살 이상 많다는 것, 이 두 가지 정도다. 다만 나이의 추측에 대해서는, 당시의 내 나이를 독자가 모르기에 거의 의미가 없다. 너무 불친절한지도 모르겠지만, 이하에 재현하는 그 사람의 이야기를 읽는 동안 연대를 어느 정도 추측할 수 있을 것이라 생각하므로 부디 너그럽게 넘어가주었으면 한다.

저는 당신이 좋아할 만한, 그런 일을 겪었습니다. 괜찮으시다면 제 이야기를 들어주셨으면 합니다. 전문가의 의견을 꼭 좀 듣고 싶어서요.

아뇨, 아뇨. 겸손해하실 필요는 없습니다. 그런 소설을 쓰고 계시니 이미 번듯한 전문가 아니시겠습니까.

조금 다르다고요? 죄송합니다. 문외한이 쓸데없는 이야기를 했군요.

네, 저도 간사이 지방 출신입니다만 그쪽에 살았던 것은 초등학교 1학년 2학기까지였습니다. 그해 겨울방학에 도쿄 쪽으로 이사를 왔고, 그 뒤로는 계속 이 지역에서 살았습니다. 그래서 간사이 사투리는 완전히 잊어버렸죠. 억지로 말하려고 해봤자 어색한 가짜 간사이 사투리가 되어버립니다.

제가 도쿄로 이사를 하기 얼마 전이었습니다. 학교에는 별문제 없이 다니고 있었습니다만, 그때 학교를 쉬었는지 어땠는지……. 생일을 맞이하기 직전이었으니 계절은 가을이었겠군요. 덥지도 않고 춥지도 않았다는 기분이 듭니다. 다만 그 집이 어디에 있었는가는 아무리 생각해도 기억이 나지 않습니다. 따뜻하지도 시원하지도 않았으니 극단적으로 북쪽이거나 남쪽은 아니었겠지요.

또렷하게 기억하고 있는 것은, 어머니가 입혀준 깔끔한 외출복 차림으로 아버지를 따라 전철에 탔다는 것입니다. 저는 어릴 때부터 삼반규관이 약해서 쉽게 멀미를 했습니다. 그 당시에는 전철 같은 건 거의 타지 않았습니다만, 가끔 어머니와 함께 탔을 때는 금방 속이 메슥거려 포기했을 정도입니다.

그런데 이상하게도 멀미를 하지 않았습니다. 지금 와서 생각하면 아마 아버지와 함께였기 때문이겠지요. 제가 멀미를 하면 어머니는 걱정했지만, 아버지는 그렇지 않았습니다. 아뇨, 그때까지 아버지와 전철을 타본 기억이 없으니 알 수 없는 노릇이긴 합니다만 틀림없이 버럭 화를 내셨을 겁니다. 그런 상황을 어린 나이로도 충분히 예상할 수 있었던 만큼, 저는 몹시 긴장했었을 게 틀림없습니다. 그래서 멀미를 느낄 여유조차 없었던 거라고 생각합니다.

그렇다고 해도 아직 어린애였으니까요. 옆에 앉아 있는 아버지에 대해 두려운 감정을 품으면서도, 외출용 옷을 갑갑하고 불편하게 느끼면서도, 어느샌가 저는 잠이 들었습니다. 결코 쾌적한 상태가 아니었는데도 아주 곤히 잠들어 버렸습니다.

몇 번인가 열차를 갈아탔습니다만, 그것이 어느 역이고 어디로 가는 전철이었는지는 조금도 기억하지 못합니다. 기억에 남아 있는 것은 몇 번째인가의 환승 때에 플랫폼의 벤치에 앉아 있었던 것, 그런 나를 근처에 있던 아주머니가 빤히 쳐다보고 있었던 것, 아버지가 매점에 가서 캐러멜을 사 가지고 왔던 것 정도입니다. 게다가 캐러멜을 낱개가 아니라 한 갑을 통째로 사 와서 깜짝 놀랐습니다.

제게는 누나 둘에 여동생이 한 명 있습니다. 당시에는 아이 한 명 한 명에게 과자를 따로 사주는 부모는 없었습니다. 하물며 아버지가 과자나 장난감을 사다 준 기억은 철이 든 이후로 한 번도 없었으니, 정말 놀랄 일이었지요. 과장이 아니라, 기쁨보다는 경악에 가까운 감정을 느낄 정도였습니다.

그 때문인지 어느 낯선 아주머니의, 평소 같으면 아주 강한 인상을 남겼을 언동이 기억 속에서 깔끔하게 날아가 버렸습니다. 아버지가 캐러멜을 사주지 않았더라면, 어쩌면 그 집에서의 행동에도 조금 더 주의하지 않았을까요. 그랬다면 그런 무서운 일을 당하지 않을 수 있었을지도…….

아버지가 벤치를 벗어나 매점으로 향하자, 그때를 노리기라도 한 것처럼 아주머니가 쓱 다가오더니 말했습니다.

"네가 지금 가고 있는 곳 말이야. 아줌마는 거기가 무서운 곳이라는 걸 알 수 있단다. 하지만 말이지, 그렇다고 가지 않으면 훨씬 흉측한 뭔가가 너한테 일어날 거라는 기분도 드는구나."

그 아주머니는 흘끗흘끗 매점 앞에 있는 아버지를 훔쳐보면서 말을 이었습니다.

"그러니까 아줌마는, 너한테 가라고도 가지 말라고도, 뭐라 말할 수가 없구나. 이해해주렴."

그러더니 아주머니는 갑자기 몸을 뒤로 획 돌렸습니다. 매점 쪽을 보니 아버지가 이쪽으로 돌아오고 있었습니다.

"알겠니? 정신 바짝 차려야 한단다."

아주머니는 등을 돌린 채로 이야기하더니, 재빨리 벤치에서 멀어져갔습니다.

그 아주머니 말입니까? 아뇨, 평범한 여성이었다고 생각합니다. 당시에는 특별할 것 없는 기모노 차림이었는데, 그렇다고 제대로 차려입고 외출하는 모습은 아니었고 그냥 조금 친한 아는 사람 집에 다녀올 때의 차림새 느낌이었죠. 나이는 40대 중후반쯤이었을까요.

네, 그야말로 스쳐 지나가는 사람이었습니다. 이상한 구석은 조금도 없는, 지극히 평범한 아주머니였죠. 그런 사람이 어째서…… 라고, 제가 조금 더 나이가 많았더라면 이런저런 생각을 했을지도 모릅니다. 하지만 그때의 저에게는 무리였습니다. 게다가 캐러멜 한 갑을 통째로 받은 충격에, 그 미심쩍은 상황도 머릿속에서 깨끗하게 지워져 버렸던 거죠.

갈아탄 전철 안에서 주먹밥과 삶은 달걀로 점심을 먹었습니다. 물통에 든 물을 마시고 입안에 넣은 캐러멜의 달콤함을 지금도 잘 기억하고 있습니다. 그날 하루 중에 유일하게 즐겁다고 생각했던 순간이었습니다.

조금 있다가 또 캐러멜을 먹자…… 라는 생각을 하며 앉아 있다가, 저는 다시 잠이 들었습니다.

아버지가 깨워서 일어난 저는 전철에서 내려와 플랫폼에 선 직후, 드디어 목적지에 도착했음을 깨달았습니다. 주위 일대에 논밭이 펼쳐져 있고 그 사이로 민가가 드문드문 보이는, 그런 한적한 풍경이 눈에 들어왔기 때문입니다. 여기서 다시 열차를 갈아타는 일은 있을 수 없다고, 어린 나이라도 잘 알 수 있었습니다.

그 추측은 절반만 맞았습니다. 이렇게 말하는 것은 작은 역사를 나온 뒤에 아버지의 뒤를 따라 마냥 걷게 되었기 때문입니다. 나아가는 길 앞으로 민가가 나타날 때마다 '저곳이 목적지인가?' 하고 생각했습니다만, 아버지는 계속 지나쳐 갔습니다. 그런 일이 몇 번인가 반복되자 부끄럽게도 저는 끝내 울음을 터뜨리고 말았습니다. 어린아이라고는 해도, 아니 어린아이기 때문에 '저곳까지 걸어간다'라는 마음의 준비가 역시나 필요했던 거라고 생각합니다.

아버지에게는 몹시 혼이 났습니다. 만약 어머니였다면 저를 업고 걸었을지도 모릅니다. 하지만 아버지는 그렇게 어리광을 받아주는 것을 싫어하는 분이었거든요. 하지만 그때 제 발걸음은 눈에 띄게 느려져 있었습니다. 야단맞는 것이 무서워서 필사적으로 따라가기는 했지만, 계속 훌쩍거리며 걷다 보니 좀처럼 속도가 나지 않았던 것입니다.

난처해진 아버지는 마침 옆을 지나던 마차를 불러 세워서 아이만이라도 태워달라고 부탁한 모양입니다만……

도시에서는 더 이상 마차를 볼 수 없을 무렵이었지만, 시골에서는 아직도 흔하게 사용되고 있었나 봅니다. 그리고 예나 지금이나, 가는 방향이 같은 사람을 태워주는 것도 그리 드문 일은 아니었다고 생각합니다. 하물며 상대는 아무래도 도시에서 온 듯 보이는 옷차림의 아이인 데다,

훌쩍거리며 울고 있기까지 했으니까요. 마부 노인도 웃으면서 흔쾌히 허락해줄 것처럼 보였습니다.

그런데 아버지가 행선지를 말하자마자 갑자기 난색을 표하는 것이었습니다. 다만 그 눈치가 조금 이상했습니다. 느닷없이 거절하는 듯하면서도 완전히 거절하지는 못하더군요. 그곳까지 가고 싶지 않다는 마음이 강하긴 한데, 한편으론 자신이 도와주지 않으면 우리가 난처해질 거라며 걱정하고 있다…… 그런 느낌이었다고나 할까요.

꽤 오랜 시간 동안 아버지와 노인은 이야기를 나누었습니다. 아버지가 열 마디를 해도 노인은 한 마디 정도밖에 대답하지 않기는 했습니다만, 그 자리에서 대화가 이루어지고 있는 것은 분명했습니다.

결국 저는 마차를 탈 수 있었습니다. 마차의 뒤를 따라 걷는 아버지가 화나 있다는 것을 알 수 있었기에, 저는 눈을 마주치지 않으려고 그저 고개를 푹 숙이고 있었습니다.

마차가 저를 내려준 곳은 조금 높직한 산기슭에서였습니다. 감사의 말을 하는 아버지에게 노인은 무뚝뚝하게 고개를 끄덕이고는 저를 잠시 바라보았습니다. 무언가 말하고 싶어 하는 얼굴이었습니다만, 이내 가볍게 고개를 젓더니 그대로 떠나가버렸습니다.

지금이라면, 환승역 플랫폼에서 말을 걸어온 그 아주머

니와 이 마부 노인의 의미 있는 듯한 시선과 표정이 묘하게 무겁다는 것을 느꼈을지도 모릅니다. 하지만 당시의 저는 유감스럽게도 그렇지 못했습니다.

설마 눈앞의 작은 산을…….

이제부터 오르게 되는 건 아니겠지, 라는 걱정밖에 머릿속에 없었지요. 이 산기슭까지 나를 태워다 주는 것으로 아버지와 노인은 타협한 게 아닐까, 하고 어린 마음에 생각했던 것입니다.

아무 말도 없이 아버지가 언덕길을 오르기 시작하자, 불행히도 제 추측이 옳았다는 게 증명되었습니다. 다시는 울지 않겠다며 비장하게 결의하면서 아버지의 뒤를 따라갈 수밖에 없었습니다.

지금 생각해보면 그렇게 높지 않은 작은 산이었다는 기분도 듭니다만, 당시의 저에게는 눈앞에 우뚝 솟은 높은 산으로만 느껴졌습니다. 구불구불 이어지는 언덕길은 언제까지나 마냥 이어지고 있었습니다. 그 양쪽으로 우거진 수풀은 앞으로 나아갈수록 점점 울창해져서, 언덕길에 드리워지는 그림자를 더욱 짙게 만들고 있었습니다. 앞에 걸어가는 사람이 아버지였기에, 옛날이야기에 나오는 '할머니 버리는 산'과 같은 '아이 버리는 산'이 아닐까 하고 문득 의심하게 될 정도였습니다.

오르기 시작했을 때의 결의도 헛되어, 언젠가부터 저는 다시 울고 있었습니다. 하지만 아버지에게 들키지 않도록 필사적으로 목소리를 억눌렀습니다. 자칫 흘러나오려 하는 오열을 어떻게든 억누르느라 필사적이었습니다. 결과적으로는 그 일에 정신을 집중한 것이 주효해서, 더 이상 걸을 수 없다며 주저앉기 전에 저는 그 작은 산의 꼭대기인 듯한 장소에 다다를 수 있었습니다.

그곳에는 밭이 펼쳐져 있고, 그 너머로 한 채의 집이 보였습니다. 일본식 단독주택이었지만 아주 커다란 집이었습니다. 하지만 도시에서는 결코 찾아볼 수 없는, 정말 시골에밖에 없을 듯한 집이었습니다.

이상했던 건, 그 집 주위를 빙 둘러싸듯 가느다란 대나무 봉이 수없이 꽂혀 있었다는 것입니다. 대나무와 대나무 사이에는 새끼줄이 걸려 있고, 그 새끼줄의 요소요소에 나뭇가지가 묶여 있었습니다. 일종의 울타리였을까요? 어린아이라도 그것이 평범한 울타리와는 다르다는 것을 알 수 있을 정도로 특이한 모습이었습니다.

지금 생각하기에 그것들은 호랑가시나무나 남천촉의 가지였던 것 같습니다. 그 밖에도 다른 종류의 나무가 더 있었습니다만, 기억에 남은 형상이나 색을 통해 추측할 수 있는 것은 그 두 종류 정도일까요.

이 기묘한 결계 같은 울타리에는 전혀 빈틈이 없었습니다. 어디에도 출입구가 보이지 않았던 것입니다. 다만 대나무 봉의 높이는 당시 제 키 정도로 낮아서, 아버지라면 여유롭게 새끼줄을 타고 넘어갈 수 있었을 겁니다. 저도 간단히 그 새끼줄 아래를 지날 수 있었을 거라고 생각합니다.

하지만 그런 짓을 해서는 안 된다…… 라는 경외에 가까운 감정을 저는 가지고 있었습니다. 이유는 알 수 없었지만, 아마 아버지도 마찬가지였을 테지요.

갑자기 아버지가 제 등 뒤에서 양쪽 겨드랑이 밑으로 손을 찔러 넣더니 저를 번쩍 들어 올렸습니다. 그 상태 그대로 울타리 너머에 저를 내려놓으려 하셨던 것이겠지요. 하지만 그러기 직전에 마음을 돌린 듯했습니다.

이런 식으로 이 울타리를 넘어서는 안 된다…… 라는 생각을, 분명 아버지도 했던 것이 아닐까 추측합니다.

그때, 집 안에서 기모노 차림의 할머니가 나타났습니다. 당시의 저희 할아버지 할머니보다도 나이가 많아 보이고 몸집도 작았습니다만, 전혀 그런 나이로 느껴지지 않을 정도로 기운이 넘쳐 보였습니다.

그런 할머니가 종종걸음으로 저희 앞까지 다가와서는 아버지에게 고개 숙여 인사한 뒤, 저를 향해 빙그레 미소 지었습니다. 가슴이 살짝 따스해지는 듯한, 정말로 치유되는 듯한 미소였습니다.

할머니는 울타리를 따라 오른편으로 이동하더니, 한쪽 모서리 앞에서 멈춰 선 다음 한 대나무 봉의 새끼줄을 풀었습니다. 놀랍게도 그곳이 출입구였습니다. 그곳의 새끼줄을 걸었다 풀었다 할 수 있다는 사실을 모르는 한 그 출입구를 발견하는 것은 어렵겠지요. 그렇지만 조금 전에 이야기했던 대로, 어른이라면 간단히 넘어갈 수 있었습니다. 그렇게 출입구를 감춰봤자 전혀 의미가 없었습니다.

그럼에도 불구하고 저는 어째서인지 납득하고 있었습니다. 이렇게 하면 아무도 알아차릴 수 없을 거다, 라며 이상하게도 안도하고 있었습니다.

"자, 들어오렴."

할머니의 말을 듣고 저는 출입구를 통해 집터 안으로 들어갔습니다. 그런데 그때, 아버지를 울타리 너머에 남겨둔 채로 새끼줄이 원래대로 돌아가버리는 것이었습니다.

'어……?' 하고 한순간 저는 덫에 걸린 듯한 느낌을 받았습니다. 이제 두 번 다시 이 울타리 밖으로 나갈 수 없다…… 라는 절망을 맛보았습니다.

하지만 찰나에 불과했습니다. 그런 마이너스의 감정은 일시적인 것이었고, 즉각 저는 안도감과 비슷한 기분에 감싸였습니다. 여기까지 오는 동안 느꼈던 괴로움도 눈 깜짝

할 사이에 사라진 기분이었습니다. 모든 것이 지금 이 순간을 위해서였다는 생각이 강하게 들었습니다.

그래서 아버지가 이쪽으로 오지 않아도, 아무 말도 하지 않는 채 제 얼굴만 빤히 바라보며 할머니에게 깊이 고개 숙여 인사하고 울타리 밖에 머물러 있어도, 저는 특별히 동요하거나 불안을 느끼지 않았습니다. 오히려 아버지가 곁에 있어봤자 이 집에서는 아무런 도움도 되지 않는다는 것을, 어째서인지 깨달은 듯한 기분이었습니다.

여기서 이야기해두고 싶은 것은, 그 울타리를 넘어간 이후의 기억이 아주 선명하다는 점입니다. 지금까지 말씀드려온 대로, 집을 출발한 뒤의 여정은 제대로 기억이 나지 않습니다. 또렷하게 기억하는 장면도 있기는 합니다만 대부분은 잊었습니다. 그런데도 문제의 그 집터에 발을 들인 뒤의 일들은 어째서인지 머릿속에 똑똑히 남아 있습니다.

덕분에 저는 나이를 먹은 뒤에 그 집에 대해서 조사할 수 있었습니다. 아뇨, 정작 어디에 있으며 집주인은 누구이고 무엇을 위한 집이었는가…… 라는 수많은 의문의 답을 찾아내는 것은 역시나 무리였습니다.

조사할 수 있었던 것은 그 집의 건축양식이었습니다. 당시의 제 나이로 경험한 일이라고는 생각할 수 없을 만큼, 제게는 그 집에 대한 세세한 기억이 남아 있습니다. 그래서 일본 가옥의 양식을 해설한 건축 관련 서적을 닥치는 대로 찾아보던 중에 비슷한 구조의 집을 발견할 수 있었던 것입니다.

그 집을 하늘에서 내려다보면 한자의 멀 '경(冂)'자 같은 형태를 하고 있습니다. 아니, 그것보다도 요철(凹凸)의 '요'자를 180도 뒤집어놓은 형태라고 하는 것이 알기 쉬울까요. 요컨대, 건물의 좌우 부분이 건물 전면으로 튀어나와 있는 모양입니다. 그런 데다 튀어나온 각 끝부분으로 현관이 돌출해 있는 기묘한 구조였습니다.

이것은 '양중문 구조両中門造'라고 불리는 것으로, 주로 아키타현과 야마가타현, 후쿠시마현과 니가타현에서 볼 수 있다고 합니다만…….

네, 그렇습니다. 그 사실을 알았을 무렵 저는 이미 대학생이었습니다만, 그때는 상당히 흥분했지요. 이 지식을 바탕으로 더 깊이 조사하면 그 집의 장소를 특정할 수 있지 않을까 하는 희망을 품었기 때문입니다.

그렇지만 그것도 잠깐의 기쁨에 지나지 않았습니다. 당시의 교통 사정을 생각하면, 지금 열거한 지역 중 어디에도 결코 갈 수 없었다는 것을 깨달았기 때문입니다.

그날, 집을 나선 것은 9시 반 전이었습니다. 확실합니다. 몇 시에 일어났는지나 세수와 아침 식사와 옷 갈아입기에 시간이 얼마나 걸렸는지는 전혀 기억하지 못하지만, 집을 나서기 전에 상당히 꾸물거리고 있었다는 기분이 듭니다.

왠지 모르게 옷 갈아입기에 시간이 많이 지체되었다는 기억이 있습니다. 제가 외출복 입는 것을 싫어해서 비협조적이었던 건지, 어머니가 제게 무얼 입힐지 망설였던 건지 이유는 수수께끼입니다만……. 어쨌든 외출 준비가 도무지 끝날 것 같지 않자, 기다리다 못한 아버지가 "9시 반에는 출발할 거야!"라고 어머니에게 화를 냈던 것은 틀림없습니다.

가령 집을 나선 것이 9시 반이었다고 치면, 가장 가까운 역까지 걸어가서 전철을 탈 수 있는 것은 9시 50분 정도가 됩니다. 몇 번인가의 환승 뒤에 열차 안에서 점심을 먹은 것이 정오였다고 가정해보죠. 목적한 역에 도착했을 때, 아직 해가 높이 떠 있었다는 점만은 확실합니다. 적어도 저녁은 아니었습니다. 오후 3시라고 가정할까요? 그곳까지의 이동 시간을 합해보면, 열차에 타고 있었던 건 다섯 시간이 좀 넘는다는 것을 알 수 있습니다. 실제로 환승 열차를 기다리던 시간도 있으니 다섯 시간이 조금 못 된다고 봐야 할까요.

당시의 전철로는, 간사이 지방에서 앞서 이야기한 네 현

중 한 곳에 다섯 시간 안에 도착하는 것은 불가능합니다.

게다가 할머니의 말씨가 간사이 사투리에 상당히 가까웠습니다. 그렇다면 동쪽이 아니라 서쪽으로 향했을 가능성이 높아지죠. 그런데 이러면 간사이 지방에서 다섯 시간이나 멀어져버려 더는 간사이 지방이라고 할 수 없게 되어버립니다. 요컨대 그 집의 소재지를 찾아내려는 시도는 보기 좋게 실패했습니다.

이야기가 엉뚱한 곳으로 빠졌군요. 하던 이야기로 돌아가지요.

할머니와 함께, 두 개의 현관 중 왼쪽 현관을 통해 집 안으로 들어간 저는 곧바로 목욕을 하게 돼서 놀랐습니다. 심지어 미리 준비되어 있던 듯한 옷으로 즉시 갈아입기까지 했습니다. 그동안 제가 입고 있던 외출용 옷부터 속옷까지 전부 보자기에 감싸 울타리 밖에서 기다리고 있던 아버지에게 건네는 것을, 특별히 이상하다는 생각도 없이 저는 바라보고 있었습니다. 그 보퉁이 안에는 신발까지 들어있어서, 문자 그대로 몸뚱이 하나만 가지고 그 집에 온 셈이 되고 말았습니다. 그런 무시무시한 상황에 처했으면서도 그때 저는 그것을 지극히 자연스럽게 받아들이고 있었다는 기분이 듭니다.

아뇨, 보퉁이 안에 캐러멜이 들어 있었다는 것을 알았을 때는 상당히 낙심했습니다. 이럴 줄 알았다면 전철 안에서 더 많이 먹어둘 걸 그랬다며 크게 후회했지요.

현관 안에 멈춰선 채로 아버지를 배웅한 뒤, 저는 현관과 가까운 객실에서 할머니와 마주 앉아 기묘한 설명과 주의 사항을 들었습니다.

첫 번째. 오늘부터 일곱 밤이 지나서 내가 일곱 살이 되는 당일까지, 이 집에서 '은거'를 한다.

두 번째. 그 기간 동안 무슨 일이 있더라도 결코 울타리 밖으로 나가서는 안 된다.

세 번째. 여기서는 내 본명을 절대 입 밖에 내서는 안 된다. '은거'하는 동안에 나의 이름은 '도리쓰바사'가 된다.

네 번째. 할머니에게 이름을 물어봐선 안 된다. 할머니를 부를 때는 반드시 '할아버지'라고 부를 것.

다섯 번째. 이곳을 방문하는 사람은 한 명도 없지만, 만약 발견하더라도 철저히 무시하고 절대 이야기를 나눠서는 안 된다.

여섯 번째. '은거'하는 동안에는 결코 휘파람을 불어선 안 된다. 특히 밤에는 주의할 것.

일곱 번째. 할머니와 이 집은 나를 도와주지만, 어디까지나 '도움'만을 줄 수 있다. 모든 것은 나의 언동으로 결정된다.

주의 사항은 이상입니다만, 저의 머릿속에는 물음표가 잔뜩 떠올라 있었습니다. '은거'란 무엇인가. 어째서 울타리 밖으로 나갈 수 없는가. 어째서 내 이름이 '도리쓰바사'가 되는 것인가.

그중에서도 가장 고개를 갸웃거리게 한 주의 사항은, 할머니를 '할아버지'로 부르라는 것이었습니다. 눈앞에 앉아 있는 사람은 어떻게 보아도 여자였습니다. 그런데도 '할아버지'라고 불러야 한다니, 정말이지 영문을 알 수가 없었습니다.

저는 몹시 혼란스러웠습니다. 갑자기 다른 세상에 내던져진 듯한 기분이었습니다. 그 울타리를 넘은 뒤로 처음으로 불안을 느꼈습니다.

그래도 질문이나 말대답을 전혀 하지 않고 모든 설명과 주의 사항을 받아들인 것은, 이 집에서 일곱 밤을 보내고 제가 일곱 살이 되지 않으면 돌아갈 수 없다…… 라는 현실을 어린아이 나름대로 인정했기 때문이겠죠. 그것을 위한 규칙이 있다면 제대로 지켜야만 한다……. 제 입으로 말하기 뭐합니다만, 어쨌든 저는 성실한 아이였으니까요.

또한 '은거'란 할머니가 저를 돌보는 것을 뜻하며, '도리쓰바사'라는 이름은 할머니의 죽은 손자의 이름일지도 모른다…… 라고 어린아이 나름의 사고로 추측하고 스스로를 납득시켰던 까닭도 있습니다. 죽은 손자의 이름 운운하는 것은 예전에 친할머니에게 들었던 이웃집의 소문을 그때 떠올렸기 때문이 아닐까 합니다. 어쨌든 제가 느꼈던 불안은 금방 누그러졌습니다.

그러나 가장 큰 이유는, 할머니에게서 신뢰감과 친근감을 느꼈기 때문입니다. 아버지는 집에 돌아가버렸고 저는 한 번도 와본 적 없는 집에 처음 만나는 노인과 남겨진 데다 여기서 일곱 밤이나 보내야 한다는 걸 알았지만, 그래도 저는 조금도 흐트러지지 않는가 하면 눈물을 글썽이지도 않았습니다.

할머니의 이야기가 그 정도로 길었을 리는 없습니다만, 정신이 들고 보니 객실 툇마루의 장지문 너머로 저녁놀의 붉은 빛이 비쳐 들고 있었습니다. 그 빛깔이 아주 아름답다고 생각하면서도, 어느샌가 적적함과 두려움을 아주 조금이나마 느꼈던 기분이 듭니다.

그 집과 할머니가 주던 절대적인 안정감에 아주 가느다란 금이 간 듯한…… 그런 안 좋은 생각에 사로잡혀서 저는 당황하며 시선을 돌렸습니다. 지금 와서 돌이켜보면, 그것이 첫 전조였는지도 모릅니다.

할머니가 만들어주신 저녁밥을 먹고 비교적 일찍 잠자리에 들었습니다. 전철에 타고 있는 동안 거의 자고 있었음에도 불구하고, 역시 익숙하지 않은 장거리 여행으로 지쳤던 탓이겠지요. 다음 날 아침까지 저는 정말로 푹 곯아떨어졌습니다.

다음 날 아침 식사를 마친 후에 할머니는 집 앞의 밭으로 나가셨습니다만, 저는 울타리를 넘을 수 없었기 때문에 같이 갈 수 없었습니다. 한동안 울타리 너머로 밭일하는 모습을 지켜보다가 금방 질려버렸습니다. 그래서 저는 집 안으로 돌아가 그곳을 탐험하기 시작했던 것입니다.

여기서부터는 학창 시절에 건축 서적을 찾아보며 조사했던 양중문 구조에 대한 지식도 들어간 이야기이니, 종이 냅킨에 간단한 평면도를 그려서 설명하겠습니다. 이렇게 하는 편이 이해하기 쉬울 겁니다.

제가 들어간 현관에서 더 들어가 왼편에 있는 방 더 왼편의 툇마루에 접한 장지문으로부터 석양이 비쳐 들었으니까, 현관은 남향이라는 걸 알 수 있었습니다. 밭이 집 앞에 펼쳐져 있던 것도 이것으로 납득이 됩니다.

집의 정면에서 보아 왼쪽 부분이 '안방', 오른편이 '마구간'이라고 불리는 게 양중문 구조 가옥의 특징입니다. '마구간'은 줄여서 '마간'이라고 불리는 경우가 많습니다만, 여기서는 알기 쉽게 말하도록 하겠습니다. '안방'도 집 안의 방 이름과 혼동되니 집의 왼편은 '안방 부분', 오른편은

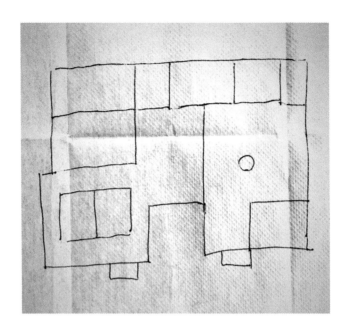

'마구간 부분'이라고 부르기로 하겠습니다.

안방 부분의 현관으로 들어가면 신발 벗는 곳이 나오고, 현관 마루로 올라가게 됩니다. 그 앞의 좌우로 가로지르는 복도를 지나 눈앞의 장지문을 열면, 다다미가 깔린 '앞방' 이 나옵니다. 그곳 왼편에 있는 방이 할머니에게 설명과 주의 사항을 들은 장소로, 앞으로 주로 생활하게 되는 '안방'입니다. 이 안방과 앞방의 북쪽에는 또 다른 복도가 좌우로 뻗어 있습니다. 이 복도와 처음에 지난 복도는 안방의 남쪽과 북쪽에 설치된 'L'자 형태의 툇마루로 이어지고 있습니다. 실은 앞방의 동쪽에도 복도가 연결되어 있어서, 복도를 전부 연결하면 그야말로 완벽한 'ㅁ'자 형태가 됩니다.

네, 그렇습니다. 그 'ㅁ'자 안에 앞방과 안방이 붙어 있는 듯한 배치이지요. 편의상 현관에 접한 것을 '첫 번째 복도', 앞방과 안방 북쪽에 있는 것을 '두 번째 복도'라고 이름 붙일까요.

두 번째 복도 앞에는 '중간방'이 있고—저와 할머니가 자는 방입니다—그 안쪽이 부쓰마*와 도코노마**가 있는 '윗방'이었습니다. 중간방의 동쪽은 마루처럼 널찍한 거실로, 화로가 설치되어 있어서 그곳에서 하루 세 번의 식사를 합니다. 할머니는 집에 있을 때는 대개 거실의 화로 옆에 앉아 있었습니다. 거기서 더 안쪽으로 들어가면 '창고'와 '주방'이 나오는데, 집의 안방 부분은 이것이 전부입니다.

일단 밖으로 나와서, 마구간 부분의 현관으로 들어가면 마루가 보입니다. 안방 부분에 비하면 현관부터 초라한 인상입니다. 집 안에 들어가면 곧바로 토방이기 때문인지 한

---

* 仏間. 불상이나 위패를 모셔둔 작은 방.
** 床の間. 일본식 방에서 한쪽 벽에 꽃이나 장식물로 꾸며놓은 장식대.

층 초라하게 느껴졌습니다.

현관을 지나 안으로 들어가면 오른편에 기둥과 벽으로 둘러싸인 '마구간'이 있습니다. 나머지 공간은 'L'자를 거꾸로 뒤집은 형태의 '토방'으로 되어 있습니다. 토방 중앙에는 엄청나게 굵은 팔각형의 기둥이 우뚝 솟아 있었습니다. 그 옆에 화로와 솥이 있는 것은 한겨울에 말이 얼어 죽지 않게 하기 위해서일 테지만, 애초에 마구간은 텅 비어 있었지요.

토방 안쪽에 해당하는 주방—주방만이 안방 부분과 마구간 부분에 딱 반씩 걸쳐져 있었습니다—의 동쪽에는 '욕실'과 '화장실'이 있습니다. 원래 양중문 구조에서 그 자리는 '쌀 창고'와 '탈부脫稃터'가 있는 장소입니다. 쌀 창고에 수확한 벼를 넣어두고, 옆에서 매통으로 낟알의 껍질을 벗기는 것입니다. 하지만 그 집에는 그런 작업을 위한 장소가 없었지요.

제가 조사한 바로는, 이 양중문 구조를 가진 것은 소위 '호농'이라 불리는 집들의 가옥뿐이었습니다. 더구나 해당 가옥들은 대부분 눈이 많이 오는 지역에 있었습니다. 그래서 안방 부분 윗방의 북쪽과 서쪽, 그리고 중간방의 서쪽에는 대개 나무판자로 이루어진 외벽과 '토방 마루'가 설치돼 있었지요. 판자벽 내부의 집 안에 토방과 툇마루를 절반씩 조합해서, 눈이 쌓였을 때 툇마루로 이용할 수 있도록 고안하여 만든 것이 이 토방 마루입니다. 요컨대 눈이 많이 오는 지방 사람들 특유의 지혜였다는 이야기입니다만, 그 집에서는 그것이 보이지 않았습니다.

혹독한 겨울에 대비한 호농의 집…… 이라는 것이 그 가옥 본래의 모습이었을 텐데, 그런 용도로는 조금도 사용되지 않고 있었습니다. 애초에 기능이 제대로 갖춰져 있지 않은 데다, 눈이 많이 오는 지역도 아니었던 게 아닐까요.

학생인 저는 이 커다란 의문 앞에서 망연자실했습니다. 조사하면 조사할수록 영문을 알 수 없게 된다. 그런 공포를 맛봤던 것입니다.

물론 어린아이였던 당시의 제게는 거기까지 깨달을 만한 지식도 두뇌도 없었습니다만, 이 집은 결코 평범한 집이 아니다…… 라는 것만은 이미 충분하고도 남을 정도로 느끼고 있었습니다.

텅 빈 마구간의 부자연스러운 분위기 등을, 아마도 무의식적으로 알아차린 것이겠지요. 어떻게 보아도 과자 가게로 보였는데 막상 가게 안에 들어가보니 과자가 하나도 놓여 있지 않더라는 식의, 뭐라 형용해야 좋을지 알 수 없는 오싹함을 그때의 저는 느꼈는지도 모릅니다.

집 안을 탐험하고 있는 동안에 어쩐지 조금 무서워지기

시작했습니다. 할머니에 대한 신뢰감과 집에서 받는 안정감은 아직 충분했으므로, 도망치고 싶다고 생각한 것은 결코 아니었습니다만…….

어릴 적에는 자기 집이라도 때와 상황에 따라서 무섭게 느껴지는 장소가 있지요. 혼자서 들어간 화장실이라든가, 아무도 없는 거실이라든가, 해 질 녘의 어두컴컴한 복도나 계단이라든가……. 그런 것에 가까운 감각이었다고 생각합니다.

이렇게 해서 이틀이 지났습니다. 할머니는 점심을 만들러 집에 돌아온 것 외에는 줄곧 밭일을 하셨습니다. 그렇다고 해서 방치되었다는 느낌을 받지 않았던 것은, 그것이 할머니의 일과라고 어렴풋이 깨닫고 있었기 때문이겠지요. 저를 떠맡은 것 때문에 할머니의 평소 생활이 변하는 것은 아니다, 라는 식으로 이해했던 것입니다.

게다가 할머니는 밖에서 이따금, 별안간 기억났다는 듯이 집 안에 있는 저를 부르곤 했습니다. 밭일을 하는 동안에 "쓰바사야!"라고 부르는 목소리가 집 안까지 들려옵니다. 그러면 저는 밖으로 나갑니다만, 별다른 용무가 있어서가 아니라 그냥 불러본 것뿐이라는 걸 알고 있습니다. 마치 제가 무사한지 확인하고 싶었던 것처럼…….

할머니는 제게 말을 걸 때마다 반드시 "쓰바사야"라는

말로 시작합니다. 이건 이상하지 않나 하는 생각이 들 정도로, 좀 심하다 싶을 정도로 빈번하게 부릅니다.

한편 저는 아직 한 번도 할머니를 '할아버지'라고 부르지 않았습니다. 역시 거부감이 들었던 모양입니다. 어차피 집에는 두 사람밖에 없으니까, 굳이 상대를 호명하지 않아도 소통에 불편함은 없습니다. 그래서 더더욱 저는 '할아버지'라는 호칭을 쓰지 않았다고 생각합니다. 물론 그 문제로 할머니에게 별다른 잔소리를 듣지 않았다는 것도 이유 중 하나가 될까요.

그날 밤 저는 저녁 식사 뒤에 문득 머릿속에 떠오른 것을 물었습니다.

"누나나 여동생은 '은거'하지 않아도 괜찮나요?"

이때 두 누나들과 여동생의 이름을 꺼내지 않았던 것은, 일곱 가지 주의 사항에 저촉되는지 어떤지 판단할 수 없었기 때문입니다.

"쓰바사야. 여자애는 말이지, 관계가 없단다."

할머니의 대답을 듣고 저는 곧바로 되물었습니다.

"그러면 우리 아버지도 어릴 때 같은 걸 했어요?"

"아버지도 말이지, 아무런 관계가 없단다. 쓰바사만이 관계된 일이니까, 그래서 이렇게 은거하고 있는 거야."

어째서 나만…… 이라며 당시의 저는 불만을 느끼면서

도, 한편으로 특별한 취급을 받고 있다는 점에 고양감도 느꼈습니다.

이때의 대화는 제가 나이를 먹은 뒤에 어떤 추측을 하는 데 힌트가 되었습니다. 바로, 그 집에 저를 데리고 간 것은 아버지이지만 실제로 관계가 있던 것은 어머니 쪽이 아닐까 하는 의심이었지요. 정확히 말하면 어머니 쪽 핏줄이라고 해야겠습니다만……. 그것도 남자아이에게만—어쩌면 장남뿐이었는지도 모릅니다—관계되는 문제였다, 라는 식으로 학생 시절의 저는 생각했습니다.

다만 외할아버지와 외할머니 두 분 모두 제가 태어나기 전에 돌아가셨다고 들었고, 어머니도 제가 고등학생일 때 세상을 떠나셨습니다. 어머니가 어디 출신인지, 아버지에게 물어봐도 알려주지 않으셨습니다. 몇 번이나 물어봤더니 나중에는 역정을 내시더군요. 두 누나도 아무것도 몰랐습니다. 어머니에게 형제자매가 있는지 어떤지도요. 가만히 생각해보면 저도 누나들도 완전히 무지했던 것입니다.

어머니 쪽 집안에 대해 알아보지 못하도록 자식들에게는 의도적으로 정보를 은폐하고 있었다.

그것이 저의 결론이었습니다. 참고로 누나들은 제가 한동안 집을 떠나 있었던 이유를 "엄마 아빠 말을 안 들어서 어느 집에 맡겨놓고 왔다"라고 들었다고 합니다. 제가 집에 돌아오더라도 "저쪽 집에서 얼마나 따끔하게 혼이 났는지 절대 물어봐서는 안 된다"라고 단단히 주의를 받았던 모양입니다. 억척스러운 누나들이 그 지시에 순순히 따른 것을 보면, 아버지가 아주 무섭게 이야기했다는 걸 알 수 있습니다.

하던 이야기를 이어서 하지요.

그 집에는 라디오도 텔레비전도 없었고—애초에 전기가 들어오지 않아서 집 안의 조명도 램프였습니다—제가 읽을 수 있는 책 또한 없었습니다만, 밤에는 할머니가 이런저런 옛날이야기를 들려주셨습니다. 그렇다고 해도, 이미 알고 있는 '모모타로 전설'이나 '일촌법사' 같은 옛날이야기가 아니라 주로 산을 무대로 한 으스스한 체험담이었습니다.

저는 무서워서 견딜 수 없었습니다. 그래도 몰입해서 귀를 기울였던 것은 할머니의 이야기에 매료되었기 때문일까요, 아니면 어린아이 특유의 날카로운 감각으로 이 이야기를 잘 들어둘 필요가 있다고 느꼈기 때문일까요…….

사흘날 오전 중에도 저는 계속 집 안을 탐험했습니다. 역시나 슬슬 질리기 시작했습니다. 그래서 오후에는 집의 뒤편으로 가보았습니다.

작은 산기슭에서 이어지는 언덕길 양쪽 가장자리는 무

성한 숲에 바짝 붙어 있어서 어두웠지만, 산꼭대기는 주위가 탁 트여서 아주 밝았습니다. 산 위에 넓은 밭이 펼쳐져 있는 까닭입니다. 게다가 집의 앞쪽은 남향이라 볕도 아주 잘 듭니다.

그런데 집의 뒤편으로 돌아가보면 그늘이 져 있습니다. 집이 단층집이라 그늘의 범위는 좁아도, 집이 숲 바로 옆에 세워져 있기에 집 앞쪽에 비하면 썰렁한 분위기가 있습니다. 실제로 조금 으스스하다는 느낌을 받았습니다.

…… 숲에 들어가고 싶지 않아.

저는 울타리 근처까지 가기는 했지만, 곧바로 그렇게 생각했습니다.

집 안을 탐험하면서 흐릿하나마 무섭다는 기분이 들었던 것은 사실입니다만, 그것을 아득히 능가할 정도의 커다란 안도감을 느끼고 있었던 것 또한 틀림없는 사실입니다. 울타리 안쪽에 머무르는 것에 대해서도 같은 말을 할 수 있었습니다. 이 울타리 안쪽에 있는 한 괜찮다, 제대로 보호받고 있다, 라는 마음이 첫날에 울타리를 넘었을 때부터 계속 이어지고 있었던 것입니다.

그렇다고 해도 집 안과 밖을 대비했을 때, 보다 안전하다고 생각되는 것은 물론 집 안이었습니다. 집 밖에 있으면 반드시 울타리 주변의 풍경이 눈에 들어오기 때문입니다. 집의 앞이라면 밭에서 일하는 할머니의 모습이 보이고, 날이 맑을 땐 눈부신 해님도 있습니다. 그러나 그때 제가 있던 곳은 집 뒤편이라서, 눈앞에는 한낮에도 어두컴컴한 숲이 펼쳐져 있었던 것입니다.

집 뒤편은 별로 재미가 없어.

게다가 눈앞에 있는 숲은, 어쩐지 무서워.

곧장 그렇게 느꼈다고 해도 이상하지 않았습니다. 그래서 저는 발걸음을 돌려 얼른 집 안으로 돌아가려고 했습니다만…….

"야"

등 뒤에서 부르는 목소리가 들려서 펄쩍 튀어 오를 정도로 놀랐습니다. 반사적으로 도망치지 않았던 것은 상대가 또래의 남자아이라는 걸 목소리로 알았기 때문입니다.

뒤를 돌아보자, 저와 비슷한 나이로 보이는 기모노 차림의 아이가 굵은 나무 뒤편에서 얼굴을 내밀고 있었습니다. 그리고 저와 눈이 마주치자 씩 미소를 지었습니다.

"…… 아, 안녕하세요."

저는 그 자리에 멈춰 선 채로 인사를 했습니다. 어린아이들답지 않게 대화가 다소 딱딱했던 것은, 아마 상대는 그 지역의 아이이고 저는 외지인이라는 의식이 있었기 때문이겠지요.

게다가 시골 아이라고는 생각되지 않을 정도로 살결이 뽀얀 그 애에게선 왠지 모를 기품이 느껴졌습니다. 그래서 저는 아이 나름의 격식을 차린 어조로 말하게 되었던 것입니다.

"어디서 왔어?"

그렇게 물어보기에, 저는 자연스럽게 살던 현의 이름을 말했습니다.

"그렇구나. 이름은?"

하마터면 진짜 이름을 댈 뻔했지만, 직전에 멈추는 기지를 발휘할 수 있었습니다.

상대는 이 동네에 사는 아이니까 별문제는 없을 것이다…… 라고 생각하는 중에도, 할머니가 말씀하신 주의 사항이 머리를 스쳤던 것입니다. 그래서 부자연스러울 정도로 긴 공백 뒤에,

"…… 쓰바사. 도리, 쓰바사."

그렇게 대답했을 때는 뭐라 말할 수 없는 이상한 기분이 들었습니다. 그 남자아이에게 거짓말을 해버린 것에 대한 켕기는 마음과, 할머니와의 약속을 지켰다는 자랑스러움이 엉망진창으로 뒤섞인 듯한…….

하지만 눈앞에 있는 것은 그 남자아이였기 때문에 점차 켕기는 마음 쪽이 강해지기 시작했습니다. 그것을 얼버무

리려고 저도 상대의 이름을 물었습니다.

확실하고 또렷하게, 그때 그 아이는 이름을 말했습니다. 하지만 어째서인지 저는 이해할 수 없었습니다. 설사 전혀 들어본 적 없는 외국의 이름이고 발음도 그 나라 특유의 발음이었다고 해도, 그래도 어떤 소리는 귀에 남을 텐데……

어선이 표류하다 무인도에 도착하고 그곳에서 미국의 포경선에 구조되었다는, 파란만장한 인생을 살았던 존 만지로*는 'what time is it now?'를 '홋타이모이지루나'**로 음역했다고 전해지고 있습니다. 물론 번역한 것이 아니라, 미국인의 발음과 비슷한 일본의 말을 억지로 끼워 맞춘 것입니다. 다만 당시 그 사람에게 영어 사전이 없었다는 것을 생각하면, 이 획기적인 학습 방법을 고안한 재능에는 역시 놀라지 않을 수 없습니다.

존 만지로를 거론하는 것도 좀 이상합니다만, 그때 남자아이가 말한 이름은 어떤 음성이 되어서 저의 귀에도 남았을 것입니다. 하지만 그것에 가까운 소리조차 글자로 적는

* ジョン万次郎. 1827~1898. 본명은 나카하마 만지로. 14세 때 고기잡이 중 조난을 당해 무인도에 갇혀 지내다 미국의 포경선에 구조된 뒤, 미국으로 가서 새로운 문물을 접했고 10년 후 일본으로 귀국했다. 일본의 개화기에 번역가로 활동했다.
** 일본어로 '캐낸 고구마 만지지 마'라는 뜻.

것은 도저히 불가능합니다. 지금도 그것을 발성하려고 하면 목구멍까지는 나오지만 어째서인지 그 애의 이름을 발음할 수가 없어서…….

분명히 알고 있을 텐데도, 그것을 타인에게는 전할 수 없다.

어쩐지 오싹한 이 현상은 그 남자아이의 이름에 대해서만 일어나는 것이 아니었습니다. 그 아이를 '살결이 뽀얗고, 기품이 느껴졌다'라고 묘사했습니다만, 구체적으로 어떤 생김새였는가 막상 설명하려고 하면 갑자기 말이 막혀버리는 것입니다. 뇌리에는 그 아이의 뽀얀 얼굴과 기모노 차림이 또렷하게 떠오르는데도 그것을 응시하려고 하면 모습이 흐릿해집니다. 곧바로 뿌옇게 돼서, 마치 멀어져가는 느낌입니다.

기억해낼 수 있을 텐데도, 결코 떠올릴 수 없다.

그 남자아이를 한마디로 표현하면 그렇게 될까요. 이상하다기보다는 어쩐지 기분 나쁘고 무섭습니다만, 사실입니다.

다만 당시에는 거기까지는 알 수 없었습니다. 이름을 되묻고 싶다고 생각하면서도, 그랬다가 혹시 기분 상하게 만드는 건 아닐까 하고 어린아이 나름대로 고민했습니다. 조금 지루해지고 있던 차에 그 아이가 나타난 건 정말로 기쁜 일이었기에, 기분 나쁘게 만들고 싶지 않았습니다.

"휘파람 불 수 있어?"

그렇기 때문에 갑자기 그런 질문을 받아도 저는 이상하게 생각하지 않고, 그 애의 호감을 사기 위해 입술을 오므렸습니다만…….

거기서 할머니와의 약속을 떠올리자, 앗! 하고 몸이 경직됐습니다. 하지만 입술은 여전히 휘파람을 불 준비를 하고 있었지요. 그 아이도 기대에 찬 눈으로 빤히 저의 입가를 바라보고 있었습니다.

난처해진 저는 어쩔 수 없이 "후우, 후우!" 하고 숨만 내뿜으며 휘파람을 불지 못하는 시늉을 해서 얼버무렸습니다.

그 순간 그 아이가 명백히 낙담하는 표정을 지어서 저는 초조해졌습니다. 이대로 돌아가버리는 것이 아닐까 하고 몹시 당황했던 것입니다.

"같이 놀지 않을래?"

그래서 아이가 그렇게 청했을 때는 하늘로 날아오를 듯한 기분이었습니다. 그런데 그렇게 말하면서 그 아이가 숲쪽으로 걸어가기 시작해서,

"여기서 놀자."

라고 제가 황급히 불러 세웠습니다. 울타리를 넘어가버

리면 할머니와의 약속을 깨뜨리게 되기 때문입니다.

"그래도 괜찮긴 한데."

그 아이가 간단히 응해줘서 저는 안도했습니다. 하지만 거기서부터, 어쩐지 묘했습니다.

"이쪽으로 나와."

제가 아무리 손짓을 해도 그 아이는 울타리 안으로 들어오려고 하지 않았습니다.

"거기는 그늘이니까 좀 더 밝은 곳에서 놀자."

그 아이는 그렇게 말하면서 울타리와 숲 중간 부근의 볕이 잘 드는 장소를 가리켰습니다. 지당한 주장이었지만 그러면 할머니의 주의 사항을 등지게 되므로,

"미안해. 이 울타리를 넘어가면 안 돼."

라고 거절하자 이번에도 그 아이는 간단히 납득한 모양이었습니다. 하나 여전히 울타리의 새끼줄을 넘어오려고는 하지 않았습니다.

"저쪽으로 갈래? 해님도 있으니까."

제가 집의 서쪽에서 놀자고 제안했습니다. 너무 집 앞쪽으로 다가가지 않는 한, 밭에 있는 할머니에게 들킬 걱정도 없습니다.

그렇습니다. "누구와도 이야기해서는 안 된다"라는 주의를, 저도 일단은 신경 쓰고 있었습니다. 그러나 그것은

상대가 어른일 경우라고 입맛에 맞게 해석했습니다. 하지만 할머니에게 들키면 큰일이라고 생각했다…… 는 것은, 마음속 깊은 곳에서는 약속을 깨버렸음을 인정하고 있었던 것이겠지요.

그 아이는 순순히 따라왔지만 역시 울타리 안으로 들어오지는 않았습니다. 이상하다고 생각하면서도, 나도 울타리 밖으로 나가지 않으니까 피장파장이라고 여겼습니다.

그렇게 울타리를 사이에 둔 채 둘이서 놀았습니다. 지금 생각하면 참으로 기묘한 상황입니다만, 당시에는 어린애였으니까요. 어쨌든 저는 같이 놀 상대가 생긴 것이 기뻐서, 울타리를 사이에 둔 상황 따위는 금방 신경 쓰지 않게 되었습니다.

하지만 묘하다는 느낌을 받은 것은, 조약돌로 '알 까기' 놀이를 할 때 그 아이가 울타리 안쪽으로―즉 새끼줄 너머로―절대 손을 내뻗지 않는 것을 보고서였습니다. 그래서 우리가 노는 '장소'는 자연스럽게 울타리 바깥쪽이 되었습니다. 제가 울타리 너머로 손을 쭉 뻗는 모양새가 된 것입니다.

그런 저의 손을, 그 아이는 자주 건드렸습니다. 처음에는 우연이라고 생각했습니다만 그런 것치고는 접촉이 많아서 역시나 이상하다고 느끼기 시작했을 때였습니다.

"쓰바사야!"

할머니의 목소리가 들려서 앗, 하고 주위를 둘러보니 벌써 해 질 녘이었습니다. 놀기 시작한 지 얼마 되지 않았다고 생각했기 때문에 저는 몹시 놀랐습니다.

"이제 그만 가봐야 해."

그 애가 곧바로 돌아가려고 해서,

"내일 또 놀자."

제가 황급히 말했습니다. 그러자 그 애는 몸을 빙글 돌려서 웃어 보인 뒤에 숲속으로 쓱 사라졌습니다.

"낮에는 어디서 뭘 하면서 놀았니?"

저녁밥을 먹을 때 할머니가 그런 질문을 해서 가슴이 철렁했습니다. 그 아이와 논 것을 들킨 게 아닐까 정말 초조해졌습니다.

"계속 모습이 안 보여서 조금 걱정했단다."

그렇지만 할머니가 이어서 그런 말을 해서, 저는 제 지레짐작임을 깨닫고 안도했습니다.

그래서 저는, 조금 망설이기는 했지만 그 아이와 만난 것 외에는 솔직하게 대답해서 할머니를 안심시켰습니다. 전혀 죄책감이 없었다고 하면 거짓말이겠습니다만, 있는 그대로 이야기했다가는 분명히 그 아이와는 더 이상 놀 수 없겠지요.

그것은 싫다…… 라는 강한 마음이, 그때의 제게는 있었습니다.

나흘날, 아침밥을 먹자마자 집 뒤편으로 갔습니다. 그 아이가 기다리고 있었다는 듯이 숲속에서 모습을 드러냈습니다.

정말 기뻤지요. 저 아이도 나를 친구로 생각해주고 있다, 함께 노는 것을 기다리고 있었던 게 틀림없다, 그런 생각에 저는 기뻐서 어쩔 줄을 몰랐습니다. 할머니에게 이야기하지 않기를 정말 잘했다고, 어젯밤의 판단에 대해 제 자신을 칭찬해주고 싶은 기분이었습니다.

"보여주고 싶은 곳이 있으니까, 저쪽으로 가자."

그래서 그 아이가 함께 숲으로 가자는 말을 꺼냈을 때는, 하마터면 나도 모르게 어슬렁어슬렁 울타리의 새끼줄을 지날 뻔했습니다. 간신히 멈출 수 있었던 건, 할머니에게 이미 거짓말을 했는데 차마 약속까지 깰 수는 없다는 생각에 주저했기 때문입니다.

"쓰바사에게만 알려주는 내 비밀 장소야."

그러나 중요한 비밀을 말하는 듯한 낮은 목소리와 자못 중대한 이야기라는 듯이 얼굴을 가까이 붙여오는 그 아이의 몸짓에 저는 그만 마음이 흔들렸습니다.

조금만이라면 울타리 밖으로 나가도…….

머릿속에서 그렇게 속삭이는 또 한 명의 제가 있었습니다. 분명히 할머니는 모를 것이고, 또 울타리 밖으로 나간다고 해도 두 번 다시 돌아올 수 없는 것도 아니다. 그런 식으로 저는 스스로를 설득하려고 했던 것입니다.

"가까워? 금방 돌아올 수 있어?"

"응, 진짜 가까워. 눈 깜짝할 사이에 갈 수 있고, 눈 깜짝할 사이에……?"

돌아갈 수 있으니까, 또는 돌아올 수 있으니까…… 라고 그 아이는 말했을 텐데, 어째서인지 다른 말이 들린 듯한 기분이었습니다.

하지만 제가 되묻는 것보다 먼저,

"어서 가자. 지금이면 아직 늦지 않게 갈 수 있어. 틀림없이 마음에 들 만한, 그런 굉장한 곳이니까."

그렇게 말하며 그 아이가 자꾸만 재촉해서, 가만 생각해보면 그 아이는 구체적인 의미도 없는 유혹의 말을 나열하고 있을 뿐인데도 제 안에서는 그렇게 하자는 마음이 굳어졌습니다. 아뇨, 무슨 말을 하는지 알 수 없었기에 오히려 커다란 흥미를 느꼈던 것이겠지요.

저는 그 자리에 쪼그려 앉아 머리부터 울타리의 새끼줄을 지나려고 했습니다.

"……한 게, 저기에 있으니까."

그런데 이어서 귀에 들린 말은, 제대로 들을 수 없었는데도 어째서인지 마음에 걸렸습니다. '어?' 하는 생각이 드는 동시에 오싹한 한기를 느꼈지요.

새끼줄을 지나려다 말고 도로 고개를 빼며 쓱 일어선 제 눈에, 겸연쩍다는 듯한 얼굴을 한 그 아이가 들어왔습니다.

신이 나서 재잘거리다가 굳이 안 해도 될 이야기까지 해버렸네.

그렇게 말하는 듯한 표정을 그 아이는 짓고 있었습니다. 그것을 깨닫고 제가 어떻게 반응해야 좋을지 망설이고 있는데,

"쓰바사야아!"

할머니의 아주 커다란 목소리가 갑자기 들려왔습니다. 곧바로 저는 소리가 들려온 곳인 집의 동쪽을 바라본 뒤 황급히 눈길을 돌렸습니다만, 그 아이는 이미 자리에 없었습니다.

숲속에 숨은 것이 틀림없다고 안도하면서도 '아무리 그래도 너무 빠른 게 아닌가? 그럴 시간이 없었을 텐데……'라며 수상히 여기고 있는데, 할머니가 허둥지둥하며 나타났습니다.

"밖에서 놀 때는 이걸 걸치고 있어야 한단다."

그리고 마치 처음부터 그러기로 약속되어 있었던 것처

럼, 손에 들고 있던 삿갓을 제 머리에 씌워주었습니다.

네, 옛날 시대극 속 나그네나 순례자가 쓰는 삿갓과 똑같은 물건이었습니다. 어린 저에게는 너무 큰 데다, 집 뒤편은 그늘져 있었기 때문에 아무리 생각해도 불필요한 물건이었지요. 그런데도 할머니는 우격다짐으로 그것을 제머리에 씌우더니, "집에 들어올 때까지 절대 몸에서 떼어선 안 된다"라고 주의를 주시고 얼른 되돌아가셨습니다.

가장 먼저 느꼈던 것은 부끄러움이었습니다. 이런 모습을 보이기 싫었던 저는 수치심에 휩싸였습니다. 그렇다고 해서 노는 것을 멈추기도 싫었기 때문에 몹시 망설여졌습니다.

"야! 이젠 괜찮아!"

결국 저는 목소리를 낮춰서, 숲속 어딘가에 몸을 숨기고 있을 그 아이를 가만히 불렀습니다. 모처럼 친구가 생겼으니 역시 같이 놀고 싶다고 생각했던 것입니다.

그러자 소리도 없이, 나무 뒤편에서 그 아이가 쓱 나타났습니다. 그러나 저를 보자마자 아주 언짢아 보이는 얼굴을 했습니다. 생리적 혐오감과 공포심이 뒤섞인 듯한, 뭐라 말로 표현하기 어려운 무서운 표정이었습니다.

"그런 거, 왜 쓰고 있는 거야."

그 아이의 따져 묻는 듯한 어조에 당황하면서도, 저는

이 집 사람의 명령이라고 알려주었습니다. 여기는 햇볕도 들지 않는데 그런 걸 써서 우스꽝스럽다는 말을 듣고 말 거라고 각오했습니다만, 그 아이에게서 돌아온 것은 기묘한 대사였습니다.

"그런 흉측한 거, 얼른 갖다 버려."

확실히 꼴사납고 노는 것에도 방해되고 그늘에서는 쓸 모없는이었지만, 흉측한 것이라며 싫어할 정도까지는 아니겠지요.

"그거 계속 쓰고 있을 거면, 쓰바사하고는 놀 수 없어."

그 아이의 이런 지나친 반응에 저는 크게 당황했습니다. 그렇다고 해도 할머니와의 약속은 절대적이라는 마음이 있었습니다.

곰곰이 생각한 끝에 고육지책으로, 끈만 목에 건 상태로 삿갓은 등 뒤로 늘어뜨리기로 했습니다. 할머니는 "몸에서 떼지 마라"라고 했지, "쓰고 있어라"라고 주의를 준 것은 아니라는 어린애다운 억지를 부린 것입니다.

네, 아주 영악한 아이였죠.

이 타협안을 그 아이는 떨떠름하게나마 받아들여주었습니다. 사실은 불만인 듯했습니다만, 뭐 어쩔 수 없으니 참아주는 듯싶었습니다.

그렇지만 울타리를 사이에 두고 노는 동안, 제가 등을

돌릴 때마다 "히익!" 하고 숨을 삼키는 기척이 느껴졌습니다. 저는 그것이 그 아이의 삿갓에 대한 반응이라는 걸 알았습니다. 그렇기에 그 애가 점점 불쌍하게 느껴지기 시작했습니다. 몇 번이나 벗을까 생각했습니다만, 그랬다간 할머니의 명령을 저버리게 되는 것이니만큼 도저히 불가능했습니다.

이윽고 낮이 되고, 할머니가 불러서 저는 집 안으로 들어갔습니다. 그때, '어쩌면 오후부터는 그 애가 놀아주지 않는 게 아닐까' 하고 조금 불안해졌습니다. 미움받게 된 것은 아닐까 몹시 걱정했던 것입니다.

삿갓을 머리에 쓰지 않고 거북이 등껍질처럼 등에다 걸치고 있는 제 모습을 보고도 할머니는 아무 말씀도 하지 않으셨습니다. 여느 때와 마찬가지로 점심밥을 만들고, 거실의 화로를 사이에 두고 저와 둘이서 식사를 했을 뿐입니다.

그런데 식사를 마친 뒤에 할머니가 저를 윗방에 데리고 가더니, 부쓰마에서 가죽 주머니에 들어있는 작은 산도山刀*를 꺼내 주셔서 저는 몹시 놀라고 흥분하기까지 했습니다. 아무래도 남자아이니까, 역시 그런 물건에는 흥미가 있었지요.

하지만 그 자리에서 단단히 주의를 받았습니다.

* 삼림에서 나무꾼 등이 작업에 사용하는 손도끼 형태의 칼.

"이 칼은 쓰바사의 부적이란다. 그러니까 결코 장난하는 데 써서는 안 돼. 집 밖에 나갈 때는 반드시 몸에 지니려무나. 하지만 함부로 건드려선 안 된다. 이걸 뽑아도 되는 건 무서운 일을 당했을 때뿐이야."

노는 데 쓰면 안 된다는 말을 듣고 솔직히 실망했습니다만, 다음 순간에는 그런 감정과 비교도 되지 않을 정도의 불안감에 휩싸였습니다.

무서운 일을 당한다…… 라는 것은 무슨 의미인가.

그렇지만 할머니에게 물어봐도 아무런 대답을 해주지 않았습니다. 다만 어째서인지 제 옷을 새로운 기모노로 갈아입힌 뒤에 산도를 보자기에 싸서 어깨에 걸치듯 등에 메게 하고, 다시 그것을 감추듯이 삿갓을 제 등 뒤로 늘어뜨렸습니다.

어쩌면 할머니는 내가 그 남자아이와 놀고 있는 것을 이미 눈치채고 있는지도 모른다…… 라는 의심이 문득 들었습니다. 갑자기 산도를 준 것이나 삿갓을 쓰게 한 것도 그 때문이 아닐까, 하고 생각한 것입니다.

그런데 할머니가 그 아이의 존재를 인정하는 거라면, 어째서 그 애에 대해 조금도 언급하지 않는 것일까요. 게다가 삿갓과 산도가 갑자기 필요해진 것은 어째서일까요.

다음 순간이었습니다. 앗! 하고 저는 깨달았습니다.

삿갓도 산도도, 밤마다 할머니가 이야기해주신 옛날이야기 속에 모두 나왔던 것입니다. 게다가 양쪽 다, 산에서 벌어진 무서운 일로부터 체험자를 구해준 아주 중요한 부적으로서…….

보통은 이쯤에서 할머니가 이야기한 무서운 일을 당하는 것, 부적인 삿갓과 산도의 역할, 그 남자아이의 존재…… 라는 세 가지가 겹쳐질 것입니다. 하지만 저는 그런 생각에 필사적으로 저항했습니다.

그와 같은 의심이 조금도 싹트지 않았느냐고 묻는다면, 물론 그렇지는 않았습니다. 오히려 불안감이 점점 부풀었지요. 할머니가 말로 경고했을 뿐만 아니라, 삿갓이나 산도까지 꺼냈기 때문입니다.

하지만 한편으로, 그 남자아이가 친구라는 마음 역시 있었습니다. 저는 할머니를 신뢰하고 있었지만 그렇다고 해서 그 아이와 놀 수 없게 되는 것은 싫었습니다. 애초에 그 애와 만나서는 안 된다는 말은 한마디도 듣지 못했습니다.

그때의 저는 자신을 반쯤 속이고 있었다고 생각합니다. 좀 이상한 예시입니다만, 아마도 악녀일 거라고 의심하는 여자와 자기도 모르게 밀회를 반복해버리는 듯한, 그런 정신상태에 가까웠다고 말하면 될까요.

그 모습 그대로 집의 뒤편으로 가자, 곧바로 그 아이가 숲에서 모습을 드러냈습니다. 하지만 한순간에 그 아이의 얼굴이 굳는 것을 볼 수 있었습니다. 제 모습을 보고 깜짝 놀랐던 것입니다.

그 아이의 반응을 보고 "너하고는 안 놀 거야"라는 말을 듣는 것을 각오했습니다만, 실제로는 그렇게 되지 않았습니다.

"우리 집에 오지 않을래?"

예상 밖으로 집으로 초대받아서 저는 기뻤습니다. 하지만 그러려면 울타리 밖으로 나가야만 합니다.

"쓰바사에 대해서 이야기했더니 만나보고 싶대."

"가고는 싶지만……."

제가 거절하려 하는데, 그 아이가 한발 앞서 말했습니다.

"여기서 나가면 안 된다는 말을 들은 거지? 하지만 부적이 있다면 괜찮지 않을까?"

그럴싸한 이야기라며 감탄하고 납득했습니다만, 역시 그 아이가 부적을 몹시 싫어하는 것이 신경 쓰여 물어보았더니,

"일부러 그걸 넘어서 와주는 거니까 그 정도는 나도 참아야지."

아이는 그렇게 말하며 미소를 지었습니다. 그런데 그러면서 문득 제 가슴팍에 눈길을 주자마자,

"……뭐야, 그건?"

어린아이라고는 생각되지 않을 정도로 험악한 얼굴이 되었습니다.

산도를 등에 메고 있다고 제가 솔직하게 대답하자, 반사적으로 그 아이는 뒤로 물러섰습니다. 삿갓을 봤을 때보다도 더 격한 반응이었습니다.

지금 눈치로 봐서는 저 애의 집에 놀러 갈 수 없겠네.

저는 안도하는 마음과 비슷한 정도로 실망하고 있었습니다. 가서는 안 되지만 역시 가고 싶다…… 라는 생각이 마음속 깊은 곳에 있었던 것입니다.

"상관없어. 가자."

그래서 그 애가 그렇게 재촉했을 때, 저는 놀라면서도 너무 기뻐서 견딜 수 없었습니다.

"이대로 가도, 정말로 괜찮아?"

"응, 상관없어."

제가 쪼그려서 울타리의 새끼줄 아래를 지나는 것과 거의 동시에, 아이의 중얼거림이 흐릿하게 들려왔습니다.

"……한 것이, 거기에 있으니까."

울타리 밖으로 나오자마자 싸늘하면서도 축축한 공기가 느껴져 몸을 부르르 떨었습니다. 그리고 일어선 순간, 저는 후회했습니다.

말도 안 되는 짓을 저질렀어…….

곧바로 돌아가려고 뒤돌아서자 눈앞에 그 아이가 있었습니다. 언제 울타리와 제 사이로 이동했는지, 그곳에 서 있었습니다.

"저쪽이야."

그 아이가 가리킨 곳은 울창하게 우거진 숲 방향이었습니다.

"길을 모르는데……."

저는 앞장서서 안내해달라고 부탁했습니다만, 어째서인지 그 아이는 제 뒤에서 지시를 하는 것이었습니다. 어쩔 수 없이 시키는 대로 나아갔습니다. 하지만 잘 모르는 길이라서 걸음이 점점 느려지는 데다, 등 뒤에 있는 그 애도 어딘가 눈치가 이상했습니다. 마치 제 뒤를 따라오는 것이 고통스러워서 견딜 수 없다는 듯한 모습이었습니다.

그러다 얼마 못 가 "역시 안 되겠어"라고 항복하듯 제 앞쪽으로 돌아왔습니다. 어쩌면 삿갓을 눈앞에 둔 채로 걷는 것이 그 아이에게는 말할 수 없을 정도의 고통이었는지도 모릅니다.

처음에는 짐승들이 지나다니는 길처럼 좁은 길로 나아갔습니다만, 곧 덤불 속을 헤쳐 나가는 꼴이 되었습니다. 장소에 따라서는 우리 두 사람의 키보다도 높은 초목에 푹 감싸이면서도, 저는 필사적으로 그 아이를 따라가려고 했습니다. 그렇지만 등의 삿갓이 주위의 나뭇가지에 계속 걸리는 것이 이만저만 거치적거리는 게 아니었습니다.

"아직 멀었어?"

"조금만 더 가면 돼. 조금 더 위야."

나중에 생각해보면, 그 아이의 말이 이상했다는 것을 알 수 있습니다. 저희가 걸은 길은 다소 오르락내리락하기는 했지만 오르막은 아니었기 때문입니다. 게다가 할머니의 집은 작은 산의 꼭대기에 있었으니까요. 그곳보다도 위에 그 아이의 집이 있다는 이야기는 어떻게 생각해도 이상합니다.

그러나 그때의 제게는 마음의 여유가 전혀 없었습니다. 거기까지 생각이 미치지 않았지요. 그저 그 아이의 뒤를 따라 덤불을 헤치면서 나아가느라 정신이 없었습니다.

그런데 문득 정신이 들고 보니, 아주 걷기 편해져 있었습니다. 이제 좀 살겠다며 기뻐했지만, 등 뒤의 삿갓이 떨어져 없어진 것을 깨닫자 얼굴에서 핏기가 싹 가시는 느낌이 들었습니다.

아마 덤불 속을 지날 때 나뭇가지에 걸려 어딘가에 떨어뜨린 것 같았습니다. 좀 더 신경을 썼어야 했다며 후회하기는 했지만, 소 잃고 외양간 고치기였지요. 다만 제게는 아직 산도가 남아 있었습니다. 부적으로서는 삿갓보다도 훨씬 힘 있어 보이는 물건……

아직 괜찮아.

그래서 저는 왔던 길을 돌아가서 삿갓을 찾으려 하지 않고, 그대로 아이를 따라갔습니다. 여차하면 산도를 뽑으면 된다는 용감한 생각을 하고 있었던 겁니다.

그 뒤로 다시 한참을 걸은 뒤에 갑자기, 아무것도 없는 공간으로 툭 하고 나오게 돼서 깜짝 놀랐습니다. 잡초도 나지 않은 원형의 흙바닥이 펼쳐진 곳이었습니다. 주위는 풀숲으로 둘러싸여 있었는데, 그 기묘한 장소에는 아무것도 없었습니다. 그저 조금 울퉁불퉁한 적갈색 흙바닥이 펼쳐져 있었을 뿐입니다.

그리고 제 맞은편에는 이끼에 뒤덮인, 반쯤 무너진 돌계단이 아래를 향해 뻗어 있었습니다. 가까이 가서 내려다보기는 했지만, 계단 좌우에서 뻗어 나온 나뭇가지들로 덮여 있는 탓에 너덧 단 정도부터 아래가 완전히 가려져 있어 그 앞을 알 수 없었습니다.

…… 그 애는 좀 더 위에 집이 있다고 말했을 텐데.

그런데도 눈앞에 있는 돌계단은 명백히 아래로 향해 있었습니다. 위가 아니라 반대인 아래로, 저를 유도하고 있었던 것입니다.

제가 혼란스러워하고 있는데,

"양쪽 다, 잃어버렸구나."

아주 기뻐하는 듯한 목소리가 갑자기 등 뒤에서 들려와 흠칫하며 돌아보니, 어느샌가 그 아이가 바로 뒤에 서 있었습니다.

"무, 무슨 소리야⋯⋯?"

나도 모르게 겁을 집어먹은 것을 들키지 않으려고 자연스럽게 되물으려다가, 저는 등 뒤가 허전한 것을 깨닫고 소스라치게 놀랐습니다.

산도도 없어졌어⋯⋯.

퍼뜩 뇌리에 떠오른 것은, 덤불 속에서 무수한 나뭇가지가 촉수처럼 꿈틀거리며 산도를 싼 보자기의 매듭을 조금씩, 살며시, 몰래, 제게 들키지 않도록 풀고 있는, 도저히 있을 수 없는 광경이었습니다.

"걱정하지 않아도 돼."

초조해하는 저와는 대조적으로, 그 아이는 웃고 있었습니다. 하지만 그 눈동자가 어딘지 모르게 이상했습니다.

"다들, 기다리고 있으니까."

마치 파충류 같은 눈알로 저를 빤히 응시하고 있습니다.

제가 도망치려 하자, 그 아이가 오른손으로 제 가슴을 떠밀었습니다. 정말 무시무시한 힘이어서 저는 계단 쪽으

로 밀려났습니다만,

으갸아아악!

그와 동시에 무시무시한 비명 소리가 주위에 울려 퍼져
서, 저는 땅바닥에 엉덩방아를 찧으면서도 반사적으로 몸
을 움츠렸습니다. 그때 제 눈에 들어온 것은 도저히 믿기
지 않는 광경이었습니다.

그 아이가 바닥에 두 무릎을 꿇은 상태로, 왼손으로 오
른 손목을 누르면서 끙끙 신음하고 있었던 것입니다. 오른
손바닥이 시뻘겋게 부어오른 것이 마치 심한 화상을 입은
듯한 모습이라, 보는 것만으로도 아픔이 느껴지는 듯해 저
는 눈을 돌렸습니다.

그때 깨달았습니다. 제가 입은 기모노의 가슴팍 부근이
욱신욱신 아프고, 그곳에 손바닥 같은 자국이 나 있는 것
을…….

기모노의 무늬 말입니까? 격자무늬 비슷한, 그물눈 모
양 무늬였습니다.

아뇨, 갈아입기 전의 기모노는 무늬 없는 감색이었습니
다. 무늬 같은 게 전혀 없었던 것은 확실합니다.

그 아이에게 무슨 일이 일어났는지 알 수 없었습니다.
다만 지금이야말로 도망칠 때라고 깨달은 저는 살짝 자세
를 낮추고 방금 전에 빠져나온 수풀 쪽을 바라본 뒤, 그곳

을 향해 재빨리 뛰기 시작했습니다.

바스락바스락, 바직바직, 쏴아아…… 하는 덤불을 헤치는 소리가 짜증이 날 정도로 귀를 찌릅니다. 마치 뒤따라오는 목소리처럼 들려옵니다. 뭐라고 말하고 있는지는 알 수 없습니다. 의미를 전혀 알 수 없었지만, 그렇기에 무서워서 견딜 수가 없었습니다. 하지만 그 목소리를 듣지 않으려면 멈춰 설 수밖에 없습니다. 그런 짓을 했다간…… 이라고 생각하는데, 뒤쪽에서 정말로 큰 목소리가 들려왔습니다.

그 목소리를 재현하는 건, 아마도 인간은 불가능하겠지요. 음성으로 말하려 해도 문자로 쓰려고 해도 대체 어떻게 표현해야 좋을지……. 만약에 제가 그것을 재현할 수 있다고 말한다면, 그때 저는 머리가 이상해져 있을 게 분명합니다.

덤불 속을 맹렬하게 돌진하면서 포효하는 그 아이의 모습이 생생히 떠오를 정도로, 무시무시한 기척이 점점 제게로 다가오고 있었습니다.

저는 떨고 있었습니다. 그 아이가 쫓아오기 시작했다는 것도 물론 두려웠습니다만, 인간의 언어가 아닌 소리를 내고 있다는 점이 그 이상으로 저를 전율하게 만들었습니다.

거기서부터는 더더욱 죽을힘을 다해서 도망쳤습니다.

무사히 집까지 돌아갈 수 있을까, 왔던 길로 제대로 돌아가고 있는 것일까…… 라는 두려움에 시달리던 그 순간에 무엇보다 제 신경을 지배하고 있었던 것은, 저 아이에게 따라잡히는 게 아닐까…… 라는 압도적인 공포였습니다.

저것으로부터 도망치려면 이대로 산을 내려가는 것이 최선일지도…… 라고 생각하는 한편, 정말로 목숨을 건지려면 집으로 돌아가는 수밖에 없다…… 라는 걸 알고 있었다는 기분도 듭니다.

남자아이였고, 그 아이였고, 친구였던 존재는, 저것으로 변해 있었습니다. 저것은 정체불명이며, 아주 흉측한 데다, 무엇보다도 무서운 것이었습니다. 그런 녀석에게 쫓기고 있으니 정말 살아도 산 것 같지가 않았습니다. 하지만 붙잡히면 틀림없이, 그 산 것 같지 않은 기분조차 더는 느끼지 못하게 될 것입니다.

다행스러웠던 것은, 그 이상한 공터로 나올 때까지 밀림처럼 우거진 덤불을 헤쳐 왔다는 점이었습니다. 그 흔적이 남아 있으니 그것을 더듬어 돌아가기만 하면 아마도 집에는 돌아갈 수 있을 것입니다. 요컨대 어린아이라도 알 수 있는 길잡이가, 필사적으로 도망치는 저의 눈에 차례차례 나타나주어 큰 도움이 되었다는 이야기입니다. 그 표식이 없었더라면 저는 이내 가야 할 방향을 잃고 망연자실하여 산속에 멈춰 섰을 테고, 눈 깜짝할 사이에 그것에 따라잡히고 말았겠지요.

다만 그렇게 망설임 없이 도망치면서도, 한편으로 걱정하고 있기도 했습니다. 삿갓과 산도를 잃어버린 것은 덤불 속을 걷고 있을 때였습니다. 역시나 확신은 없습니다만, 주위의 나뭇가지들이 촉수처럼 뻗어와서…… 라는 망상이 제 머릿속에 떠오르고 있었습니다. 이번에도 같은 일이 일어나는 것이 아닐까, 덤불 자체가 앞길을 가로막아서 이제부터 나아갈 수 없게 되는 것은…… 이라며 몹시 두려워했던 것입니다.

그 두려움에 저항하기 위해서는 최대한 빨리 달릴 필요가 있었습니다. 하지만 아직 어린아이였으니까요. 곧 숨이 가빠져서 걷는 것이 고작인 상태가 되어버렸습니다.

그렇게 되자 기모노의 소매와 옷자락이 계속 나뭇가지에 걸려서 걷기 불편해지기 시작했습니다. 마치 붙잡는 것처럼……. 저를 방해하려는 의사를 가지고 있는 것처럼…….

역시, 그렇구나.

안 좋은 예감이 들어맞은 것에 저는 절망했습니다. 분명 당장이라도 덤불에 팔다리가 휘감겨 옴짝달싹 못 하게 될 것이 틀림없다. 그런 상상을 하며 실의의 밑바닥으로 내동

댕이쳐졌던 것입니다.

그런데 잠시 후, 저는 그 힘이 의외로 약하다는 것을 깨달았습니다. 나뭇가지가 기모노에 걸리기는 하지만 금방 떨어져버리는 것이었습니다. 삿갓을 등 뒤에서 몰래 떼어내고 산도를 감싼 보자기의 매듭을 풀었던…… 그 정도의 마력을 가진 것치고는, 이제는 그냥 걷고 있을 뿐인 저를 거의 저지하지 못하고 있었습니다.

저것이 제 기모노를 건드렸기 때문에 손바닥에 화상을 입은 듯 보였던 것같이, 어쩌면 주위의 덤불도 같은 이유로 내게 손을 댈 수 없는 것은 아닌가…… 라는 희망이 문득 생겨났습니다.

괜찮을지도 몰라.

나도 모르게 기뻐했다가, 이상할 정도로 등 뒤가 고요하다는 걸 깨달은 순간이었습니다. 오싹한 느낌과 함께 목덜미의 털이 곤두섰습니다.

덤불을 헤치는 소리가 조금도 들려오지 않는다…….

그런데도 쫓아오는 저것의 기척은, 또렷하게 느껴진다…….

그때 생생하게 뇌리에 떠오른 장면은, 저것의 앞길에 있는 덤불이 쓱 하고 자연스럽게 좌우로 갈라지는 광경이었습니다. 저것을 전혀 방해하지 않고, 오히려 지나가기 쉽게 해주는 믿기지 않는 모습 말입니다.

이 우려를 증명하는 것처럼 등 뒤에서 기분 나쁜 기척이 다가왔습니다. 그러나 소리는 전혀 들리지 않았습니다. 저것의 숨소리도, 발소리도, 덤불에 스치는 소리도, 아무것도 들려오지 않았습니다.

그저 섬뜩한 기척만이, 계속 저의 뒤를 따라오고 있었습니다…….

뒤돌아서 확인하고 싶은 마음이 당연히 있었습니다. 하지만 그렇게 했을 때 눈에 들어온 것이 사람이 아닌 다른 무언가…… 라고 생각하면, 더는 무서워서 견딜 수가 없었습니다.

저는 울면서 계속 도망쳤습니다. 그래서 숲을 간신히 빠져나와 집 뒤편으로 나왔다는 사실도, 눈앞이 흐려진 탓에 곧바로 알아차리지 못했을 정도였습니다.

아, 간신히 돌아올 수 있었다…… 라고 생각하자마자 그 자리에 비틀비틀 주저앉을 뻔했습니다. 제가 그러지 않았던 건, 바로 뒤에 그것이 있었기 때문입니다.

괜찮아, 분명히 살아날 수 있어.

저는 스스로에게 그렇게 말하면서 천천히 집 쪽으로 다가갔습니다. 비틀거리면서 한 걸음씩, 어쨌든 앞으로 나아갈 뿐이었습니다. 아무래도 새로운 기모노 덕분에 저것은 저를 건드릴 수 없는 모양이었습니다. 아무런 확신도 할수 없었습니다만, 그 가능성이 마음을 지탱해주었습니다.

숲에서 나온 뒤 울타리까지 이르는 짧은 거리가 어찌나멀게 느껴지던지. 기모노가 아니라 머리나 두 손처럼 노출되어 있는 부위를 건드렸더라면…… 하고, 문득 상상한 것이 실수였습니다.

갑자기 두 다리가 부들부들 떨리기 시작하더니 금세 걷기가 어려워졌습니다. 그러자 등 뒤에서, 저것이 웃은 기분이 들었습니다. 조금도 소리를 내지 않고, 하지만 크게입을 벌리고서 '앗핫핫' 하고 기분 나쁜 웃음을 짓고 있다…… 굳이 돌아보지 않고도 그 장면을 손에 잡힐 듯이생생하게 머릿속에 그릴 수 있었습니다.

저는 젖 먹던 힘까지 짜내어 우격다짐으로 꾸역꾸역 앞으로 나아갔습니다. 점점 다가오는 울타리에만 의식을 집중하며 어쨌든 필사적으로 계속 걸었습니다.

이제 한 발짝만 더 내디디면 울타리 앞에 서게 되는 순간이었습니다. 목덜미 부근에서 소곤거리는 목소리가 들려왔습니다.

"…… 놀러 갈게."

마치 냉수를 뒤집어쓴 듯한, 소름 끼치는 오한이 온몸에퍼지는 걸 느끼며 저는 정신없이 울타리의 새끼줄 아래를 지났습니다. 그리고 일어서는 것과 동시에 곧바로 뒤를 돌아보았지만, 그것은 이미 그곳에 없었습니다.

…… 살았구나.

아까의 말은 신경 쓰였습니다만, 저것이 울타리를 넘을수 없다는 것은 일단 틀림없었습니다. 요컨대, 놓쳐버린 것이 분해서 하는 소리에 지나지 않았던 것입니다. 아무리 어린아이라고 해도 알 수 있었습니다. 그러므로 겁먹을 필요는 없었지만, 저는 몇 번이나 숲을 돌아보면서 집의 정면으로 돌아갔습니다.

그제야 비로소, 벌써 해 질 녘이 되었음을 알고 다시 한번 놀랐습니다. 만약 숲속에서 날이 저물었더라면 과연 살아날 수 있었을까요…….

밭에서 할머니의 모습은 보이지 않았습니다. 이미 집 안으로 들어가신 거겠지요. 걱정하고 계실 게 분명하다며 서둘러 현관을 지나려다가, 제 옷이 얼마나 더러워져 있는지 그제야 깨달았습니다. 그래서 안방 부분이 아니라 마구간 부분의 현관을 사용하기로 하고, 문을 지나 토방으로 발을 들였을 때였습니다.

……툭.

뒤에서 뭔가가 떨어지는 소리가 들렸습니다. 뒤돌아서 바닥을 보자, 손바닥 정도 크기의 나뭇가지가 떨어져 있었습니다. 덤불 속을 도망치던 때에 기모노에 우연히 달라붙었던 나뭇가지가 떨어진 듯했습니다. 그렇게 생각하긴 했지만 어째서인지 눈을 뗄 수가 없었습니다. 게다가 그것을 바라보는 동안에 저는 점점 불안해지기 시작했고…….

토방에 떨어진 그 나뭇가지는, 마치 사람의 형태처럼 보였습니다.

"아이고, 무사했구나!"

그때 할머니가 안방 부분에서 나타났습니다.

"몇 번이나 불렀는데 전혀 대답이 없지 뭐니. 집 뒤편을 찾아봐도 보이질 않고. 아이고, 이거 끌려가버렸구나…… 하고 생각했지만, 나는 아무것도 할 수 없어. 뒷일은 전부 쓰바사 하기 나름이니까."

저는 야단맞을 거라고 생각했습니다만, 할머니는 그렇게만 말씀하셨을 뿐 곧바로 목욕물을 덥히고—제가 입고 있던 옷은 아궁이의 불쏘시개로 사용되었습니다—저를 욕실에 집어넣어 온몸을 씻기더니, 똑같은 격자무늬의 새 기모노를 꺼내 입혀주신 뒤 평소대로 저녁밥 준비를 시작하셨습니다.

그날 밤이었습니다. 저녁 식사를 마치고, 원래대로라면 할머니의 옛날이야기를 듣는 시간에 저는 벌써 이부자리에 들어가 있었습니다. 숲속에서 무슨 일이 있었는가를 이야기하고 싶다고 생각했지만 몹시 지쳐 있었는지, 눈 깜짝할 새 잠이 들어버렸던 것입니다. 그래도 할머니에게 질문을 받았더라면 저는 분명 졸음을 참아가며 모든 것을 털어놓았겠지요. 그러나 할머니는 떠보려는 기색조차 없었습니다. 제가 어떤 일을 당하게 되더라도 어디까지나 '쓰바사 하기 나름'이기 때문이었을까요.

원래대로라면 그대로 아침까지 눈을 뜨지 않았을 거라고 생각합니다. 하지만 덜거덕덜거덕하는 시끄러운 소리에 저는 잠에서 깨어났습니다.

옆에 깔린 이부자리를 보니, 할머니가 없었습니다. 저는 졸린 눈을 비비면서 소리가 들리는 거실 쪽으로 나갔습니다. 할머니가 안방 부분과 마구간 부분을 구분해놓은 판자문을 아주 황급히 닫고 있었습니다. 그렇게 전부 다 닫더니, 할머니는 그 자리에 털썩 주저앉아버렸습니다.

제가 말을 걸지도 못하고 멈춰 서 있자, 뒤늦게 저를 발견한 할머니는 숨이 끊어질 듯 말 듯한 목소리로 말했습니다.

"…… 저것이, 들어와버렸어."

곧바로 뇌리에 떠오른 것은 마구간 부분의 토방에 떨어졌던, 사람 형태를 한 나뭇가지였습니다. 그것을 옷에 붙인 채로 이 집에 돌아왔기 때문이 아닐까…… 하고 저는 겁에 질렸습니다.

그러나 곧 그 기모노에는 그것을 저지할 수 있는 힘이 있었을 거라며 고개를 갸웃했습니다. 그래서 저는 생각한 것을 그대로 할머니에게 이야기했습니다.

"쓰바사는 아주 똑똑하구나. 바보 같은 애였다면 벌써 다 틀렸을 거야."

그렇게 대답하면서 할머니는 조금 생각에 잠긴 듯 보이더니,

"…… 아마도 기모노의 옷 띠였겠구나. 내가 실수를 했어."

그렇게 가만히 중얼거렸습니다. 기모노에는 사악한 것을 쫓는 힘이 있었지만, 옷 띠는 평범한 물건이었기 때문에 그것에 문제의 나뭇가지가 걸릴 수 있었다…… 라는 뜻인 것 같았습니다.

제가 깜짝 놀라면서 닫힌 문을 응시하자,

"열면 절대 안 된다. 보는 것도 절대 안 돼."

할머니가 신신당부했습니다.

"아아아주 많으니까."

뭔가가 토방 안에 우글거리는 광경이 머릿속에 확 펴져서, 저는 떨기 시작했습니다. 그와 동시에, 저것이 한 말이 생생하게 되살아났습니다.

쓰바사에 대해서 이야기했더니, 다들 만나고 싶대.

다들, 기다리고 있어.

그런 뒤에 할머니와 함께 중간방으로 돌아가 다시 이부자리에 들어갔습니다만, 아침까지 뜬눈으로 밤을 지새웠습니다.

닷샛날 아침을 맞고서야 저는 안도했습니다. 해가 뜨면 괜찮을 거라고 믿었기 때문입니다. 그래서 할머니의 말을 들었을 때는 제 귀를 의심했습니다.

"저쪽은 이제 틀렸어. 그러니까 판자문을 여는 것도 저쪽을 쳐다보는 것도 안 되고, 하물며 저쪽으로 가는 건 더더욱 안 돼."

저쪽이란 물론 마구간 부분을 가리킵니다. 말하자면, 양 중문 구조 실내의 거의 절반이 저것에 먹혀버린 모양이었습니다.

"밖으로 나가는 건요?"

흐릿한 희망을 품고 묻자, 할머니가 진지한 얼굴로 대답했습니다.

"지금은, 아직 괜찮아 보이는구나."

시간이 지남에 따라 집 밖도 위험해질 우려가 있다는 뜻이었습니다. 그렇게 되면 저희는 안방 부분의 실내에 완전히 갇히는 꼴이 됩니다.

"괜찮아. 음식은 충분히 비축해두었으니까."

저의 불안을 알아차렸는지, 할머니는 아무것도 아니라는 어조로 저를 달래주셨습니다.

"쓰바사는 앞으로 사흘 밤만 이 집에 틀어박혀 있으면 된단다. 그걸로 전부 끝이야. 저건 없어져. 애초에 '은거'라는 것은 그런 거니까."

집 안에 갇혀버렸다고 생각하면 무서웠지만, 집 안에 있으면 저것으로부터 도망칠 수 있다는 말을 듣게 되자 갑자기 마음이 편안해졌습니다. 평소 같으면 사흘씩 집 안에 틀어박히는 건 정말 싫었겠지만, 물론 그때는 이야기가 달랐습니다. 울타리를 넘은 것 때문에 무서운 일을 겪은 뒤라, '은거'가 끝날 때까지 집에서 나가서는 안 된다는 말을 들으니 오히려 안도가 되었습니다.

다만 놀란 것은, 할머니가 아침 식사를 한 뒤에 밭으로 나갔다는 점입니다. 나도 모르게 말리려고 하는데 할머니가 빙그레 미소 지으면서,

"나는 괜찮아. 쓰바사만 이 집에 있어주면 아무 걱정 없이 밭일을 할 수 있단다. 게다가 바깥도 한동안은 괜찮겠지."

그렇게 말씀하셔서, 저는 걱정하면서도 할머니를 안방 부분 현관에서 배웅했습니다.

하지만 생각해보면 '은거'의 주역은 저고, 할머니는 옆

에서 돕는 사람입니다. 저것이 노리고 있는 것은 저이지 할머니가 아니겠지요. 할머니를 신경 쓸 여유가 있다면 좀 더 스스로를 돌아봐야 하는 것이 아닐까, 적어도 처음에 할머니와 했던 약속을 깨뜨리는 행위는 더 이상 절대로 해서는 안 된다, 그렇게 강하게 다짐했습니다.

그런 결의 때문인지, 저는 집 안에 혼자 남겨진 뒤에도 한동안 묘한 긴장에 휩싸여서 쓸쓸함은 전혀 느끼지 못했습니다. 다만 그것이 점차 옅어짐에 따라 마구간 부분의 토방이 신경 쓰이기 시작했습니다.

그런데 하필이면 그때, 화장실에 가고 싶어졌습니다. 할머니의 말씀을 따라 저는 마구간 부분에서 가장 멀리 떨어진 안방에 틀어박혀 있었습니다만, 화장실에 가기 위해서는 거실을 지나갈 필요가 있었습니다. 저것이 우글거리는, 토방과 거실을 가로막은 판자문 앞을 지나지 않으면 화장실에는 갈 수 없었습니다.

한동안 참기는 했지만, 생리현상을 완전히 멈추는 것은 불가능합니다. 어쩔 수 없이 저는 안방을 나왔지만 거실의 마룻바닥을 걸을 때는 자연스레 살금살금 걷게 되었습니다. 마찬가지로 조심조심 주방과 욕실 옆을 지나 간신히 화장실에 도착했을 때는, 안도한 나머지 하마터면 옷에 소변을 지릴 뻔했습니다.

화장실에서 볼일을 보고 있는데 술렁술렁…… 하고 소름 끼치는 기척이 마구간 부분 쪽에서 전해져와서, 그제야 앗! 하고 저는 기억해냈습니다. 거실과 마찬가지로 주방 일부와 욕실 그리고 화장실은 토방과 접해 있다는 것을요.

내가 있는 걸 알아차린 게 아닐까…….

그렇게 의심하는 순간, 소변이 뚝 그쳤습니다. 방금 전까지 느끼던 배뇨의 욕구가 완전히 사라졌지요. 공포 때문이라고 어린 나이에도 깨달았을 정도로, 벽 한 장을 사이에 둔 저 너머의 술렁임은 참으로 흉측한 것이었습니다.

저는 소리를 내지 않도록 조심하며 다시 살금살금 안방까지 돌아갔습니다. 그리고 할머니가 밭에서 돌아올 때까지 얌전히 있었습니다.

점심밥을 먹은 뒤 저는 뒤늦게나마 어제 겪었던 일을 털어놓았습니다만, 할머니는 묵묵히 듣고만 있을 뿐 제가 약속 깬 것을 혼내지도 않았고 무사히 돌아와서 다행이라는 말도 하지 않으셨습니다.

그런데 오전 중에 화장실에서 있었던 일을 듣자, 곧바로 얼굴이 험악해졌습니다.

"집 안에서 움직이는 것은 안방과 중간방과 윗방만으로 하고, 다른 곳은 가지 않는 게 좋겠구나."

아직 앞방도 남아 있습니다만, 그곳은 방으로는 취급하

지 않으므로 그렇게 줄인 거겠지요.

화장실은 어떻게 하느냐고 물었더니, 요강을 두 번째 복도 가장자리에 두겠다는 이야기를 하셔서 얼굴이 확 뜨거워졌습니다. 그렇지만 수긍하지 않을 수 없었습니다. 벽하나 너머로 느꼈던, 토방에 우글거리던 저것의 섬뜩함이 제 안에 생생히 남아 있었기 때문입니다.

그날 오후는 정말로 길게 느껴졌습니다. 지루함을 견디지 못한 저는 안방을 나가 중간방으로, 그리고 거기서 윗방으로 왔다 갔다 했습니다만 그것도 금세 질려버렸습니다. 그러다 끝내는 거실에 발을 들였지만, 마구간 부분의 토방에 접한 판자문에는 역시나 다가갈 수 없었습니다. 그저 물끄러미 바라봤을 따름입니다.

그런데도 한동안 바라보고 있으려니, 술렁술렁…… 하는 기분 나쁜 기척이 판자문 너머에서 느껴지는 것이었습니다. 미약한 저의 기척을 민감하게 알아차린 것처럼…….

이제 그만두자고 생각하면서도, 저녁에 할머니가 돌아올 때까지 저는 몇 번이나 같은 행동을 반복했습니다. 만약 제가 아침부터 같은 행동을 했더라면, 판자문을 살며시 열고서 그 틈으로 토방을 엿보았을지도 모르는 일입니다. 그 결과로 저것이 안방 부분에 침입해와서…… 라고 생각하니 온몸에 소름이 돋았습니다. 앞으로 이틀이나—밤을

넘긴다는 의미로는 '세 밤'입니다만—이런 상태로 견딜
수 있을지 몹시 불안해졌습니다.

거실이 아니라 중간방에서 저녁을 먹은 뒤 할머니는 주
방에서 뒷정리를 하고 있었습니다만 갑자기 당황한 얼굴
을 하고 방으로 돌아오시더니,

"…… 측간과 목욕탕에도, 저것이 들어왔어."

참으로 무서운 이야기를 하시는 것이었습니다. 아뇨, 그
보다도 무서웠던 것은 저것이 집의 안방 부분까지 침입하
는 것을 할머니가 전혀 예상하지 못한 듯했다는 사실이었
습니다.

여기는 괜찮을까?

어젯밤과 마찬가지로 중간방에 깔린 이부자리에 일찌
감치 들어가 불안에 시달리고 있는데, 묘한 소리가 들렸습
니다.

……휘유우우우우우.

처음에는 바람 소리인가 싶었지만, 귀를 기울이고 듣는
동안 그게 아니라는 걸 깨달았습니다. 그 소리는 집 밖이
아니라, 집 안에서 울리고 있었기 때문입니다.

대체 어디에서…….

그렇게 생각하며 고개를 들려고 하다가, 그 장소와 소리
의 정체를 문득 깨달았습니다.

저것이 토방에서 휘파람을 불고 있어…….

할머니와의 약속과 저것이 '그 아이'였을 때 제게 휘파람을 불게 하려고 했던 기억이 바로 여기서 겹쳐지며, 저는 오한을 느꼈습니다.

……삐이이이이이.

휘파람의 음색은 아주 구슬프면서도 음산한, 기분 나쁜 소리였습니다. 희미하게 들릴 뿐인데도, 아주 날카롭게 머릿속을 찌르는 듯한 느낌이 들었습니다.

"저 소릴 들으면 안 돼."

할머니의 주의를 받고, 저는 이불을 머리부터 푹 뒤집어 쓴 채 두 손으로 양쪽 귀를 막았습니다. 그러자 머릿속에서 고오오오, 두근두근두근…… 하는 시끄러운 소리가 들려서 도저히 잠들 수가 없었습니다. 한동안 그렇게 있다가 가만히 두 손을 떼고 들어보니 아직도 휘파람 소리가 나고 있었습니다.

저것의 휘파람은 밤새도록 계속된 모양이었습니다. 저는 얼마 지나지 않아 잠이 들었지만, 할머니는 전혀 잠을 이룰 수 없었을 테지요. 아침이 되어 제가 눈을 떴을 때, 할머니의 지친 얼굴이 그것을 말해주고 있었습니다.

저것의 집요함에 오싹하는 것도 잠깐이었습니다. 아침 식사 준비를 하러 간 할머니가 돌아와 "주방에도 들어왔어"라고 말씀하셨을 때는, 이제는 여기서 도망칠 수밖에 없다고 생각했습니다.

하지만 저의 제안에 할머니는 고개를 저으면서 이렇게 말씀하셨습니다.

"지금 이 집에서 은거가 끝나기 전에 나가면, 쓰바사는 끝이야."

'끝'이라는 말이 이때만큼 무섭게 느껴졌던 적은 없었습니다.

"주방뿐만이 아니라, 분명히 창고에도 들어왔겠지."

거기서 그치지 않고 할머니는 이런 말도 가만히 중얼거렸습니다.

엿샛날은 하루 종일 안방과 중간방에서만 지냈습니다. 아직 거실과 윗방은 안전했습니다만, 그 방들의 바로 옆까지—마구간 부분과 토방 그리고 안방 부분의 창고—침범 당한 상태이기 때문에 결코 방심할 수 없습니다.

할머니가 어제 만들어둔 주먹밥이 있어서 세끼 밥을 그것으로 때웠습니다. 화장실과 욕실에 저것이 들어왔으니, 할머니도 만일을 대비하고 있었던 것이겠지요.

할머니는 평소대로 아침부터 밭에 나갔습니다만 몇 번이나 저의 상태를 확인하러 돌아오곤 하셨습니다. 그때마다 집 안의 다른 방을 확인한 것은, 분명 저것이 침식해오는 상태 또한 검사하고 있었던 것이라 생각합니다.

저녁이 되어 밭에서 돌아온 할머니에게 이런 말을 들었습니다.

"거실과 윗방에도 저것이 들어왔어."

이것으로 남은 방은 중간방과 안방, 두 곳뿐입니다. 앞방까지 넣으면 세 곳입니다만, 어쨌든 이틀 밤을 이 집에서 더 보내야만 합니다.

그날 밤은 두 사람 모두 안방에서 자게 되었습니다. 저것이 침입한 거실과 윗방 사이, 중간 방과 두 번째 복도를 끼고 있는 곳이기 때문이었습니다.

그래도 밤에는 역시나 휘파람 소리가 들려왔습니다. 게다가 저것이 토방에서 휘파람을 불던 때보다도 또렷하게 들리는 것이었습니다. 가로막고 있는 것이 판자문에서 장지문으로 바뀌었기 때문인지, 아니면 저것의 힘이 강해졌기 때문인지…….

이렛날 아침을 맞을 무렵에는, 할머니가 몹시 기진해 있다는 걸 어린 저도 한눈에 알 수 있었습니다. 밭일조차 나갈 수 없게 된 것만 봐도 할머니가 얼마나 쇠약해졌는지 짐작할 수 있었지요. 그러나 저는 아무 도움도 되지 못했습니다. 여전히 할머니에게 보호를 받는 입장이었지요.

주먹밥이 더는 없어서, 이날은 건빵과 통조림 등의 보존

식품으로 때웠습니다. 수분 공급은 여러 개의 물통에 채워
둔 녹차와 물로 했습니다.

그날은 두 사람 모두 안방에 틀어박혀 있었습니다만,

"오늘 밤만 넘기면, 더 이상 아무런 걱정도 없단다."

할머니는 몇 번이나 저를 격려해주셨습니다. 가령 저
것이 중간방에 침입했다고 해도, 아직 두 번째 복도가 남
아 있습니다. 이 방에 들어올 수 있게 될 무렵에는 이미 일
곱째 밤이 밝아버려서 저것은 산으로 도망칠 수밖에 없
다…… 라는 것이 할머니의 생각이었던 것입니다.

그러나 그런 설명을 듣고 안심한 것은 아주 잠깐뿐이었
습니다. 그날 저녁 무렵에 저것이 중간방까지 들어와버렸
기 때문입니다.

날이 저물고 나서 간단한 식사를 한 뒤, 할머니는 화장
실 대신 쓰는 요강으로 제게 볼일을 보게 하더니 안방 장
지문의 이음매에 부적 같은 것을 척척 붙이기 시작했습니
다. 안방을 안쪽에서 봉하는 느낌이었습니다.

저런 것이 있다면 좀 더 일찍 거실 판자문 같은 데 붙였
으면 좋았을 텐데, 하고 저는 생각했습니다만 아마도 그
부적은 최후의 수단이었겠지요.

그리고 할머니는 안방 한가운데 이부자리를 깔고 그 위
에 모기장을 치더니,

"알겠니? 날이 밝을 때까지 무슨 일이 있어도 모기장 밖으로 나와서는 안 된다."

그렇게 제게 지시하셨습니다.

"만일의 경우가 생기더라도, 내가 여기서 막을 테니까."

당시의 제가 '만일'이라는 말의 의미를 알았다고는 생각되지 않습니다만, 어쨌든 저것이 수호 부적을 뚫고 안방에 침입해버리는 최악의 경우…… 를 말하는 것임을 이해할 수 있었습니다.

할머니는 염주를 손에 들고 불빛을 약하게 한 램프를 옆에 놓은 다음, 제게 등을 돌린 자세로 모기장 바로 옆에 앉았습니다. 할머니의 시선 앞쪽으로는 부적으로 봉한 장지문이, 그 너머에는 두 번째 복도가, 다시 그 너머에는 중간방이 있습니다.

저것과 나 사이에 할머니가 앉아 있다…….

그 안방의 상태가 저를 얼마나 안심시켜주던지요. 저는 지금 보호받고 있다는 안도감에 감싸여 잠자리에 들었습니다.

그렇다고는 해도 역시나 긴장해서인지 좀처럼 잠이 오지 않았습니다. 몇 번이나 눈을 뜨고서 할머니의 등을 바라보다가 다시 눈을 감는다…… 그것의 반복이었지요.

얼마나 시간이 흘렀을까요.

어느샌가 잠이 들었던 듯한 저는, 문득 깨어났습니다. 그러나 아직 날이 밝지 않았습니다. 조명이라고는 램프의 흐릿한 불빛뿐이라, 안방은 거의 새까맸습니다. 그러면 어째서 일어나버렸는가. 저는 이부자리에서 나오려고 하다가, 귀에 무척 거슬리는 소리가 들린다는 것을 문득 깨달았습니다.

……술렁술렁술렁술렁술렁술렁.

그것은 장지문 바로 너머의, 두 번째 복도에서 들려왔습니다. 수많은 뭔가가 좁은 복도에 빽빽이 들어찬 상태로 일제히 꿈틀거리고 있다…… 그렇게 느껴졌습니다.

두 번째 복도의 술렁임은 이윽고 안방의 동쪽 앞방과 서쪽의 툇마루로 퍼지고, 현관 쪽의 첫 번째 복도마저 채우기 시작했습니다. 안방이 완전히 저것들에 둘러싸인 상태가 된 것입니다.

제가 눈을 떴을 때는 이미 할머니가 열심히 기도를 올리는 중이었습니다. 할머니의 기도도 복도의 술렁임도 모두 흐릿하게밖에 들리지 않았지만, 그 두 개가 치열하게 싸우고 있는 것 같아서 저는 숨을 죽였습니다.

그러는 동안 복도가 조용해지고, 할머니의 기도 소리만이 들리는 와중에 저는 어느덧 다시 잠에 빠졌습니다.

다음에 눈을 떴을 때는 아무 소리도 없는, 쥐 죽은 듯한 정적을 먼저 느꼈습니다.

조심조심 이부자리에서 고개를 내밀자, 모기장 밖에서 할머니가 고개를 푹 숙인 채 끄덕끄덕 졸고 있는 듯한 모습이 흐릿하게 눈에 들어왔습니다.

이제 다 끝났구나…… 라고 제가 희망을 품었을 때였습니다.

……휘유우우우우우.

음산한 휘파람 소리가 두 번째 복도에서 날아들었습니다. 이어서 앞방에서, 이번에는 반대편 툇마루에서, 그리고 마지막으로 현관 쪽 첫 번째 복도에서 전혀 음색이 다른 휘파람이 들려왔습니다.

저는 이불 속으로 들어가 태아처럼 웅크렸습니다. 그 상태로 어서 날이 밝기만을 기도했습니다. 하지만 이내 등줄기가 오싹해지기 시작하고…….

이불 속에 들어가 있다고는 해도, 그 자세로는 저것들이 있는 방향으로 등을 향하게 됩니다. 그게 저는 너무나 두려웠습니다. 어쩔 수 없이 바르게 누운 자세를 하고 이불을 머리까지 끌어 올려 덮었습니다. 등이 바닥에 깔린 요에 밀착되자 조금이나마 안심할 수 있었습니다.

그런 뒤에 두 손으로 양쪽 귀를 막으려고 하다가, 더 이상 휘파람 소리가 들리지 않는다는 것을 깨달았습니다. 하룻밤 내내 계속될 거라고 각오하고 있었던 터라 솔직히 조금은 당황했는데, 그때 묘한 기척이 느껴졌습니다.

…… 누군가가 나를 보고 있다.

저것들이 안방에 침입했나 하고 저는 겁에 질렸습니다만, 그렇다면 방 안이 몹시 시끄러울 것입니다. 하지만 그런 기척은 티끌만큼도 없었습니다. 그러나 뭔가가 나를 응시하고 있다는 감각이 여전히 느껴지는 것이었습니다.

그 아이만…….

그 남자아이만 들어온 것이 아닌 걸까…… 하고 생각하며 가만히 이불 밖으로 두 눈을 내밀자, 할머니가 모기장 너머에서 저를 빤히 응시하고 있었습니다. 지금까지 본 적이 없을 정도로 크게 두 눈을 뜨고, 눈 한 번 깜빡이지 않고, 가만히 저를 바라보고 있었습니다.

그 상태가 한동안 이어진 뒤, 갑자기 할머니가 고개를 모기장으로 쑥 밀어붙여왔습니다. 그만큼 모기장이 쑥 안쪽으로 밀려 들어와 지금이라도 눈앞까지 뻗어올 것만 같아서, 저는 반사적으로 이부자리를 나와 할머니의 반대편 가장자리로 도망쳤습니다.

그러자 할머니는 고개를 도로 빼고는 무릎으로 선 자세가 되어 슥슥슥…… 하고 다다미 바닥을 무릎으로 비비듯 기어 모기장을 빙 돌면서 제가 있는 쪽으로 쫓아왔습니다.

저는 당황하며 반대편으로 도망쳤습니다만, 할머니가 모기장 밖을 계속 돌아다니는 한 이 술래잡기는 끝나지 않을 게 분명했습니다. 그래도 저는 울먹이면서 이쪽저쪽으로, 모기장 안에서 계속 자리를 옮길 수밖에 없었습니다.

그러다 결국 지치기 시작할 즈음, 할머니가 모기장 안으로 들어올 수 없다는 걸 깨닫고 저는 이부자리 안으로 들어갔습니다. 거기가 할머니에게서 가장 먼 장소라는 것을 알아차린 이유도 있었다고 생각합니다.

······슥슥슥슥.

모기장 밖을 돌아다니는, 다다미와 무릎이 마찰하는 소리와,

······휘유우우우우우.

다시 시작된 휘파람의 소름 끼치는 음색에 둘러싸이면서, 저는 이불 안에서 사시나무 떨듯 부들부들 떨었습니다. 아무리 기다려도 날은 밝지 않고 이 끔찍한 상태가 마냥 이어질 게 틀림없다는 무시무시한 절망감에 사로잡혀서 그저 계속 떨었습니다.

그래도 어린아이라 이내 울다 지쳐 잠들어버린 모양이었는데······.

문득 잠에서 깨어났을 때, 무서울 정도의 정적 속에서, 멀리서 흐릿하게 무슨 소리가 들려오는 것을 깨달았습니

다. 자연스럽게 귀를 기울이긴 했지만 저것의 덫일지도 몰 랐습니다. 그러고 보니 할머니는…… 하고 생각하자마자 단숨에 공포가 되살아났습니다.

다만, 들려오는 것에는 수수께끼의 소리뿐 아니라 새가 지저귀는 듯한 소리도 포함되어 있다는 걸 알 수 있었습니다. 그래서 살며시 이불 속에서 바깥을 엿보았더니 창문의 덧창 틈으로 가느다란 한 줄기 빛이 비쳐들고 있는 게 아니겠습니까.

날이 밝았어.

그렇게 깨닫자마자 저는 이부자리에서 튀어나왔습니다. 그러자 집 앞쪽에서 "어어이!" 하고 부르는 소리가 들렸습니다. 아버지의 목소리였습니다.

서둘러 모기장을 빠져나와 안방에서 첫 번째 복도로, 거기서 현관 마루를 지나 신발 벗는 곳으로, 그리고 마침내 집 밖으로 사흘 만에 나갔더니 울타리 너머에 아버지가 서 있었습니다. 고작 일주일 전에 헤어졌을 뿐인데, 1년은 만나지 못했던 것처럼 느껴졌습니다.

저는 울면서 뛰어갔습니다만, 아버지의 첫 마디는 "할머니는 어디 계시냐?"였습니다. 그제야 저도, 안방에 할머니가 없었다는 사실을 겨우 알아차렸습니다.

이 일주일간 있었던 일을 어떻게 설명할까…… 하고 고

민하는데, 아버지가 울타리를 훌쩍 넘더니 저벅저벅 집으로 걸어가기 시작해서 저는 크게 당황했습니다. 필사적으로 말리려고 했습니다만, 전혀 들은 체도 하지 않았습니다. 그렇게 저를 현관 앞에 남겨둔 채로, 아버지는 집 안으로 들어가버렸습니다.

무사하기를 빌면서 기다리고 있자, 험상궂은 표정을 한 아버지가 밖으로 나왔습니다. 하지만 "할머니는 계셨어요?"라고 제가 물어도, 아무런 대답이 없었습니다.

그 뒤에 저는 현관의 신발 벗는 곳에서 옷을 갈아입게 되었고—아버지는 보자기에 싼, 그 집에 올 때 입었던 외출복과 신발들을 전부 그대로 가지고 왔습니다—산을 내려간 다음 걸어서 역까지 가고, 거기서 전철을 타고 집으로 돌아왔습니다.

제가 정말로 마음을 놓았을 때는, 열차 안에서 입에 넣은 캐러멜의 달콤함을 느꼈을 때였는지도 모릅니다.

이 기묘한 체험에 대해 대학생 때 조사하려고 했습니다만, 조금 전에도 말씀드렸던 것처럼 거의 모든 게 수수께끼인 상황이라…….

만일 뭔가 생각이 있으시다면, 부디 말씀해주세요.

남자의 말이 끝나고 나서 내가 가장 먼저 물었던 것은 "그 남자아이가 이상하다고 느낀 것은 언제부터였습니까?"였다.

　한동안 그 남자는 생각에 잠겨 있었지만, 망설이면서도 "처음부터였다는 느낌이 듭니다"라고 대답했다. 그래도 누군가와 함께 놀고 싶었던 그 당시의, 아직 어렸던 그 남자의 심경을 생각하면 나는 더는 아무 말도 할 수 없었다.

　그러자 체험담에 대한 의견을 재차 요구해왔다. 그렇지만 나로서는 "가장 중요한 그 남자아이의 정체를, 무대가 되는 그 산도 포함해서, 도무지 알 수가 없어서 말입니다……"라고 얼버무릴 수밖에 없었다.

　민속학적으로 해석하면 그 울타리의 호랑가시나무와 남천촉도, 삿갓과 산도도, 새로 갈아입었던 기모노의 무늬도, 안방에 설치된 모기장도, 전부 사악한 것을 쫓는 부적이었다고 간주할 수 있다. 잎사귀의 형태나 열매의 색에 따라, 그리고 각종 그물눈이나 날붙이 같은 것에는 예로부터 사악한 기운을 쫓는 힘이 있다고 여겨져왔다. 할머니를 일부러 '할아버지'라고 부르는 것도 사악한 존재를 당황시키기 위함이다.

양중문 구조에 대한 구체적인 해석은 포기했지만 사악한 것이 가까이 오지 못하게 하는 기능이, 적어도 그 집에는 있었을 것이다. 그리고 '은거'라는 것은 그 집에 정해진 기간 동안 머물면서, 일곱 살이 되자마자 찾아온다고 여겨지는 재앙을 대상이 되는 남성으로부터 씻어내기 위한 통과의례였음이 틀림없다.

참고로 '도리쓰바사'는 한자로 '鳥翼'이라고 쓰는데, 유아의 장례를 말한다. 어린 나이에 죽은 경우, 새(鳥)가 죽은 것이나 다를 바 없다고—아직 인간이 되지 않았다고—간주되어, 과거에는 극히 간단하게 매장하는 지방이 많았다. 그때 아이의 시신을 새의 날개(翼)에 빗대어, 어린아이가 새가 되었다고 생각했던 것이다.

도리쓰바사를 행하는 시기의 판단은 지방에 따라서 제각각이었다. 가장 짧은 예는 태어나기도 전에 죽은 경우이며, 그 뒤로는 이름을 붙일 때까지, 해산 후 40일까지, 그다음부터는 한 살이 될 때까지, 두 살까지, 세 살까지로 이어지는데 가장 긴 것이 일곱 살이었다. 일본에는 옛날부터 '일곱 살까지는 신의 소관'*, 혹은 '일곱 살 전에는 신의 아이'라는 말이 있는데, 도리쓰바사의 풍습이 정확히 그것에 들어맞는다.

* 七歳までは神の内. 일곱 살 미만의 아이는 언제 죽더라도 이상하지 않다는 뜻.

…… 이와 같은 설명을 일단 하기는 했지만, 이 정도는 이미 조사한 것이 아니냐고 내가 묻자 역시나 남자는 그렇다고 답했다. 건축학뿐만 아니라 민속학 공부도 조금은 했다고 한다. 다만 모르는 내용도 있었는지, 그 부분에 대해서는 감사의 말을 들었다.

 남자도 의심했던 것처럼, 아마도 어머니 쪽 집안과 무언가 관계가 있을 것이다. 그렇다고 해도 단서가 부족해서 이 이상의 추측은 무리였다.

 그렇게 전하자 그 남자는 "본가에 뭔가 남아 있지 않은지, 다시 한번 제대로 찾아보겠습니다"라고 말했다. 이제 와서 그렇게 열심히 조사하는 이유가 있느냐고 호기심에 물어보았더니, 몸을 움찔하게 만드는 대답이 돌아왔다.

 "큰딸이 일찍 결혼해서 손자가 있습니다. 그 아이가 요즘 들어 이상한 소리를 한다고 딸이 이야기해서 말입니다. 밤이 되면 집 밖에서 휘파람 소리가 들린다고……"

 그러나 아이의 어머니와 그 남편이 아무리 귀를 기울여도 자동차 소리 같은 것만 들릴 뿐, 휘파람 소리 같은 건 전혀 들리지 않았다고 한다.

 "손자분은 몇 살입니까?"

 '설마' 하고 생각하면서 묻자, 남자가 말했다.

 "이번에 생일을 맞으면 일곱 살이 됩니다."

새로 발견하는 게 있으면 알려달라고, 미력하나마 도움이 될지도 모르겠다고 전하고 그 남자와 헤어졌다.

그러나 결국 연락은 없었다.

그 뒤로 몇 년이 지났던가…….

부디 아무 일 없이 그 사람의 손자가 일곱 살 생일을 맞이할 수 있었기를…… 이라고 나로서는 기도하는 수밖에 없다.

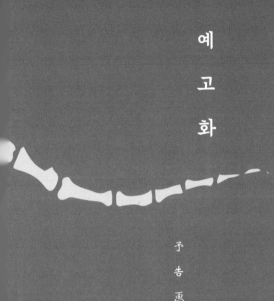

예

고

화

予告画

내가 신주쿠의 기노쿠니야 서점 본점의 모 서가에서 B5 사이즈의 컬러 인쇄 서적을 구입한 것은, 아마 2003년이나 2004년이 아니었나 한다. 그 책의 머릿그림 부분 첫 페이지에 실린, 두 장의 그림을 찍은 사진을 보고 강한 충격을 받았던 것을 지금도 또렷하게 기억하고 있다.

한 장은 다섯 살 난 유치원생 여자아이의 작품이었다. 어린이의 머리와 커다란 도넛 혹은 물놀이 튜브로 보이는 물체가 검은색으로 그려져 있고, 진한 붉은색 사선이 거친 필치로 그 사이를 메울 듯이 그어져 있다. 그 외에도 형태가 무너진 'ㅇ'자 같은 정체불명의 두 물체가 묘사돼 있는

데, 도화지의 왼쪽 상단 구석에는 '에토'…… 라고 읽을 수 없는 것도 아닌 서명 같은 게 적혀 있다.

다른 한 장은 중학교 2학년생 소녀의 작품이다. 소녀라고 생각되는 인물의 온몸을 흑색과 갈색으로 칠해놓은 그림이다. 그림 속 소녀는 팔꿈치를 살짝 구부린 상태로 뻗은 왼팔에다 오른손을 덧대고, 쭉 뻗은 오른쪽 다리에는 왼쪽 다리를 교차시킨 참으로 부자연스러운 포즈를 취하고 있다. 머리 모양은 이마를 드러낸 보브헤어로 보이는데, 그 아래에 있는 얼굴은 적자색으로 칠해져 있을 뿐 이목구비가 없는 밋밋한 얼굴이다. 이 적자색은 짙고 옅음의 차이가 있기는 해도 전신을 뒤덮고 있다. 특히 두 어깨부터 발목 언저리까지는 얇은 망토를 걸친 것처럼 옆으로 퍼져 있다.

첫 번째 그림의 다섯 살 여자아이는, 유치원에서 돌아오는 길에 트럭에 치여 즉사했다. 아이의 머리 부분이 거대한 타이어에 깔렸다고 한다.

이 사고를 알고 나서 다시 보면, 그림에 그려진 머리는 본인의 것이고 커다란 도넛처럼 생긴 튜브는 트럭의 타이어를 나타내며 그 둘 사이에 거칠게 그어진 붉은색 사선은 생생한 선혈을 묘사한 것으로 비친다. 형태가 무너진 'ㅇ'자 같은 물체는 트럭의 파손된 부위로도, 그 아이의 신체 일부로도 보이기 시작한다. 다만 서명 같은 것만은 여전히 영문을 알 수 없다. 여자아이의 나이를 생각하면 일단 글자는 아닐 거라고 생각하지만 그렇다고 해서 그림이라고도 볼 수 없는, 참으로 불가해한 묘선描線이다.

두 번째 그림의 중학생 소녀는, 등굣길에 무인 건널목에서 상행 열차를 지나 보낸 뒤 교대하듯 달려온 하행 열차의 존재를 알아차리지 못하고 건널목을 건너려다 치이고 말았다. 곧바로 병원으로 옮겨졌으나, 두개골 함몰 및 왼쪽 팔과 오른쪽 다리의 골절이라는 중상을 입은 탓에 얼마 못 가 사망했다.

학교에서 그 학생의 짐을 정리하던 중에 문제의 그림이 발견되었다. 그림 속의 소녀인 듯한 인물의 모습은, 병원의 침대에 누워 있던 그 학생의 모습을 쏙 빼닮았다고 한다. 확실히 팔다리의 표현은 실제로 입은 부상과 일치하고, 적자색 색채는 현장에 흘렸을 혈액처럼 생각된다.

'그런 그림들이 머릿그림으로 게재된 책이라니, 대체 어떤 오컬트 책일까?'라며 독자들은 놀랐을지도 모른다. 그러나 내가 구입한 책은《묘화 심리학 쌍서 7—원색 아이들의 그림 진단 사전》(아사리 아쓰시 감수, 일본 아동화 연구회 편저, 여명서점, 1998)이라는 번듯한 미술교육 관련 전문서였다. 그 책에서 "당신은 어떻게 생각하십니까?"라는 질문과 함께 두 장의 그림을 '예고화預告畵'로서 소개하고 있었던 것이다.

다만 지금 여기에 기록한 것 이상의 정보는 전혀 실려 있지 않다. 양쪽 다 본인이 사망하기 전에 그린 그림임은 틀림없지만, 그것이 죽기 직전이었는지 어떤지는 알 수 없다. 또한 비슷한 예고화를 또 그렸는지 아니면 이 그림만이 예외였는지, 그런 사정을 비롯한 모든 것이 불명이다.

머릿그림 뒤에 게재된 '머리말'에 의하면, 이 책은 "그 그림을 그린 아이의 내면에 있는 문제점을 적확하게 파악"하기 위해 만들어졌다고 한다. 그야말로 표제 그대로의 '참고서'라 할 수 있을 텐데, 심리학 및 생리학적 색채 분석에 기초한 아동화의 연구가 시작된 것은 1953년이라고 한다.

이 책에서는 아동화를 진단할 때 세 개의 표식을 이용하고 있다. 어떤 현장이 그려졌는가를 눈여겨보는 '형태 표식', 어떤 색이 사용되고 있는가에 주의하는 '색채 표식', 9등분 한 도화지에다 얼굴이나 체구를 투영시킨 구도의 의미를 읽어내는 '구도 표식', 이렇게 세 가지다.

머릿그림에 들어간 두 장의 '예고화'도 이 표식들에 의한 해석이 가능하다. 다만 그림을 그린 본인들의 죽음이라는 결과를 이미 알고 있기에, 두 장의 그림을 보고 있으면 어쩐지 오싹하고 불안한 기분이 든다.

이 '머리말'은 1985년에 쓰인 것인데, 그 안에 "아이들의 사망사고에 있어서 많은 신문기자가, 아이들이 생전에 그린 그림들 가운데 사고사를 암시하는 것이 있음을 기사로 내놓고 있습니다"라는 엄청나게 신경 쓰이는 기술이 있다. 즉, 그 밖에도 '예고화'가 존재하는 모양이지만 구체적인 사례가 나오지 않았기 때문에 정말로 그것이 '다수' 존재하는지 어떤지는 지금에 와서는 유감스럽게도 알 수 없다.

이 책에는 머릿그림 외에도 본문에서, 〈예고화〉와 〈예고화2〉라고 이름 붙인 열 장의 그림이나 콜라주를 기초로 네 페이지에 걸쳐 세 사람의 사례를 소개하고 있다. 그렇지만 머릿그림에 비하면 억지처럼 생각되는 그림 해석이 많다. 다만 세 번째 아이의 종이접기를 사용한 마지막 콜라주만은 상당히 오싹했다.

어느 여섯 살 난 유치원생이 저녁에 교통사고를 당해 사망한다. 담임 보육교사는 '예고화'에 대한 지식이 있었기 때문에 최근 6주 사이에 그 아이가 그린 그림을 다시 꺼내 보았다. 그러자 '예고화'라고 생각되는 그림이 네 장 있었다. 그중 세 장은 앞서 말한 대로 '그런 식으로 해석할 수도 있다' 정도에 지나지 않았지만, 네 번째 콜라주는 달랐다.

두 개의 시계가 종이접기로 표현되었고, 시침과 분침과 글자판이 자주색으로 그려져 있다. 그중 하나는 4시 7, 8분경을, 다른 하나는 5시 1, 2분을 가리키고 있었다. 그 아이가 사고를 당한 것은 4시 10분이고, 응급실에서 가족들이 지켜보는 가운데 숨을 거둔 것이 5시였다고 한다.

이 아동화 진단에 대한 연구가 시작된 1953년부터, 그 성과의 집대성이 시도된 약 30년 후—이것은 '머리말'에 적혀 있던 연도다—까지의 신문 기사를 열심히 조사해보면 동일한 사례를 만날 수 있을까. 그것이 사실이라면 상당히 흥미로운 이야기가 되겠는데…….

그러나 내가 16, 17년 전에 이 책을 구입한 것은 그때 구상하던 소설—어린아이가 그린 기분 나쁜 그림이 사건과 얽히는 호러 미스터리—의 참고 자료가 될 거라고 생각했기 때문이다. 그렇기에 '예고화'에 강한 충격을 받았지만, 더 깊이 조사하지는 않았다. 당시 내 흥미의 대상은 어디까지나 아동화를 통한 진단 그 자체였다.

참고로, 준비 중이던 것은 《심홍색 어둠》이라는 작품으로 전체의 7할 정도까지 집필하다가 중단했다. 작가로 데뷔한 이후 4, 5년 정도는 그런 습작을 몇 개나 쓰던 시기로, 그것을 바탕으로 '도조 겐야' 시리즈가 탄생하게 되는데 주제가 너무 벗어나게 되므로 하던 이야기로 돌아가자.

그 뒤 많은 분의 도움으로 작가로서 독립하게 되고, 호러와 미스터리를 중심으로 다양한 소설을 써왔다. 그런데도 이 '예고화'에 대한 것만은 머릿속 한구석에 치워둔 채였다. 작품의 제재로 충분히 사용할 수 있다고 생각하면서도, 어째서인지 의식하지 않으려고 마음먹고 있었다는 기분이 든다. 저것을 건드려서는 안 된다…… 라고, 마치 누군가가 계속 경종을 울려대는 것처럼.

그래서 수년 전까지는 '예고화'에 대해서 거의 잊고 있었다. 지금 와서 돌이켜보면, 봉인되어 있었다는 기분에 가깝다.

하지만 어느 해부턴가 4년 연속으로 그것을 떠올리는 상황이 되어서 조금 찜찜한 기분이 들기 시작했다. 대체 어찌 된 일인지, 순서대로 설명하도록 하겠다.

우선 2015년에 KADOKAWA의 모 매체에서 안도 요시아키의 《예지화》(가도카와호러문고, 2009)라는 책의 광고를 보고 '어라?' 하고 생각했다. 보자마자 이것은 '예고화'를 제재로 한 것이 아닐까, 했던 것이다. 하지만 읽어보지는 않았다.

작가가 되고 참고 문헌을 읽을 기회가 늘어남에 따라, 취미로서 즐기는 독서량은 상당히 줄었다. 그 전까지는 해외와 일본의 미스터리를 자주 접했지만, 예전처럼 계속 읽기는 어렵다. 상황이 그러니 해외의 호러 작품을 최우선으로 읽고 그다음에 해외 미스터리 작품을 읽자, 하는 식으로 우선순위를 붙이기로 했다. 그렇게 되면 일본 작품은 어쩔 수 없이 뒤로 밀리게 된다. 또 들어오는 책도 많아서, 흥미를 품은 신작에까지 좀처럼 손이 가지 않는다는 사정도 있었다.

게다가 다른 작가가 소재로 삼은 것 같다고 알게 된 시점에서 더 이상 '예고화'를 제재의 후보로 삼을 수 없다. 물론 내 나름대로 요리할 생각이 있었다면 읽었겠지만, 그럴 생각은 추호도 없었다. 오히려 이것으로 '예고화'라는 제재를 취소할 수 있게 되었다며 안도하게 되었다.

다음은 2016년에 〈교육미술〉(공익재단법인 교육미술진흥회)이라는 잡지에서, 같은 해 11월호의 특집 기사인 '아트와 일'에 대한 앙케트 설문을 받은 것이 계기였다.

우리가 학교에서 받은 조형미술 교육이 어떻게 실생활에 도움이 되는가, 혹은 영향을 주고 있는가를 다양한 분야에서 활약하는 사람들에게 물어보는 기획이다. 앙케트에 대답하는 것은 영화감독이나 미술관 스태프처럼 명백히 관계가 있어 보이는 직업인 사람들뿐만 아니라, 주부나 농업 종사자, 의사 그리고 개호복지사* 같은 분들도 많이

* 돌봄(개호介護) 서비스 전문 자격증을 가진 일본의 사회복지사.

포함되어 있는 등 인선이 상당히 넓었다.

나는 '작가'라는 직업군으로서 연락을 받은 것인데, 여기엔 이유가 있었다. 아직 20대일 무렵 간사이 지방에서 편집자로 일할 때, 미술교육에 관한 대형 기획을 담당한 적이 있다. 당시의 감수자 가운데 지금은 A대학의 명예교수가 된 F가 있었다. 기획이 무사히 종료된 뒤에 F와 다시 협업하게 되는 일은 없었지만, 연하장을 주고받는 것만은 내가 편집자를 그만두고 작가가 된 뒤에도 계속 이어지고 있었다. 그래서 F가 관여한 〈교육미술〉에서 특집 '아트와 일'의 기획이 엮일 때, '작가'에 대한 앙케트를 내게 의뢰하게 된 듯했다.

물론 나는 기꺼이 승낙했다. 다만 이때 '예고화'에 대한 것이 흘끗 뇌리를 스쳤음을 부정할 생각은 없다. 어떻게 된 일인가 설명하자면, 아무리 전문가라고 해도 30년 가까이 만나지 않았던 사람에게 갑자기 질문을 던질 용기는 역시나 없었지만 상대방 쪽에서 먼저 연락해온 점을 이용해 그 문제에 대해 물어볼 수는 있지 않을까 생각했던 것이다.

만일을 위해 그 밖에 '예고화'를 언급한 또 다른 전문서가 있지는 않은지 찾아보았지만 발견할 수 없었다. 그 시점에서 어느 정도의 예측은 되었지만, 앙케트를 수락하는 답장 안에서 "F선생님은 '예고화'라고 불리는, 어린아이의 그림을 알고 계십니까?"라고 물어보았다. 조금 전에 말했던 서적의 이름도 거론하며 "미술교육 현장에서 이것은 주지의 사실입니까?"라고도 질문했다.

F의 대답은 역시 예상대로였다. '예고화'는 실증적 자료와 논리적 근거가 부족해서, 현재로서는 과학적인 검증이 불가능하기 때문에 어디까지나 우연의 산물에 지나지 않는다고 판단된다는 것이었다.

창조미술 교육이 주목받았던 것은 1950년대 중반으로, 그 시기에 연구소가 세워지고 아동의 회화작품으로 본인의 심리 상태를 살핀다는—프로이트 이래 정신분석학의 흐름에 따른 것이다—시도가 이루어졌다. 그러나 한편으로 심리학자들로부터는 독단이라는 비난도 받았다. 더군다나 학회에서도 교육계에서도 고립되어버려서, 연구자가 세상을 떠난 뒤에는 뒤를 잇는 사람도 나타나지 않았고 논문 인용도 자연스레 사라졌다. 연구자가 자신의 학설에 대한 추시追試*를 허락하지 않았던 것도 커다란 문제였다고 한다.

아무리 찾아도 비슷한 서적을 발견 못 할 만도 했다. 당초 나는 어쩌면 미술교육계에서 '예고화'가 이단적 위치

---

* 남이 실험한 결과를 그대로 해보고 확인하는 것.

에 있었던 것은 아닐까…… 하고 예측했었는데, 적중한 모양이었다.

다만 놀랐던 것은, F가 소설《예지화》를 읽었으며 거기에 등장하는 연구자의 모델이 아마도 '예고화'의 제창자일 거라 추측하고 있었다는 점이다. F에게 호러나 미스터리를 즐기는 취미가 있었는지 어떤지는 모르겠지만, 분명한 명의 연구자로서 그와 같은 제목을 무시할 수는 없었던 것이리라. 전문가란 역시 굉장하다.

참고로 F는 그 연구의 객관적 평가뿐만 아니라, 다음과 같은 에피소드도 들려주었다.

해당 연구자가 어느 아동의 그림에 '구도 표식'을 적용했다. 그러자 화면에서 자주색이 사용된 위치가 인체의 폐에 대응하는 부분이었기에, 그 그림을 그린 아이는 폐에 관한 질병을 앓고 있다는 진단 결과가 나왔다. 하지만 그것을 담임교사에게 전해도 "건강히 지내고 있다"라며 부정적인 태도를 보였다. 겨우겨우 문제의 아동에게 병원에서 엑스레이 검사를 받게 해보니 결핵에 걸린 상태로 판명되었다. 그런 사례를, 그 연구자는 당시에 몇 가지나 이야기하고 있었다고 한다.

세 번째는 2017년에 다카하라 에이리의《괴담생활—에도에서 현대까지, 일상에 숨은 검은 그림자》(입동사)에 수

록된〈경계〉라는 이야기를 읽었을 때였다. 그야말로 '예고화'가 아닐까 해서 가슴이 철렁했었다.

저자가 초등학교 3학년일 때였다. 여름방학이 끝나고 등교했을 무렵, 교사로부터 2학년생인 '후지야마 이치에'라는 여학생이 죽었다는 이야기를 들었다. 어떤 병을 앓고 입원한 뒤 한 달 만에 죽고 말았다고 한다.

불쌍하다고 생각했지만 학년이 다르다는 점도 있었고, 또 이치에의 얼굴도 흐릿하게만 기억할 뿐이어서 저자는 딱히 큰 충격을 받지는 않았다. 다만, 그 이름이 왠지 마음에 걸렸다.

시골 초등학교라서 한 학년에 한 반밖에 없었기 때문에, 3학년 교실 바로 옆이 2학년 교실이었다. 어느 교실이나 뒤편에는 그 반의 아이가 미술 수업 때 그린 그림이 쭉 붙어 있다. 그래서 저자도 쉬는 시간이나 방과 후에 2학년 교실 앞을 지날 때마다, 교실 뒤편 벽에 붙은 그림들을 자연스럽게 보고 있었다.

그중에 딱 하나, 왠지 모르게 계속 기억에 남는 그림이 있었다. 그림 옆에는 그린 사람의 이름을 적어놓는데, '후지야마 이치에'라고 적혀 있었다.

그 아이의 그림에 무엇이 그려져 있었는지는 잘 기억나지 않는다. 집들과 도로가 그려져 있던 것이 어렴풋이 기억나는 것으로 보아, 아마도 풍경화였을 것이다. 그러면 대체 무엇이 저자의 주의를 끈 것인가 하면, 그 그림에 사용된 색조였다.

어쨌든 빨갰다. 다른 색도 사용되었을지 모르겠지만, 기억에 남아 있는 것은 도화지 전체를 뒤덮은 붉은 빛깔이었다고 한다. 그 아이의 그림은 빨간 선과 빨간 면으로 이루어져 있었다. 우연히 그때 빨간색 물감밖에 없었을 경우 등 저자도 여러 가지 가능성을 염두에 두긴 했지만, 결론은 달랐다.

아마도 그 아이는 스스로 선택해서, 새빨간 그림을 그렸을 것이다.

물론 이유는 알 수 없고, 상상하기도 어렵다. 다만 그 붉은 선과 아이의 죽음에는 무언가 관계가 있는 것 같았다.

네 번째는 2018년에 도쿠라 시게루와 몇 년 만에 만났을 때, 그건 '예고화'다…… 라고 놀랄 만한 이야기를 그에게서 우연히 들은 일이었다.

도쿠라와 알게 된 것은 F와 미술교육에 관한 대형 기획을 진행한 시기 전후였다. 지금 그는 O대학의 준교수*이지만, 당시에는 같은 대학 부속 T초등학교의 교사였다. 역

* 전문 분야의 강의를 하면서 자신의 연구실을 소유할 수 있는 일본 대학의 교수 직급으로, 정교수 바로 아래다.

시 학교 교육에 관한 다른 대형 기획 때문에, 그때 나는 도쿠라와 몇 번이나 만나서 회의를 했다. 도쿠라와는 나이대도 같고 독서 취향도 비슷해서 마음이 맞았던 탓인지 금세 가까워졌다. 업무 이야기를 나누는 짬짬이 잡담을 하는 일도 많았는데, 자연스레 괴담이 화제에 오르기까지 오랜 시간이 걸리지 않았다.

나는 이때 그에게서 들은 체험담에 〈엿보는 집의 괴이〉라는 제목을 붙이고 노트에 적어두었다. 2012년에 《노조키메》(가도카와쇼텐, 현재는 가도카와호러문고)라는 제목으로 발표한 작품의 거의 절반 분량을 차지하는 '1부'의 소재가 된 이야기다. 물론 사전에 본인의 승낙을 얻었고, 상당한 각색도 했다. 그래도 간행 후에 그에게서 전화로 이런 말을 들었다.

"그 이야기를 그런 식으로 소설화해도 정말 괜찮은 걸까요?"

2015년에 영화화가 결정되었다고 메일로 보고했을 때도, 완곡한 글로나마 그에게서 충고를 들었다.

"영화가 그걸 더 퍼뜨리지 않을까요? 괜찮을까요?"

그러나 《노조키메》의 간행 후, 특별히 피해가 생겼다는 이야기는 들리지 않았다. 아마도 각색 덕분이라고 생각한 나는, 영화는 소설 이상으로 내용이 변경될 테니 아무 문제 없다고 대답해두었다.

그리고 2016년에 영화 〈노조키메〉(감독: 미키 고이치로, 주연: 이타노 도모미)가 공개되었지만, 역시 앙화^{殃禍}를 입었다는 이야기는 들려오지 않았다.

다만 〈노조키메〉의 소설화와 영화화 때문에 왠지 모르게 도쿠라와 소원해져버린 것은 사실이다. 물론 이후로도 내 작품이 간행되면 구입하고 감상을 메일로 보내주는 일이 있었지만, 예전만큼 열심이지는 않았다.

그렇기에 도쿠라가 메일로 "학회 때문에 상경합니다. 오랜만에 만날 수 있을까요?"라고 연락을 해왔을 때는 몹시 기뻤다. 학회의 뒤풀이에 참석해야 하지 않느냐는 내 물음에 그것보다도 나와 마시는 편이 즐겁다는 답장을 받았을 때는, 조금 과장하면 눈시울이 뜨거워지기까지 했다.

당일 밤은 신주쿠에 있는 어느 고급 요리점의 객실을 예약했다. 도쿠라 시게루와는 얼굴을 마주하자마자 옛날로 돌아간 듯한 친근한 분위기를 되찾았다. 한동안 서로의 근황을 이야기한 뒤, 화제는 자연스럽게 괴담으로 바뀌었다. 그렇게 될 거라 알고 있었으므로 일부러 객실을 선택한 것이었다. 그런데 거기서 도쿠라에게 들은 이야기는, 지금까지의 사례와 조금 다르기는 해도 명백히 '예고화'에 관한 것이었다.

나는 그 서적으로 문제의 아동화를 안 경위부터 시작해서 최근 3년간의 '예고화'에 얽힌 체험을 전했다.

"일종의 '공시성共時性'입니까."

도쿠라의 반응이 아주 침착했던 것은, 나의 체험이 1년에 한 번꼴로 겪은 것인 데다 각각의 이야기 사이에 특별한 연관성도 없었기 때문일 터다.

"아뇨, 공시성이라고 부를 정도로 대단한 것은 결코 아니겠지요. 다만 개인적으로는 조금 오싹하네…… 하는 정도니."

"그야 그렇겠죠. 제가 같은 일을 겪는대도 그런 식으로 느낄 거라고 생각합니다. 게다가 오늘 밤 여기서 말한 신참 교사의 체험담도, 일종의 '예고화'에 대한 이야기였으니까요."

이럴 때 들리는 그의 간사이 사투리 억양에는 친숙함보다도 불안감을 느끼게 만드는 무언가가 배어 있었음을 나는 문득 떠올렸다.

이하에 소설의 형태로 소개하는 것이, 도쿠라 시게루에게서 들은 어느 젊은 남자 교사의 체험담이다. 장소는 간사이 지방의 어느 초등학교로, 시대는 20년 가까이 거슬러 올라가는 옛날이며 등장인물은 전부 가명임을 미리 밝혀둔다.

구보타 나오토는 그 초등학교의 1학년 3반 담임이었다. 신참 교사는 2학년부터 4학년 사이를 맡게 된다는 말을 선배 교사인 오쿠무라 나쓰미에게 들었기 때문에, 1학년 담임으로 결정되었을 때는 몹시 놀랐다.

　　초등학교 1학년은 아직 어리고 학교에도 익숙하지 않기 때문에, 모성이 있는 여성 교사가 담당하는 경우가 많다. 5, 6학년은 사춘기에 접어드는 나이라 여러 가지로 다루기가 어려워지기 때문에 베테랑 교사가 요구된다. 아이들에게 얕보일 우려도 있으므로 신참에게 담임을 맡기는 경우는 거의 없다. 다만 신입 교사라도 다른 학교에서의 강사 경험이나 사회인으로서 근무한 경력이 있다면 이야기가 또 달라지는 듯하다. 최종적으로는 교장 선생님 등의 면접을 거쳐, 적임이라고 판단되는 학년을 담당하게 된다고 한다.

　　나오토는 일단 사회생활 경험이 있었다. 하지만 고작 1년 남짓한 기간에 지나지 않아서, 그 정도 경력을 평가받은 것이라고는 도저히 생각되지 않았다.

　　"그건 말할 것도 없이, 교장 선생님이 구보타 선생님의 교육자로서의 재능을 재빨리 간파했기 때문이겠지."

어디까지가 진심으로 하는 말인지 알 수 없었지만, 오쿠무라는 자신감을 가지라며 격려해주었다.

물론 나오토도 기뻤다. 하지만 솔직히 말해 상당히 불안하기도 했다. 선생님과 아동 모두 학교가 처음이라는 상황이 과연 바람직한 것일까. 쌍방에게 마이너스인 건 아닐까.

이 걱정은 다행히 기우로 끝났다. 무엇보다도 나오토는 아이들을 몹시 귀여워했다. 그가 아이들과 같은 나이였을 무렵, 어머니를 병으로 잃었다. 그런 나오토를 돌봐주었던 것이 이웃의 10대 소녀였다. 훗날 세월이 흘러 그녀가 결혼했을 때는 얼마나 울었던가.

좀 이상한 생각일지도 모르지만, 지금 교사가 된 자신이 그때의 소녀이고 1학년 아이들이 어머니를 잃은 지 얼마 안 된 당시의 자신 같다는 기분이 문득 들었다.

물론 아동들은 여러 가지로 손이 많이 가서 큰일이었다. 하지만 잠깐잠깐 보여주는 그 나이대 특유의 천진난만함에 금세 마음이 포근해졌다. 한편으로 어린아이답지 않은 날카로운 언동에 감탄하며 혀를 내두를 때도 있다. 그렇지만 역시 저학년 아이는, 어느샌가 쓴웃음을 짓게 만드는 발언이나 행동을 많이 보인다. 이런 표현은 좋지 않을지도 모르지만, 일주일 중 닷새나 접하고 있는데도 전혀 질리지 않는다.

나오토는 반의 모든 아이를 차별 없이 대하려고 노력했다. 그렇지만 나오토도 사람이다. 어쩔 수 없이 호불호가 생기고 만다. 아니, '불호'라는 감정은 지금으로서는 없다. 정확히 표현하자면 '부담스러운'이라고 해야 할까.

하지만 그런 식으로 학생에게 느끼는 감정을 확실히 알고 있는 편이 오히려 여러 가지로 편했다. 마음에 드는 아이를 무의식중에 편들지 않도록 스스로를 다스린다. 또는 열등의식을 가진 아이에게 도리어 차갑게 대하고 있지는 않은지 자문한다. 어쨌든 모두를 공평하게, 평등하게 대하려고 그는 항상 주의를 기울였다.

"아주 좋은 마음가짐이네."

그런 그를 오쿠무라 나쓰미는 칭찬했지만, 어쩐지 "현실은 그렇게 만만하지 않아"라고 넌지시 이야기하는 듯한 느낌도 들었다.

그렇게 느낀 것은, 역시 아메미야 다쓰토라는 아이의 존재가 머릿속 한구석에 있었던 탓일까. 호감이 간다고도, 부담스럽다고도 생각하지 않는데 어째서인지 신경이 쓰인다. 그런 식으로 의식하게 되는 아동은 반에서 그 아이뿐이다.

다쓰토는 자기가 먼저 입을 여는 경우가 거의 없는 아주 얌전한 아이였다. 교실 안이 시끌벅적해져도 혼자만 조용하다. 수업 중에도 결코 손을 들지 않는다. 하지만 질문을 하면 제대로 된 답을 말한다. 체육은 잘하지 못하지만 운동신경이 나쁘다고 할 정도는 아니다.

공부를 잘한다는 점을 제외하면, 다쓰토와 비슷한 아이는 그 밖에도 몇 명 있었다. 다만 그런 아이들도 입학한 뒤에 1, 2주 정도 지나는 동안 자연스럽게, 비슷한 아이들끼리 또래 집단을 형성하기 시작한다. 그 결과 몇 개 정도의 그룹이 생긴다. 그룹이라고 해도 대부분은 2인조다. 가끔 3인조도 있지만, 어찌 되었든 적은 인원수라는 점에서는 마찬가지다.

그러나 다쓰토만은 달랐다. 쉬는 시간에도 언제나 혼자 책상 앞에 앉아 스케치북에 그림을 그리고 있었다. 친구와 놀기는커녕 이야기를 나누는 모습조차 본 적이 없다.

그 때문인지 나오토는 그 아이의 희로애락을 본 기억이 없었다. 중학생이나 고등학생에 비하면, 역시나 저학년 아동들은 감정 표현이 풍부하다. 특히 '웃는다'는 행위에는 어느 아이나 곧바로 반응한다. 그럼에도 불구하고 다쓰토만은 거의 웃음을 보이지 않았다. 드물게 웃을 때도 소리는 내지 않았다. 아주 흐릿하게, 아니 '희미하게'라고 표현하는 것이 어울릴 듯한 미소만 보일 뿐이었다.

어머니 곁에 있었을 때와는 큰 차이가 있었다.

다쓰토의 보일 듯 말 듯한 미소를 마주했을 때 나오토가 떠올린 것은 아메미야가※에 가정방문을 갔을 때의 기억이었다.

건축한 지 얼마 되지 않은 그 2층짜리 단독주택은 깔끔한 신흥 주택가에 있었다. 어린아이의 걸음으로는 학교까지 10여 분은 걸릴 거리일까. 각 아동이 등교하는 데 사용하는 통학로의 안전을 확인하는 것도 가정방문의 목적 중 하나였기에, 나오토는 걸어가면서 주위를 꼼꼼히 살펴보았다. 하지만 교통이나 치안 면에서 위험해 보이는 장소라곤 전혀 없는, 상당히 축복받은 통학로였다.

굳이 문제점을 한 가지 꼽자면, 동네로 들어서기 직전의 모퉁이 집에 있는 개가 길 가는 사람들을 향해 심하게 짖는다는 것 정도일까. 그 길은 나오토 반의 기노사키 고코로라는 다른 아이도 지나는 곳이어서 일단 체크해두었다.

이걸 두고 축복받았다고 말한다면, 그건 아메미야가도 마찬가지였다. 자동차 두 대를 세울 수 있는 주차장에 차가 한 대밖에 없는 것은 아버지가 다른 한 대를 타고 출근했기 때문인 듯했다. 다른 한 대는 어머니가 쓰는 것이라고 한다. 같은 반 아이들 중에서도 상당히 유복한 가정임은 틀림없었다.

어머니인 아야나는 집 안으로 들어오라고 계속 청했지

만, 나오토는 규칙대로 사양했다. 가정방문은 현관까지만 들어오는 것으로 끝이고 다과 등은 필요 없다는 주의 사항이 사전에 보호자들에게 전달되었다. 그럼에도 상관없다며 규칙을 깨려고 하는 사람이 꼭 있으므로 주의하라고 오쿠무라에게서도 충고를 들었다.

다만 아야나에게서는, 그와 같은 행동을 보인 다른 어머니들에게 받았던 안 좋은 인상을 조금도 느끼지 못했다. 뽀얀 피부와 조금 통통한 체구에서 느껴지는 포근하며 귀여운 첫인상, 그리고 억지 부리지 않는 자연스러운 권유가 나오토에게 바람직한 것으로 비친 탓일까.

의외였던 건 다쓰토의 태도였다. 교실에서의 패기 없는 모습과는 대조적으로, 어머니 옆에서 즐거운 듯이 계속 생글거리고 있다. 나오토가 눈앞에 없었다면 어머니 품에 찰싹 안겨 어리광을 부리지 않았을까 싶은 모습이었다.

"저희 애는 학교에서 어떤 느낌인가요?"

아야나가 걱정스러운 듯한 얼굴로 질문해서 나오토는 '너무 얌전하다'라는 사실을 완곡하게 에둘러 전했다.

"제가 집에서 어리광을 받아준 게 잘못인지도 모르겠네요."

아버지는 출장만 다녀서 거의 집을 비우고 있는 듯했다. 또 다쓰토의 친할머니가 이웃 시에 홀로 사시는데, 아야나가 돌봐드리고 있어서 다쓰토 혼자 집을 지키는 경우도 많다고 한다.

"그래서 제가 집에 있을 때는 곁에서 떨어지지 않게 돼버려서……"

이른바 '젖떼기'가 제대로 되지 않은 상태인지도 모른다. 제일가는 특효약은 친구를 만드는 것이겠지만, 지금 상태로는 어려워 보인다.

집에 있을 때의 다쓰토에 대해 물어보니, 항상 어머니 곁에 붙어 있다는 대답이 돌아왔다. 엄마를 계속 따라다닌다고 한다. 2층에 다쓰토의 방이 있는데도 숙제는 1층의 거실 테이블에서 한다. 물론 어머니가 가까이에 있기 때문이다.

"그래도 그림을 그릴 때만은 달라요."

다쓰토가 1층의 거실에서 그림을 그리기 시작하면, 어머니가 2층으로 올라가서 집안일을 해도 따라다니지 않고 계속 그림에 몰두한다는 것이다.

"학교에서도 쉬는 시간에 자주 그림을 그립니다."

"친구와는 놀지 않나 보네요."

체육 과목 외의 공부는 아주 잘하므로 앞으로는 학교 측에서도 조금 더 활동적이 되도록 지도해나가겠다…… 라는 교육 방침을, 다시 표현에 신경 쓰면서 이야기하는 것으로 아메미야 다쓰토의 가정방문을 마쳤다.

　그러나 '말하기는 쉽지만 행하기는 어려운 일'인 만큼, 다쓰토의 친구 만들기는 잘되지 않았다. 친구가 생기기를 바라는데 만들 수 없는 것이 아니라, 애초에 본인이 원하지 않으니 어쩔 도리가 없었다.

　가정방문이 있은 후, 나오토는 미술 공작 수업에서 아이들에게 '통학로'를 테마로 그림을 그리게 했다. 그 외의 주문은 특별히 하지 않았는데, 그는 아이들의 그림을 보고 깜짝 놀랐다. 아이들이 무의식적으로 위험을 느끼는 장소를 선택했다고밖에는 생각되지 않는 그림들을 그렸기 때문이었다. 물론 전부가 그랬던 것은 아니지만, 그렇게 해석할 수 있는 그림의 수가 압도적으로 많았다. 나오토가 그렇게 자신 있게 판단할 수 있었던 것은, 가정방문을 할 때 모든 반 아이들의 통학로 확인을 게을리하지 않은 덕분이었다.

　아메미야 다쓰토와 기노사키 고코로 두 사람은 아니나 다를까, 마구 짖어대는 개가 있는 집을 그렸다. 다만 고코로의 그림에는 문 너머로 묶인 개가 보이는데, 다쓰토의 그림에는 쇠사슬과 개 목걸이밖에 없었다. 정작 중요한 개는 없고, 마치 개 목걸이만 허공에 떠 있는 것 같았다.

　공포의 대상이니까 일부러 그리지 않은 걸까?

그렇게 생각하면 납득이 갈 듯도 했지만, 어쩐지 다쓰토답지 않다는 생각도 들었다. 다쓰토의 그림에는 아이의 나이에 비해—지나친 칭찬일지도 모르지만—사실적이라고 할 수 있는 특징이 있었기 때문이다. 그런데도 그림의 핵심인 개를 생략하다니, 뭔가 이상했다.

하지만 바쁜 하루하루를 보내는 동안 나오토는 이 건에 대해 금방 잊었다. 그 일을 다시 떠올린 것은 며칠 뒤의 방과 후, 막 하교하려는 수다쟁이 고코로에게서 이런 이야기를 들었을 때였다.

"선생님. 그 무서운 개요, 없어졌어요."

"어이쿠, 그게 무슨 일이라니. 죽었대?"

아이들은 대충 네 살부터 일곱 살 사이에 '죽음'의 개념을 이해한다고 하는데, 이미 고코로도 알고 있는 듯해서 나오토는 주저 없이 물었다.

"그게 아니에요. 갑자기 사라졌대요."

"개 목걸이를 하고, 쇠사슬에도 묶여 있었는데?"

"네, 개 목걸이랑 쇠사슬만 문 옆에 그대로 남아 있었대요."

그 순간 나오토의 뇌리에 떠오른 것은 다쓰토의 그림이었다. 쇠사슬 끝에 달린 개 목걸이가 공중에 떠 있는 듯한 그 그림.

…… 우연일까.

달리 해석할 방법이 없다. 묘하게 호기심이 자극되었다. 만일을 위해 그 밖에 더 아는 건 없느냐고 고코로에게 물어보자, "엄마한테 물어볼게요"라는 대답이 돌아왔다.

다음 날 고코로에게 전해들은 바로는, 대문은 잠기고 개목걸이도 이상이 없는 데다 쇠사슬도 끊어지지 않은 상태로 개만 사라져버렸다…… 라는 불가사의한 상황이었다. 그 자리에 혈흔 같은 것도 없고, 누군가 들어온 흔적도 전혀 없었다고 한다.

"그 짖는 개, 어딘가로 가버렸다던데?"

그날 점심, 여전히 자기 책상에서 그림을 그리고 있는 다쓰토에게 그렇게 말을 걸었다. 아이가 움찔하며 몸을 한순간 긴장시키는 것을 알 수 있었다.

하지만 고개를 끄덕이고 진심으로 안도하는 표정을 짓는 그 아이를 보니, 정말로 그 개를 무서워하고 있었다는 게 전해져와서 나오토는 왠지 모르게 덩달아 안도했다. 그와 동시에, 그림과 현실이 보인 기묘한 일치에 싹튼 호기심도 급속히 쪼그라들어버렸다.

다쓰토의 그림은 아마도 본인 소망의 표현이었을 것이다. 개는 느슨해진 개 목걸이에서 빠져나와, 그대로 문을 뛰어넘어 어딘가로 도망쳐버린 게 분명했다. 두 사건이 우연히 일치한 것뿐이다.

"선생님이랑 밖에 나가지 않을래?"

이것도 하나의 기회라고 생각해서 청했더니, 잠시 주저하는 눈치였던 다쓰토는 다시 고개를 끄덕였다.

다쓰토의 아버지는 여전히 출장만 다니고 있으며, 가끔 집에 있을 때도 아이를 상대해주는 일은 거의 없다고 한다. 어머니도 할머니를 돌봐야 하기 때문에 다쓰토와는 거의 놀아주지 못한다. 그런 환경이 역시 영향을 주고 있는 것일까. 집에서 혼자 놀고 있는 시간이 길기 때문에 좀처럼 친구들 사이에 녹아들 수 없는 것인지도 모른다고, 나오토는 생각했다.

둘이 함께 운동장으로 나가보니 반장인 차키의 그룹이 놀고 있기에 끼워달라고 했다. 이 시도는 성공했지만, "차키 쪽 애들만 선생님하고 놀다니 너무해"라는 불평이 다른 아이들에게서 나온 탓에 그 이후로 점심시간이면 나오토는 반의 아이들과 놀아주게 되었다.

며칠 후, 오쿠무라 나쓰미가 넌지시 주의를 주었다.

"구보타 선생님. 그게 나쁘다는 건 아닌데요, 매일 그러면 조만간 여러 가지 문제가 생길 테니 조금씩 줄여가는 게 좋아요."

확실히 그 말대로였다. 교사는 수업만 하면 되는 직업이 아니다. 수업을 하는 건 당연하고, 그 밖에도 이런저런 잡무가 있다. 시간은 항상 부족하다. 문제는 그것만이 아니었다.

"3반 선생님은 같이 놀아주는데……"

그런 불만이 어느샌가 다른 반 아이들의 입에서 흘러나오기 시작했다. 이대로라면 다음에는 보호자들의 입에서 같은 말이 나올 게 틀림없다. 그런 상황이 벌어지면 직원실의 교사들에게 백안시당할 우려가 있다고, 나오토는 가까스로 깨달았다.

이 무렵에는 다쓰토도 다른 아이들과 함께 운동장에서 놀게 되었으니 당초의 목적은 달성한 셈이다.

어느 날, 나오토는 미술 공작 수업에서 아이들에게 '놀이'라는 테마를 제시했다. 거의 모두가 친구와 놀고 있는 자신의 모습을 그렸다. '거의'라고 한 것은 혼자서 노는 모습을 그린 그림도 있었기 때문이다. 그래도 줄넘기를 하는 등의 활동적인 장면이었고, 혼자 쓸쓸하게 노는 분위기의 그림은 전무했다. 게다가 다쓰토가 몇 사람과 어울려 '진지 빼앗기'와 '보물섬' 놀이를 하고 있는 광경을 그려서 나오토는 자기도 모르게 기분이 좋아졌다.

'진지 빼앗기'란, 두 그룹으로 나뉘어서 한 편은 움직일 수 있지만 상대편은 들어갈 수 없는 진지를 땅바닥에 선으로 그린 뒤 그 위에서 양쪽이 힘을 겨루는 놀이다.

'보물섬'의 경우 '탐험대'와 '해적'으로 나뉘어, 닫힌 원의 내부에 해적들이 들어가고 탐험대원들은 바깥쪽에 머무른다. 이때 원의 바깥쪽에도 다시 둥글게 선이 그어져서, 탐험대는 순환하는 통로 안에 있는 듯한 모습이 된다. 내부의 원에는 입구가 한 곳만 열려 있고, 그곳을 통해 탐험대가 내부로 돌입할 수 있는 구조로 되어 있다. 원의 중심에는 보물이 있는데, 그것을 탐험대가 빼앗으면 탐험대의 승리다. 해적은 그 전에 통로에 있는 탐험대원을 밖으로 밀어내든가, 혹은 원 안으로 끌어들이려고 한다. 그렇게 해서 탐험대 전원을 아웃시키면 해적의 승리다.

'원'이라고 썼지만, 실제로는 구불구불하게 굽은 통로다. 또 통로 밖에는 '무인도'가 두 개 정도 있어서, 해적이 손을 뻗을 수 없는 안전지대 역할을 한다. 그렇다고 무인도에만 머물러 있으면 겁쟁이라고 놀림을 받게 된다.

지금까지의 설명에서 알 수 있듯이, 이리저리 많이 돌아다니게 되는 놀이다. 게다가 상대를 반대편으로 밀어내거나 자기 쪽으로 잡아당기는 등 상당히 거칠다. 그래서 다쓰토에게는 버겁지 않을까 걱정했는데, 다쓰토가 그런 그림을 그린 것으로 보아 아무래도 아이들과 즐기고 있었던 모양이다.

그런데 나오토는 그 그림을 보고 곧바로 고개를 갸웃거렸다.

…… 다쓰토가, 없어?

그 그림의 훌륭한 점 중 하나는 진지 빼앗기를 하며 놀고 있는 동급생들이 누구인지, 왠지 모르게 알아볼 수 있다는 것이었다. 그래서 어느 아이가 놀이에 참가하고 있는지, 나오토도 대부분 짐작할 수 있었다. 그런데 다쓰토의 모습이 어디에도 보이지 않았다.

자신이 참가하지 않은 보물섬 놀이의 그림을 일부러 그린 건가?

하지만…… 대체 왜?

어느 아동의 그림을 보아도, 주인공은 놀고 있는 자기 자신이다. 친구와 자신을 같은 크기로 그린 아이도 있기는 하지만, 자신의 존재를 지운 사례는 전무했다.

게다가 그림 속 묘사 중에 나오토의 고개를 갸웃거리게 만든 것이 있었다.

놀고 있는 차키 그룹 아이들의 생생한 모습, 운동장 바닥에 그려져 있는 구불구불 굽은 통로와 무인도, 그 중심에 보물 대신 놓인 돌…… 이라는 광경 속에, 어째서인지 둥글고 검붉은 구슬이 있었다.

처음에는 누군가의 머리를 그리다 만 것일까 생각했는

데, 원의 형태가 너무나 동그래서 도저히 인간의 머리로는 보이지 않았다. 색도 이상했다. 게다가 한 사람만 완성시키지 않은 것도 이상했다.

이 둥근 물체는 대체 무엇일까?

묘하게 신경 쓰였지만 본인에게 물어볼 정도는 아니었다. 물어봤다고 해도, 머뭇거릴 뿐 대답하지는 않았을 것이다.

나오토가 이 그림의 존재를 떠올리고 수수께끼의 검붉은 구슬이 무엇인지 비로소 깨달으며 경악하고 만 것은, 그다음 주였다.

점심시간에 운동장에서 진지 빼앗기 놀이를 하고 있던 반장 차키가, 날아온 피구공에 머리를 맞고 쓰러진 것이다. 참고로 다쓰토는 이 놀이에 참가하지 않았다. 어느샌가 혼자서 그림을 그리는, 원래의 그 아이로 돌아가 있었던 것이다.

상당히 강하게 공에 맞았는지 차키는 뇌진탕을 일으켰다. 구급차로 실려 간 병원에서도 한동안 의식이 돌아오지 않았을 정도였다. 다만 다행히도 그 이후의 경과는 양호해서, 만일을 위해 입원은 했지만 이내 퇴원해 건강한 모습으로 등교했다. 그러나 그렇다고 해서 이 사건 자체가 불문에 부쳐진 것은 아니었다.

당일, 진지 빼앗기 놀이를 하던 차키 그룹 아이들과 가장 가까운 곳에서 피구를 하고 있던 것은 6학년 1반 아이들 10여 명이었다. 다만 차키 쪽 아이들과 6학년 사이에서 4반 아이들이 축구공으로 패스 놀이를 하고 야구공으로 캐치볼을 하고 있었다. 두 그룹 사이에는 나름대로 거리가 있었다는 뜻이다. 더구나 피구공이 오가던 위치에서 보면, 차키가 서 있던 지점은 거의 90도로 꺾어진 방향이었다. 그럼에도 불구하고 공은 무시무시한 속도로 그 아이의 머리를 강타했다. 거리와 각도부터 명백히 이상했다.

그렇다고 공이 전혀 엉뚱한 곳에서 날아왔는가 하면, 그렇지도 않다. 날아온 방향은 틀림없이 6학년 1반 아이들 쪽에서였다. 게다가 그때 그 반 아이들 모두 갑자기 공이 사라졌다며 당황하고 있었다. 문제의 공은, 어떻게 보아도 6학년 1반 아이들이 가지고 놀던 것이었다.

참고로 두 그룹 사이에서 놀고 있던 4반 아이들은 아무것도 목격하지 못했다. 갑자기 "팡!" 하는 큰 소리가 들리는가 싶더니, 진지 빼앗기 놀이를 하던 1학년으로 보이는 아이가 픽 쓰러졌고 그 옆에서 공이 구르는 중이었다. 그렇게 4반의 여덟 명이 입을 모아 증언하고 있었다.

갑자기 공이 사라졌다는 6학년 아이들의 주장을 두고 다 같이 짜고 거짓말을 하는 것 아니냐며 의심하는 교사도 있었다. 하지만 그렇다면 누군가가 공을 손에 들고 옆에서 노는 4반 아이들 사이를 가로질러 차키 가까이 다가가 공을 던졌다…… 라고 생각하는 수밖에 없다.

그런 일은 불가능하다. 4반 아이들과 차키의 친구들 누구에게도 들키지 않고 그렇게 할 수 있을 리가 없다. 게다가 그럴 만한 동기도 없었다.

차키 그룹과 6학년 아이들의 보호자들을 학교에 소집해서 교장 선생님과 학년 주임 선생님, 6학년 1반 담임 그리고 나오토까지 참가한 회의가 열리기는 했지만, '어째서 이런 사건이 일어났는가'라는 가장 중요한 점을 모호하게 놔둔 채 끝이 나버렸다. 어째서인지 6학년 아이들이 차키의 문병을 가는 것으로 마무리되었던 것이다.

그런 의미에서 아무도 결론을 납득할 수 없었던 회의지만, 그 순간 가장 답답한 기분을 느낀 사람은 말할 것도 없이 나오토였다.

다쓰토의 그림에 있던 둥글고 검붉은 구슬은 실은 피구공이었던 게 아닐까. 실제 피구공은 빨간색이었지만, 조금 검게 보인 것은 흙먼지에 더러워졌기 때문이리라.

그렇게 생각하고 그림을 다시 머릿속에 떠올려보자, 구슬이 날아가고 있는 것처럼 보이기도 했다. 차키임이 틀림없는 아이의 머리를 향해, 일직선으로 날아가듯…….

나오토는 고민한 끝에, 지난번 개 그림 일도 있었으므로 이번에는 다쓰토에게 물어보기로 했다. 어쩌면 입을 다물고 묵묵히 있을지도 모르지만, 차키 그룹 아이들과 놀던 중에 괴롭힘을 당하지는 않았느냐는 질문도 자연스럽게 끼워 넣을 생각이었다.

다쓰토에게 방과 후에 잠시 남으라고 이야기하고 반의 다른 아이들이 전부 교실에서 나가기를 기다린 뒤, 문제의 그림을 앞에 놓고 우선 구슬의 정체부터 물어보았다.

"…… 태양이에요."

다쓰토의 대답은 전혀 예상 밖이었다.

확실히 검붉고 둥근 구슬은, 그렇게 듣고 보면 태양으로 보이지 않는 것도 아니었다. 하지만 그렇다면 도화지의 가장 위쪽에 그렸어야 하지 않을까. 다른 아이의 그림이라면 이 위치에 있어도 그러려니 하겠지만, 다쓰토의 것이라고 하기에는 위화감이 너무 강했다.

그러나 본인이 태양을 그렸다고 주장하는데 그 말을 교사가 부정하는 것도 이상할 것이다.

"차키 쪽 애들하고 같이 놀 때 말인데……"

그때 괴롭힘을 당하지는 않았느냐고 물어보려는데, 야외에서 노는 것은 원래 좋아하지 않고 역시 그림을 그리는 쪽이 좋아요…… 라는 의미를 담은 말이 작은 목소리로 돌아올 뿐이었다.

한동안 나오토는 다쓰토의 그림에 주의를 기울였다. 이후에도 차키가 당한 일과 비슷한 사건이 일어날 가능성을 염두에 두었던 것이다. 미술 공작 시간에는 그림 그리기 이외의 수업도 당연히 있다. 계속 그림만 그리게 할 수는 없었다. 다쓰토의 스케치북을 체크하고 싶었지만, 그림을 보여달라고 자주 부탁하는 건 역시 좀 부자연스러울 듯싶었다. 무엇보다 그곳에 그려져 있는 것들 대부분이 텔레비전에서 하는 특촬물*의 히어로나 애니메이션의 캐릭터였다. 그 두 장의 그림과는 명백히 분위기가 달랐다.

그 이후 다쓰토가 다시 수상한 그림을 그리는 일은 없는 채로 여름방학을 맞았다. 나오토에게 1학년 3반의 1학기는, 돌아보면 아주 길게 느껴지는 한편 눈 깜짝할 사이에 지나갔다는 인상도 있어서 아주 모순된 느낌이었다.

아메미야가에서는 여름방학 동안에 큰 변화가 있었다. 이웃 시에서 혼자 살고 있던 다쓰토의 친할머니가 집으로 들어와 동거하게 된 것이다. 아야나와 남편은 나이 차이가 꽤 났다. 당연히 시어머니도 고령이었는데, 최근에 몸져눕고 말았다. 그런 시어머니를, 1층의 다다미방에 요양용

---

* '특수촬영물'의 준말. 특수촬영 매체를 통칭하는 말로, 주로 일본에서 제작된 관련 영상물을 하나의 장르로서 가리킬 때 쓰인다.

침대를 놓고 아야나가 돌봐야만 했다. 재가복지서비스*도 받고 있기는 했지만, 어쩔 수 없이 아야나의 부담이 컸다.

남편은 아이의 여름방학에도 아랑곳 않고 출장을 계속 다니는 터라 집에는 거의 오는 일이 없다. 그런 까닭에 어머니를 반쯤 빼앗기게 된 다쓰토가 쓸쓸해하지는 않을까, 나오토는 걱정했다.

2학기 첫 미술 공작 수업은 '여름방학'을 테마로 한 그림을 그리는 시간이었다. 대부분의 아이는 가족 여행이나 시골에 있는 친가 혹은 외가에 갔던 일, 또는 수영장에서 놀았던 일이나 마을의 여름 축제 같은 것을 그렸다. 부모님이 가게를 하고 있어서 쉬지 못하는 아이는, 장사가 잘되는 광경을 그렸다. 그야말로 아이들 수만큼의 여름방학이 있었다.

기노사키 고코로는 가족끼리 드라이브를 갔던 때를 그림으로 그렸는데, 부모님과 언니 외에도 지금까지 등장한 적 없는 어린 남자아이의 모습이 더해져 있었다. "이건 누구니?"라고 묻자, 사촌 동생이라고 했다. 여름방학 내내 기노사키가에서 지냈다고 한다. 그 수다스러운 고코로가, 물어볼 때까지 한마디도 하지 않은 것을 보면 사촌 동생의

---

* 재가 노인이나 재가 장애인 등의 집을 방문하여 간호, 목욕, 가사 지원 따위를 제공하는 사회적 서비스.

집에 뭔가 문제가 생겨서 기노사키에서 아이를 맡은 것인지도 모른다. 그것을 고코로도 어린아이 나름대로 이해했기 때문에 조용히 있었던 것이리라.

때때로 어린아이의 그림을 통해 그 집안의 사정을 짐작하게 되는 경우가 있다. 나오토는 어떤 그림을 보더라도 당황하지 않도록 꽤 신경 쓰고 있었는데, 다쓰토의 그림을 보고는 그만 흠칫 놀라고 말았다.

다다미가 있는 일본식 방에 침대가 놓여 있고, 그 침대 위에서 노부인이 자고 있었다.

여름방학 중에 아메미야가가 맡게 된, 다쓰토에게는 친할머니인 인물을 그린 것임을 금방 알수 있었다. 이 그림이 과연 '여름방학'이라는 테마에 어울리는가 하면, 조금 다르다는 기분이 든다. 하지만 할머니와 같이 살게 된 것이 여름방학 중에 일어난 커다란 사건이자 그 아이에게는 가장 인상 깊은 일이었으리라 추측하면 특별히 이상하지는 않다.

침대에 누워 있는 할머니가 죽은 사람처럼 보이지만 않았다면…….

생기가 느껴지지 않는 낯빛, 초점이 확실치 않은 두 눈동자, 힘없이 살짝 옆을 향하고 있는 머리, 침대 밖으로 삐져나와 축 늘어진 왼팔…… 이라는 묘사들이 틀림없이 이 여성의 죽음을 나타내고 있었다.

설마…….

나오토는 자신의 의혹을 부정하려 했지만, 그 그림을 본 뒤로 며칠 동안 불안한 마음으로 지내야 했다. 수업 중에도 자기도 모르게 다쓰토를 자꾸만 쳐다보게 되었다.

아무리 그래도 그건 아니겠지…….

그렇게 스스로에게 말했지만 마음은 전혀 편해지지 않았다. 이렇게 되면 차라리 한시라도 빨리 '결과'가 나오면 좋겠다는 불건전한 소망까지 품었을 정도다.

그다음 주 주말에, 그토록 알기 바랐던 결과를 듣게 되었다.

다쓰토의 할머니가 돌아가셨다.

그날 아침, 아야나가 방에 들어가보니 이미 숨이 끊어져 있었다고 한다. 그리고 침대 위의 광경은 다쓰토의 그림과 거의 같았다고 한다.

나오토는 장례식 전날에만 잠깐 얼굴을 비췄다. 친척들이 모이기 전에 찾아가, 되도록 눈에 띄지 않도록 신경 썼다. 담당 아동 부모의 초상이 아닌 한, 보통은 담임이라도 장례식에는 참석하지 않는 법이다. 하지만 이번 경우는 조금 다르다는 기분이 들었다.

할머니의 사인은 심장기능상실이었다고 한다. 천수를

누리고 가셨다고 할 수 있을지도 모른다. 하지만 실은 조금 더 살 수 있었다고 한다면…….

장례식 자리에서 만난 다쓰토에게서 특별히 달라진 점은 보이지 않았다. 철이 들었을 때부터 같이 살던 것도 아니고, 할머니가 아메미야가에 와서 자리에 누워 있기만 했으니 무리도 아니다.

자기가 그린 그림이 할머니의 죽음을 가져왔다…… 라고, 다쓰토는 이해하고 있을까?

그건 말도 안 되는 일이라고 나오토는 스스로에게 말했지만, 그 그림의 '결과'를 기다리고 있었던 만큼 어쩐지 켕기는 기분을 떨쳐낼 수가 없었다.

쇠사슬에 매인 개 목걸이의 그림을 그린 뒤에, 개가 사라졌다.

날아오는 피구공을 그린 뒤에, 차키가 쓰러졌다.

죽은 사람 같은 할머니의 모습을 그린 뒤에, 할머니가 죽었다.

이 모든 것이 우연일까? 그러나 개도, 차키도, 할머니도 다쓰토가 싫어하던 존재가 아닌가. 아니, 차키는 아직 알 수 없다. 정확히 말하면, 할머니도 마찬가지다. 그렇다고 해도 그 그림은 차키 그룹 아이들과 놀지 않게 된 뒤에 그려진 것이다. 할머니와 동거하게 되어 어머니와 함께 있을 수 있는 시간이 사라진 탓에 다쓰토가 쓸쓸해졌을 거라는 것도 쉽게 상상할 수 있다.

역시, 그 아이의 그림은…….

하지만 아무리 그래도…….

점점 자신의 이성을 믿을 수 없게 된 나오토는, 미술교육 전문가인 대학 은사를 찾아가 넌지시 다쓰토의 그림에 대해 전했다.

"그런 아동화를 예전에는 '예고화'라고 불렀다네."

깜짝 놀랄 만한 대답이 교수에게서 나왔다.

실제 그림을 몇 장 본 나오토는 몸을 떨었다. 아동 본인이 걸린 병을 시사한 그림에도 경탄했지만, 자신의 죽음을 정말로 '예고'했다고밖에 생각되지 않는 그림에는 그저 전율할 수밖에 없었다.

교수는 나오토의 반응을 흥미롭다는 듯이 관찰한 뒤,

"하지만 이 방면의 연구는 현재 완전히 폐기되었다네. 결국 과학적인 근거를 내세울 수가 없었거든."

그렇게 이야기해 나오토를 낙담하게 만들더니 다음과 같은 말을 덧붙였다.

"만약 흥미가 있다면 이시카와 다쓰조의《인간의 벽》이라도 읽어보게."

《인간의 벽》은 1957년부터 1959년에 걸쳐 아사히 신문에 연재되었던 사회소설인데, 어느 초등학교 교사가 아동의 그림을 집으로 가지고 돌아가서 채점하는 장면이 나온다. 거기서 교사는 아이가 사용한 그림물감의 색으로 그 아이의 가정환경이나 심리를 분석한다.

아동화의 색조 사용으로 아이의 심정을 판단한다는, 그런 경향이 당시에 있었음을 알 수 있다. 즉 '예고화'도 그 시대의 산물이라고 교수는 이야기하는 듯했다.

귀갓길에 나오토는 생각했다.

다쓰토의 그림도 '예고화'라고 말할 수 있지만 근본적으로는 다르지 않을까. 자신의 병을 묘사한 아이도, 자신의 죽음을 예고한 아이도 의도적으로 그런 그림을 그렸는지 어떤지는 불명이다. 오히려 본인도 영문을 알 수 없는 상태에서 그렸다. 그렇게 생각되는 구석이 있다.

하지만 다쓰토는 달랐다. 애초에 다쓰토의 그림은 다쓰토 자신을 그리고 있지 않다. 개나 동급생이나 할머니 등 제3자를 다루고 있다. 그리고 대상자는 전부, 그 아이가 싫어하는 존재라고 생각된다. 심지어 그 대상들은 없어지거나, 다치거나, 죽었다.

같은 '예고화'라도 다쓰토의 경우에는 그림에 그려진 대상에 대한 예고를 하고 있다.

그렇다고 해도, 그 일을 그만두게 하려면 본인에게 어떻게 이야기하는 것이 좋을까. 애초에 그 아이는 의식적으로 그런 그림을 그리고 있는 것일까? 그렇다면 그림의 특별한 힘을 이해하고 있다는 뜻이 된다. 아니면 자신의 소망을, 단순히 그림으로 묘사하고 있는 것일 뿐일까.

전자라면, 그것은 잘못된 행동이라며 설득하는 수밖에 없다. 후자의 경우에는 자칫하면 괜히 긁어 부스럼 만드는 격일 수도 있다.

나오토는 고민 끝에, 이대로 방치하기로 했다.

나오토와 관계된 직접적인 '피해'라면, 담임을 맡은 1학년 3반에서 입원하는 아동이 발생한 것뿐이다. 다만 그것도 원인을 따지자면 자신이 무리해서 차키 그룹에 다쓰토를 끼워 넣은 탓이다. 그렇다면 다쓰토가 마음대로 하게 놔두면 된다. 그 아이가 자기 바람을 스케치북에 그리는 것으로 만족한다면 그걸 방해하지 않으면 되는 문제가 아닌가, 하고 생각한 것이다.

그 뒤론 아무 일 없이 2학기가 지나갔다. 가을 소풍 이후엔 미술 공작 수업에서 '소풍'이라는 테마로 그림을 그리게했다. 그때 다쓰토가 그린 그림이 조금 묘했다. 마치 소풍을 가기 전의, 혹은 가는 도중에 본 도로의 모습을 그린 듯한 것이 어쩐지 테마와는 상당히 어긋나 있어 보였다.

하지만 나오토는 아무 말도 하지 않았다. 되도록 아메미야 다쓰토의 일에 관계하지 않을 것이다. 그것이 불가능하다는 걸 알면서도, 최대한 그러기로 마음먹고 있었다.

그다음 주 어느 날 저녁, 나오토는 다음 날 수업의 준비를 마쳐놓고 학교를 나와 집으로 가는 길을 걷다가 문득 멈춰 섰다.

…… 기시감과 위화감.

그 두 가지를 동시에 느꼈기 때문이다. 기시감뿐이라면 발을 멈추지 않았을지도 모른다. 거기에 위화감이 더해졌기 때문에 그 자리에 딱 멈춰 서게 된 것이었다.

순간의 판단이 나오토의 목숨을 구했다.

두두두두, 하는 소리와 함께 오토바이가 나오토의 코앞을 맹렬한 속도로 지나갔다. 두세 발짝만 앞에 있었더라면 틀림없이 오토바이에 치였을 것이다.

등골이 오싹해지더니 식은땀이 줄줄 흐르기 시작했다. 그리고 갑자기, 기시감과 위화감의 정체를 한꺼번에 깨달았다.

나오토는 폭이 넓은 도로의 오른편을 걷고 있었다. 바로 앞은 좁은 길이 교차하는 사거리였고, 그 앞으로 양복을 입은 남성의 뒷모습이 보였다. 도로 반대편 오른쪽으로 중학교 교복을 입은 두 소녀와 개를 산책시키는 노인의 모습이 눈에 들어왔다. 소녀들은 교차하는 좁은 길 맞은편에,

노인은 바로 앞에 있었다.

다쓰토가 지난번 미술 공작 수업에서 그린 그림이, 이 풍경을 그대로 빼다 박았다. 그 그림의 기억이 나오토의 뇌리에 남아 있어서, 조금 전 이 장소에 발을 들였을 때 기시감으로 되살아난 듯했다.

그렇다면 위화감의 정체는 무엇이었을까. 그것은 다쓰토의 그림에는 있지만 나오토 눈앞의 광경에는 없는 것이었다. 오토바이. 오른편의 좁은 길에서 튀어나와 주변을 확인하지도 않고 그대로 넓은 도로를 가로지르려 하는 오토바이가, 다쓰토의 그림에는 그려져 있었다.

이 차이를 나오토는 아무래도 무의식중에 인지했던 모양이다. 덕분에 크게 다치지 않을 수 있었지만, 그 자리에서 한동안 움직일 수 없었다.

…… 나를 노리고 있는 건가?

이 길은 통학로는 아니었다. 그렇다고 해서 다쓰토가 모르는 길이라고는 말할 수 없었다. 몇 번 정도 지나다닌 경험이 있다고 해도 딱히 이상하지 않을 것이다.

게다가 소풍을 갈 때 아동들을 태운 버스가 확실히 이도로를 지나갔다.

요컨대, 다쓰토가 '소풍'이라는 테마로 이 도로의 풍경을 그렸다 해도 특별히 이상할 것은 없다는 이야기가 된다. 원래부터 조금 특이한 아이다. 소풍지로 이동하는 도 중에 본 차창 밖의 풍경을 그린다니, 참으로 그 아이답지 않은가.

…… 아니, 역시 이상하다.

버스에서 다쓰토가 앉은 자리는 왼편 뒤쪽 좌석이었다. 그 그림에 그려진 풍경을 볼 수 있었을 리가 없다. 게다가 나오토는 그림과 똑같은 풍경을 몇 분 전에 보았다. 그 직 후에, 딱 하나 빠져 있던 요소인 오토바이가 갑자기 출현 했다. 말하자면 바로 그 순간에, 거의 일주일 전에 그려졌 던 다쓰토의 그림이 '완성'되었다는 뜻이 된다.

게다가…….

개 목걸이와 쇠사슬만 남기고 사라진 개, 날아가는 피구 공 앞에 있는 차키라고 생각되는 아이, 죽어 있는 듯 보이 는 침대 위의 할머니. 그런 식으로, 지금까지의 다쓰토의 그림에는 그 대상이 제대로 표현되어 있었다.

그런데 이번 그림에는 핵심이 되는 인물이 그려져 있지 않다. 그래서 나오토도 깨닫지 못했다. 하지만 그것은 '예 고화'였다. 지금까지 보아왔던 것과 같은, 무서운 그림. 다 만 딱 한 가지 다른 점이 있었다.

그림이 희생자의 시점으로 그려져 있다…….

그것은 틀림없는, 나오토의 시점이었다.

갑자기 몸이 부들부들 떨려오기 시작했다. 집합주택의 자기 집으로 돌아가서도 떨림은 멈추지 않았다. 침대에 눕고 한참이 지나서야 간신히 멎었다.

이 사건이 있은 뒤, 나오토는 미술 공작 수업에서 더는 그림을 다루지 않게 되었다. 다만 그 방침도 오래 유지할 수는 없었다. '초등학교 학습지도요령'이라는 기준이 존재하는 한, 교사 마음대로 수업을 진행하는 것은 허락되지 않는다. 나오토는 어쩔 수 없이 지도 요령을 따르면서도, 그림의 테마로 정물화를 선택하는 등 최대한 저항했다.

그러나 다쓰토에게는 아무런 영향도 없었다. 주어진 테마를 무시하고 그 아이가 그린 것은, 물속에 빠진 사람의 시점에서 표현했다고밖에 생각되지 않는 그림이었다.

그 그림을 보고 나오토는 오싹해졌다. 다음 주에는 아이들과 시민 수영장에 가서 온수풀에 들어갈 예정이었기 때문이다.

······ 나는, 물에 빠져 죽는 건가.

나오토는 곧바로, 감기에 걸렸다고 하고 수영장에 들어가지 말자고 다짐했다. 하지만 만약 아동에게 이변이 생겼을 경우에는 담임인 나오토가 구해야만 한다. 그때는 어쩔 수 없이 수영장 물속에 뛰어들게 된다. 거기까지 '계산'하고 다쓰토가 그림을 그린 것이라고 한다면······.

안 돼. 쉬는 수밖에 없어.

다음 주가 되자마자 "아무래도 열이 나는 것 같다"라고 말해 복선을 깔아두고, 당일에 전화로 고열 핑계를 대며 결근을 통보했다. 그때까지 한 번도 쉰 적이 없었기 때문에 아무 의심도 받지 않고 넘어갔다.

한동안은 아무 일 없이 지나갔다. 미술 공작 시간에 그림 수업을 할 필요가 있어도, 나오토는 지도 요령을 완전히 무시하고 전혀 다른 내용으로 수업을 바꾸었다. 동료 교사에게 들켰다가는 난리가 나겠지만, 지금은 제 코가 석 자였다.

본격적으로 날씨가 쌀쌀해지기 시작한 날의 방과 후, 교직원실로 돌아온 나오토는 자기 의자에 앉으려다가 하마터면 비명을 지를 뻔했다.

그야말로 '계단에서 굴러떨어지고 있는 상태'인 사람의 시점에서 그려진 그림이 책상 위에 놓여 있었던 것이다.

"방금 종례 시작하기 전에 아메미야가 가져왔어. 구보타 선생님과 약속했던 그림이라고 하면서……."

오쿠무라 나쓰미의 말이 한 귀로 들어와 한 귀로 나갔다.

"그거, 무슨 그림이야? 설마 이케다야 사건에서 계단을 굴러떨어지는 장면인가?"

1864년 7월 8일, 교토 산조키야마치의 여관 '이케다야'

에 잠복하고 있던 조슈번과 도사번 등의 존왕양이파 지사들을 신선조가 습격한 것이 이른바 '이케다야 사건'이다. 이때 신선조에 죽은 지사 중 한 명이 계단에서 굴러떨어졌다고 알려져 있는데, 아무래도 사실은 아닌 듯하다.

그럼에도 불구하고 신선조에 관한 영화가 만들어질 때 꼭 나오는 액션신이 이 이케다야의 계단 장면이었다. 물론 오쿠무라는 농담으로 한 이야기였지만, 나오토는 어색한 미소를 보이는 것이 고작이었다.

이 계단은, 학교인가…….

그렇다면 도망칠 곳은 어디에도 없다. 교사로 일하는 한, 학교에는 반드시 와야 한다. 아무리 그림을 구석구석 살펴봐도 계단 외의 정보는 전혀 발견할 수 없는 탓에 언제 일어날 일인지도 알 수 없다. 길거리 그림 때처럼 직전에 회피하는 것도, 수영장 그림 때처럼 도망치는 것도 이번에는 불가능하다. 가장 유효한 수단은 학교에서 계단을 이용하지 않는 것, 그것밖에 없었다.

1학년 3반 교실은 다행히도 1층이었지만 그렇다고 위층에 가지 않아도 된다는 이야기는 아니다. 아니, 애초에 갈 수밖에 없다. 일주일에 몇 번 정도, 방과 후의 학교 건물 내부를 순찰하는 역할이 돌아오기 때문이다.

물론 교사들이 귀가한 뒤의 학교 경비는 경비업체에 맡

긴다. 그러나 그 전에 학교 건물을 구석구석까지 검사하던 습관이 지금까지 남아 있었다. 게다가 나오토는 신참이기 때문에 다른 교사들보다도 이 역할을 담당하는 횟수가 많았다.

순찰 중에 계단에서 굴러떨어져서 크게 다친다.

혹은, 죽는다…….

그런 자신의 운명을 상상하자 등줄기가 부르르 떨렸다.

이후로 평소에는 가능한 한 계단을 피했다. 그리고 순찰이나 다른 용무 등으로 어쩔 수 없이 계단을 이용해야만 할 경우에는 난간을 두 손으로 붙잡고 천천히, 신중하게 오르내렸다.

어느 날 방과 후, 나오토는 학교 건물을 순찰하고 있었다. 각 교실의 문과 창문, 그리고 복도 쪽 창문들의 문단속을 하면서 화장실도 잊지 않고 체크했다. 그런 확인 작업을 할 때는 괜찮지만 계단에 접어들면 갑자기 심장이 쿵쾅쿵쾅 뛰기 시작했다. 위로 올라갈 때보다 내려가는 계단에서가 훨씬 격했다.

올라가는 경우에 발을 헛디디는 것도 위험하지만, 내려가는 도중에 등을 떠밀리는 편이 어떻게 생각하더라도 더 무서운 일일 것이다. 목숨에 지장이 생긴다는 의미에서는 역시 올라갈 때보다는 내려갈 때 더 주의해야 한다.

그렇게 스스로 다짐하면서 계단을 신중하게 내려가고 있을 때였다. 나오토는 문득 등 뒤로 알 수 없는 위화감을 느끼고는 이내 어떤 사실을 깨달았다.

자신의 뒤에서 뭔가가 엿보고 있다.

소리는 전혀 나지 않았다. 하지만 그것이 계단을 내려오는 기척 같은 게 느껴졌다. 그의 등 뒤에 명백히 무언가가 있었다.

조심조심 뒤를 돌아보았지만, 아무도 없었다. 벽에 붙어 있는 '계단에서 뛰지 맙시다'라는, 어느 아이가 그린 포스터가 눈에 들어올 뿐이다.

여기서 당황하면 안 된다고 생각하면서도, 나오토는 남아 있는 계단을 단숨에 뛰어 내려갔다. 자살행위라는 걸 알면서도, 한시라도 빨리 그 자리에서 도망치고 싶다는 공포가 이성을 완전히 압도했던 것이다.

이 무서운 현상은 그 후에도 이따금 이어졌다. 딱 한 번, 뒤돌아보지 않고 계단을 계속 내려갔더니 그것이 바로 등 뒤까지 따라와 재빨리 바닥에 주저앉은 적이 있다.

이후로 조금이라도 이상한 낌새가 등 뒤에서 느껴지면 곧바로 뒤를 돌아보게 되었다. 아무래도 그렇게 하면 위험은 피할 수 있는 듯했다.

다만 어느 날 순찰을 할 때는, 문득 알아차린 순간 이미 늦었던 적이 있다. 나오토가 서 있는 계단의 한 단 위에 그것이 있었던 것이다.

이때 나오토는 두 가지 점에서 전율했다. 한 가지는 너무나도 가까이에 그것이 있다는 점이고, 다른 하나는 그것이 어린아이처럼 생각되었다는 점이다.

…… 아메미야 다쓰토.

하지만 공포에 휩쓸려 황급히 돌아봐도, 아무도 없었다. 그저 자신의 허리께 오는 크기의 뭔가가 낸 기척만이 그곳에 남아 있을 뿐이었다.

…… 다쓰토의 생령生靈.

그런 단어가 뇌리를 스쳤지만, 괜히 더 무서워져서 잊기로 했다.

결국 나오토의 기묘한 행동은 모든 이들의 주의를 끌게 되었다. 아이들에게서는 "선생님, 다리 아파요?"라든가 "힘들어요?"라는 걱정의 말을 들었고, 같은 순찰 담당 교사에게서는 "너무 오래 걸리잖아"라는 불평을 들었다. 그렇다고 해도 그런 조심 덕분에 지금까지 계단에서 굴러떨어지지 않고 있다. 문제는 그 그림의 '효력'이 얼마나 이어지는지 알 길이 없다는 점이었다.

그런 나오토의 머릿속에, 어느샌가 한 가지 생각이 떠올라 있었다. 그것은 '다쓰토가 그린 그림의 의미를 아는 사

람에게는 그 그림의 힘도 반감되는 게 아닐까' 하는 추측
이었다. 달리 표현하면, '그림의 의미를 이해하고 그 위험
을 피하려고 노력하면, 어쩌면 살아날 수 있을지도 모른
다'라는 희망적인 관측이었다.

이 생각은 '저주'의 부작용이 아닐까, 하고 나오토는 생
각했다. 누군가에게 '저주'를 걸 경우 그 행위를 제3자에
게 들켜서는 안 되지만 반대로 저주의 대상에게는 '나는
저주받았다'라는 사실을 알게 만들 필요가 있다는 말을
예전에 들은 기억이 있다. 요컨대 '저주'란 심리적인 작용
에 지나지 않는다는 해석으로 이어지는 '작법'인데, 그것
이 다쓰토의 그림에는 반대의 효과를 발휘한다고 생각할
수는 없을까?

실제로 지금까지 나오토는 무사하다. 이대로 계속 경계
하면서 지내면 어떻게든 될 것 같다는 기분도 든다. 문제
는 언제까지 주의를 기울이며 살아야만 하는지, 전혀 짐작
이 가지 않는다는 점이었다.

어느덧 겨울방학이 시작돼서 나오토는 진심으로 안도
했다. 방학 동안에는 얌전히 지내면서 3학기를 대비하자,
라고 생각하고 본가로 돌아가 겨울방학 내내 그곳에서 지
냈다.

3학기가 시작되고 첫 온수풀에서의 수영 수업 중에 아

메미야 다쓰토가 익사했다. 이 사건에서 문제가 된 것은, 담임인 구보타 나오토가 곧바로 구하러 뛰어들지 않았다…… 라고 3반의 아동 일부가 증언했다는 점이다. 다만 다른 반의 담임이 "구보타 선생님은 즉각 수영장에 뛰어들었습니다"라고 증언했기 때문에 나오토가 징계를 받는 일은 없었다.

3학기가 끝나고 3반의 아이들이 2학년이 되었을 때, 구보타 나오토는 다른 초등학교로 전입했다. 이 체험담을 그가 도쿠라 시게루에게 밝힌 것은, 거기서 두 번 더 전입한 초등학교에서였다고 한다.

도쿠라 시게루의 이야기가 끝나자, 나는 물었다.

"아메미야 다쓰토가 온수풀에서 익사한 것은, 구보타 나오토 씨가 저주에 대항하기 위해 시도한 조작이 성공했기 때문이군요?"

"어떤 조작 말입니까?"

내 질문에 도쿠라는 다시 질문으로 답했지만, 벌써 내 대답을 예상하는 얼굴이었다.

"예전에 다쓰토가 그렸던, 구보타 씨가 물속에 있는 듯이 보이는 본인 시점의 그림이 있었잖습니까. 그곳에 다쓰토의 모습을 그려 넣어서, 그림을 그린 사람 자신이 물속에 빠진 것처럼 바꾼 겁니다. 원래 그림에 인물이 그려져 있지 않았기 때문에 그런 조작이 가능했겠죠. 아닙니까?"

"과연 미스터리 작가로군요."

"다만 구보타 씨도 이 조작이 효력을 발휘할지 어떨지 확신은 전혀 없었겠지요. 다쓰토의 그림 위에 제3자가 덧그려졌을 경우에는 어떻게 되는가. 구보타 씨가 의도한 대로의 현상이 일어날 것인가. 아니 그 이전에, 애초에 그림이 지닌 그 무서운 힘은 아직까지 남아 있는가. 잠깐만 생각해봐도 의문이 산더미입니다."

"하지만 구보타 선생님이 떠올릴 수 있었던 대항책은 그 방법밖에 없었습니다. 그러니까 그것으로 도박을 해볼 수밖에 없었겠죠."

"그 결과, 성공은 했습니다만……"

"아무리 자신이 위험에 처했다고는 해도, 아이를 죽게 만들었으니 역시 본인도 뒷맛이 안 좋았던 모양입니다."

표현은 완곡했지만, 도쿠라는 명백히 구보타 나오토를 비난하고 있었다. 그리고 그것은 내 두 번째 질문으로 증명되었다.

"구보타 씨에게는 그 아이의 미움을 살 만한 이유가 있었으니까요."

"앗, 알고 계셨습니까?"

도쿠라는 조금 안도한 듯한 표정이었다.

"다쓰토 군의 어머니인 아야나 씨와 구보타 씨는 불륜 관계였지요."

"어디서 알아차리셨습니까?"

"도쿠라 씨도 심술궂으시군요. 말씀하신 이야기 속에 단서가 나오지 않았습니까."

"그랬던가요?"

너스레를 떠는 그에게, 나는 쓴웃음을 지으며 말했다.

"아메미야가에 가정방문을 갔던 시점에서는 다쓰토의 아버지가 '아버지'라고 표현되고 있었는데, 여름방학 동안에 아이의 할머니를 모실 무렵에는 '남편'으로 바뀌어 있었죠. 또 '할머니'가 '시어머니'로 변했습니다. '아버지'나 '할머니'는 다쓰토의 시선입니다만, '남편'이나 '시어머니'는 아야나 씨의 시점이죠."

"과연."

"그동안에 두 사람의 관계가 교사와 보호자에서 다른 것으로 변화한 게 아닐까, 하는 의혹이 싹트기 시작했습니다. 구보타 씨는 다쓰토 정도의 나이에 어머니를 잃었다고 했지요. 아야나 씨에게서 느낀 첫 감정이 모성에 대한 것이었다고 생각하면 어떨까요. 게다가 그 사람의 남편은 출장으로 집을 대개 비우고 있습니다. 다쓰토는 어머니한테 찰싹 붙어 있습니다만, 일단 그림을 그리기 시작하면 그것에 몰두해버립니다. 아메미야가에서의 밀회는 충분히 가능했을 겁니다."

"그 밖에도 더 있습니까?"

"구보타 씨가 아메미야가의 내부 사정에 밝은 것도 상당히 부자연스러웠습니다. 수다스럽다던 기노사키 고코로란 아이의 집에서 벌어진 일—여름방학 중에 사촌과 동거하고 있었던 것—을, 본인에게 들을 때까지 구보타 씨는 몰랐습니다. 그럼에도 자기가 먼저 입을 여는 일이 거의 없는 다쓰토의 집안 사정—아버지는 여전히 출장만 다니고 있다든가, 할머니가 재가복지서비스를 받고 있다든가—을 어째서 구보타 씨는 알고 있었던 걸까요? 가장 부자연스럽다고 생각한 것은 다쓰토의 그림과 할머니가 죽어 있는 모습이 거의 비슷했다는 이야기였습니다. 그 그림을 알고 있는 구보타 씨가, 죽은 시어머니를 발견한 아야나 씨에게 그때의 상황을 들었다고 생각하지 않는 한 전혀 설명이 되지 않는 부분입니다."

"다쓰토의 나이로 봐서는 남녀 관계를 이해하고 있었다고 생각되지 않습니다. 하지만 어머니를 구보타 선생님에게 빼앗겨버린다, 라는 위기감을 그 아이는 느꼈던 게 아닐까요."

"그 사실을 알아차린 구보타 씨는 '그래서 겨울방학 동안에는 얌전히 지냈다'라고 표현한 겁니다. 요컨대 꾹 참고 아야나 씨와는 만나지 않았던 거죠."

"본인도 그렇게 이야기하더군요."

"다쓰토는 자기가 그린 그림의 무서운 힘을 언제부터 알고 있었을지……."

도쿠라는 나의 중얼거림에 응하지 않고 이렇게 되물었다.

"이 이야기를, 믿으십니까?"

"모든 것이 우연히 그렇게 보였을 뿐 전부 구보타 씨의 망상에 지나지 않았다, 그렇게 간주할 수도 있습니다."

"네, 저도 그렇게 생각합니다만……."

왠지 어정쩡한 도쿠라의 태도가 묘하다고 생각하면서도, 나는 그 후에도 구보타 나오토가 계속 교사로 일하고 있는지 문득 신경이 쓰여서 물어보았다.

"구보타 씨는 그 뒤에도 초등학교 교사를?"

"세 번째 전입 후에, 그만두었습니다."

"뭔가 이유가 있었습니까?"

도쿠라는 담담한 어조로 이렇게 대답했다.

"첫 번째 전입 뒤에 구보타 선생님은 학교에서 귀가하

던 중 오토바이에 치였습니다. 두 번째 학교에서는 수영
장에서 빠져 죽을 뻔했습니다. 그리고 세 번째 간 곳에서
는 학교 계단에서 굴러떨어졌습니다. 그것으로 끝이라
는 걸 알고는 있었지만, 더 이상 교사 일은 하지 못하겠다
며……."

좀 더 빨리 그만두었더라면 그런 일을 겪지 않을 수 있
었을까. 아니면, 그림의 '저주'는 언제까지라도 계속되었
을까.

나는 그런 의문을 품었지만, 물론 누구도 알 수 없는 수
수께끼일 것이다.

雨中怪談

모

시설의

야간 경비

某施設の夜警

초등학교를 졸업한 지 40년이 넘었지만, 졸업 문집에 '장래 희망' 혹은 '장래의 직업'이라는 코너가 있었던 것을 지금도 기억한다. 남학생들이 쓴 것 중에선 '야구선수', '경찰관', '회사 사장'이, 여학생들의 것들 가운데선 '선생님', '꽃집 주인', '빵집 주인'이 눈에 띄었다. 영락없이 그 당시 초등학생들 같다며 절로 미소가 지어진다.

그러나 나는 그곳에 '추리소설 작가'라고 적었다. 그 정도로 어릴 때부터 작가를 지향하고 있었다니…… 라며 놀란 독자들에게는 미안하지만, 깊은 의미는 전혀 없었다. 자신이 좋아하는 것이 무엇일까를 생각했을 때 문득 미스터리소설이 떠올라서 단순히 '그것을 쓰는 사람'을 적었을 뿐이다.

나이를 먹은 뒤에 취미로 창작을 시작했을 때도 이 마음에는 변함이 없었다. 나는 '작가가 되고 싶다'고도, '작가가 될 수 있다'고도 한 번도 생각한 적이 없다. 어디까지나 취미로 소설을 쓰고 있었더니 인연이 닿아서 첫 번째 작품을 세상에 내놓을 수 있었다. 운이 좋은 건지 나쁜 건지 알수 없지만 그로부터 약 8개월 뒤에, 편집자로 근무하던 출판사가 도산하고 만다. 나는 이것도 하나의 기회라고 생각하고, 그렇다면 프로 작가로서 통할지 시험해보자고 마음먹었다. 그런 흐름에 지나지 않는다.

다른 동경했던 일이나 직업은 전무했는가…… 라고 돌아보면, 확실히 아무것도 떠오르지 않는다. 어릴 때는 텔레비전 드라마의 영향으로 형사가 멋지다고 생각했지만 그렇다고 경찰관이 되고 싶다는 생각은 조금도 없었다. 드라마 속 형사에 대한 동경은 서부극의 총잡이나 특촬물 방송의 '변신 히어로'에게 품는 감상이나 다를 게 없었기 때문일 것이다.

다만 성인이 된 뒤에 한번 체험해보고 싶다고 느낀 직업이 있기는 하다. 이른바 '야경'이라고 불리는 야간 경비원이다. 하지만 동기는 극히 불순해서, 한밤중에 혼자서 시설 안을 돌아다니면 분명 무서운 일을 겪지 않을까…… 라는 담력 시험 같은 감각으로 그런 것이니 그리 칭찬받을 만한 태도는 아니다.

경비원이라고 하면 떠오르는 것은, 나보다 조금 연배가 있는 독자라면 텔레비전 드라마 〈더 가드맨〉(최초 제목은 〈도쿄 경비지령 더 가드맨〉)일까? 나는 그 드라마의 존재는 알고 있었지만 당시에는 어려서 흥미가 없었다. 어렴풋이 본 기억이 있는 것은 '여름의 괴담' 시리즈 중 한두 편 정도일지도 모른다.

그것보다도 강렬한 인상이 남은 것은 텔레비전 애니메이션 〈요괴인간 벰〉*의 열일곱 번째 에피소드인 '박물관의 요기妖鬼'다. 어느 도시에서 요괴소년 베로는 무서운 가면을 쓴 겐보와 만난다. 가면에 대해 물어보니 박물관에 전시되어 있던 것을 마음대로 가지고 나왔다고 한다. 베로는 같이 가면을 돌려주러 가자고 제안하지만 이미 날이 저물기 시작했다. 박물관에는 겐보가 아는 수위가 있어서, 셋이 함께 가면이 전시되어 있던 장소로 향한다. 그러다 이윽고 그들에게 무서운 괴기 현상이……. 참고로 가면은 악령을 봉인한 저주받은 물건이었는데, 그것을 겐보가 원래

---

* 한일합작 애니메이션으로, 국내에서는 1970년대에 〈요괴인간〉이라는 제목으로 방영되었다.

자리에서 움직였기 때문에 악령이 해방된 것이었다.

어릴 적에 보고 상당히 무서워했던 기억이 있다. 이런 박물관의 수위 같은 건 절대 할 수 없다고 생각했다. 다만 〈요괴인간 벰〉은 무섭지 않은 에피소드를 세는 편이 차라리 빠르다고 생각될 정도로 어느 이야기나 공포스러웠다. 지금 바로 떠올릴 수 있는 것만 하더라도 '죽은 자의 마을', '악령의 촛불', '저주의 유령선', '원한의 거울', '공포의 흑영도', '오래된 우물의 저주', '망자의 동굴' 등 무서워서 눈물을 글썽이며 본 에피소드들이 줄을 잇는다.

아니, 애초에 오프닝이 끝난 뒤에 내레이션이 흘러나올 때부터 나는 항상 전율하고 있었다. 보고 싶지 않은데도 눈을 떼지 못하고 오히려 응시하게 되어버린다. 그런 모순된 심리를 처음 맛보게 한 것이, 어쩌면 〈요괴인간 벰〉이었는지도 모른다.

그 정도로 무서운 것을 순수하게 두려워하던 아이도 어느샌가 괴담을 즐기는 어른이 되었다. 그렇기에 나는 결국 경비원 일을 아르바이트로도 하지 않았던 거라 생각한다. 담력 시험과도 비슷한 유희의 마음이 가슴속 어딘가에 남아 있는 것 같아서, 아무래도 주저하게 되었던 것이다.

이런 나와는 달리, 작가인 센바 아츠오(가명)는 저작물이 팔릴 때까지 2년 남짓한 기간 동안 생활을 위해 경비원

일을 했다고 한다. 만일을 위해 미리 말해두자면, 그 사람은 호러 작가도 미스터리 작가도 아니다. 그런데도 그 사람과 알게 되어 체험담을 들을 수 있었던 것은, 모 출판사의 모 편집자가 우리 둘을 연결해주었기 때문이다.

이 센바의 이야기를 들었을 때, 나는 '괴기 단편의 소재로 써먹을 수 있겠다'라며 남몰래 기뻐했다. 하지만 가만히 생각해보면 그 사람도 작가다. 자신의 체험을 직접 소설로 쓰면 되는 게 아닐까? 그것이 가장 이상적인 상황일 것이다.

그렇게 생각하고 물어보았지만, 실은 이미 시도했다가 실패한 모양이었다.

"당시를 떠올리면서 쓰는 동안에 점점 무서워져서요."

그것이 중단한 이유라는 말을 듣고, 나는 흥분했다. 작가 본인이 '무섭다'라고 생각할 수 있는 작품이란 그리 쉽게 찾아볼 수 있는 게 아니다.

"꼭 좀 써주십시오."

기백을 담아 부탁했지만, 그럴 생각은 없다며 고개를 가로저었다.

"저는 엄청나게 무서운 일을 겪었다고 생각했는데, 막상 그걸 소설로 쓰려고 했더니 한심하게도 그 소름 끼치는 감각의 10분의 1도 표현할 수 없다는 걸 깨달은 겁니다.

그래서 포기하기로 했습니다."

하지만 이 이야기를 내가 쓰는 것은 문제없다는 이야기를 듣고서 솔직히 날아오를 듯한 기분이 되었지만, 아니 잠깐…… 하고 정신을 차렸다.

작가인 센바 아츠오가 젊었을 무렵 겪은 체험담을 다른 작가인 내가 단편으로 엮게 되면, 당연히 그 사람도 그 작품을 읽을 것이다. 그때의 반응을 상상하면 역시나 망설이게 된다.

"당신은 호러 작가이니 분명히 잘 쓸 수 있을 겁니다."

이쪽의 망설임을 알아차렸는지, 그 자리에서 센바에게 격려의 말을 들었다. 하지만 오히려 긴장하게 되었다. 그 사람의 기억에 있는 공포를 제대로 재현하지 못한다면…… 이라고 상상하니, 견딜 수가 없었다. 곧바로 자신감을 잃고 말았다.

그 뒤로 세월이 흘렀다. 그동안 나도 작가로서 조금은 성장했다는 기분이 든다. 그렇게 느껴지는 순간이 아주 가끔 찾아온다. 그럴 때마다 나는 슬슬 센바의 체험담을 단편으로 써도 괜찮지 않을까…… 라고 자문하게 되는데, 언제나 답은 '아니오'였다.

아직 쓸 수 없다. 그때 들었던 이야기에서 느낀 공포를 문자로 표현할 자신이 없다.

그렇게 스스로에게 반론하며 계속 기각해왔다. 당초에는 완성도 낮은 작품을 써서 작가인 센바 아츠오에게 비웃음을 사게 되는 상황을 두려워했다. 그것이 언제부터인가, 어떻게 쓰더라도 그런 오싹한 체험을 재현하기란 어렵다는 것을 알고 계속 꽁무니를 빼는 모양새가 되었던 것이다.

그 마음에는 조금도 변화가 없었지만, 끝내 그 이야기에 손을 대려고 생각한 것은 몇 개의 괴기 단편을 집필하는 동안 왠지 모르게 깨달음을 얻었기 때문이다.

그렇게나 영문을 알 수 없는 체험담의 재현이라면, 작가가 지닌 문장력도 구성력도 어차피 상관없지 않을까. 그런 건 오히려 방해가 되지 않을까. 그저 우직하게, 센바 아츠오가 어떤 일을 겪었는지를 충실히 적는다. 최대한 정확히 묘사한다. 그것을 독자가 어떻게 받아들이는가는 전혀 생각하지 않고 집필한다.

그렇게 쓰기 시작한 것이, 이하의 이야기다.

센바 아츠오가 모 문예지의 신인상에 단편을 응모하고 멋지게 수상한 것은 그가 20대 초반일 때였다.

도내의 모처에서 열린 수상식과 뒤풀이에 출석했지만,

장편 부문의 상도 아니고 대중소설에 주는 상도 아닌 탓이었는지 심사를 맡은 작가들과 출판사 편집자가 참석자의 전부인 조촐한 모임이었다. 그래도 아츠오에게는 꿈같은 한때였다고 한다.

자신이 쓴 소설을 프로 작가가 화제로 삼고 있다.

믿기지 않는 상황이지만 틀림없는 현실이다. 하지만 좀처럼 실감이 나지 않는다. 물론 꿈이 아니라고 멀쩡히 인식하고는 있지만, 발이 바닥에 닿아 있지 않은 듯한 기분이 든다. 몹시 불안정한, 그러면서도 기분이 좋은 상태에 놓여 있다. 아츠오는 그런 감각에 줄곧 사로잡혀 있었다.

그러나 뒤풀이가 끝나고 호텔까지 담당 편집자의 배웅을 받는 도중에,

"절대 곧바로 회사를 그만두거나 하지 마세요."

라는 충고를 듣자마자 압도적인 현실감이 밀려들었다. 예를 들면, 극장에서 영화의 세계에 푹 빠져 있다가 스태프 롤을 보고 정신을 차린 것이나 마찬가지라고 할까.

다만 영화의 내용은 허구이지만, 센바 아츠오의 신인상 수상은 현실에서 있었던 일이다. 그렇기에 그가 재인식한 현실감이란 상당히 무거운 것이었다. 작가로 데뷔한 것은 순수하게 기뻤지만, 회사 일과 집필 활동을 병행할 것을 생각하면 뭐라 말할 수 없는 중압감이 느껴졌다.

아츠오는 간토 지방에 있는 모 대학에 들어가기 위해서 고향의 본가에서 나온 상태였다. 취업도 같은 현에서 했기 때문에, 학생 시절에 세든 2층짜리 연립주택에서 줄곧 살고 있었다. 곧바로 작가 일로 먹고살 수 없는 이상, 편집자에게도 들었듯이 회사를 그만둘 수는 없다. 당분간은 두 가지 일을 병행할 필요가 있다.

그는 회사에서 돌아오면 아무리 늦은 시간이라도 컴퓨터 앞에 앉았다. 그리고 주말은—토요일은 격주로 쉬었다—대부분을 집필하는 데 썼다. 하지만 평일 밤은 업무의 피로도 있어서 점차 작품을 쓸 수 없게 되어갔다. 억지로 컴퓨터 앞에 앉아도 별다른 진전이 없는 데다가 다음 날 아침에 일어나기 힘들어지기만 했다. 얼마 안 가 업무에도 지장이 생기기 시작했다. 그래서 작품을 쓰는 일은 휴일에만 하기로 했다.

그런데 주말 집필을 진행하면 할수록, 평일에 일하는 것이 헛수고라는 생각이 들기 시작했다. 생활비를 벌기 위해서라고 결론 내리고 일하는 중이긴 했지만, 그 시간도 전부 창작에 투자하는 편이 프로 작가로서 빨리 자립할 수 있는 길이 아닐까 하는 생각이 드는 것이었다.

회사에서는 친하게 지내는 일부 동료들에게만 신인상 수상에 대해 전했다. 그 동료들과 축하하는 자리를 갖기도

했다. 업무와 집필을 양립시키고 있는 것에 모두가 감탄하며 응원해주었다.

그런데 언젠가 아츠오가 "평일에는 몸이 힘들어서 지금은 주말에만 집필하고 있어"라고 불평하자, 동료 중 한 명에게서 "일요작가라는 얘긴가"라는 말이 돌아왔다. 상대는 아마도 '휴일에만 집필을 하는 작가'라는 의미로 그렇게 말한 것이겠지만, 그에게는 다르게 들렸다. 애초에 '일요작가'라는 것은 프로가 아닌 아마추어 작가를 가리키는 말이다. 그래서 "너는 아마추어다"라는 말을 면전에서 들은 듯한 기분이 되었다.

아츠오는 고민을 거듭한 끝에 회사를 그만두었다. 그렇다고 해서 집필에만 전념할 수 있을 정도의 저금이 있는 것도 아니어서, 무료 취업정보지를 뒤지며 아르바이트 일자리를 찾아보았다. 주중 3, 4일 정도만 근무하면서 업무 중에 소설 구상을 하기에 안성맞춤인 일자리가 없는지 살펴보았다.

그러다 아무리 그래도 너무 뻔뻔한 생각이었나 싶어 쓴웃음을 짓게 되었을 무렵, '경비원' 모집 공고가 눈에 들어왔다. 설명을 읽어보니, 일주일 중 원하는 요일을 지정해 일을 할 수 있다고 한다. 이때 그의 뇌리에 떠오른 것은 그때까지 몇 번이나 봐왔던, 길가에 그저 따분한 듯 서 있다고밖에 생각되지 않는 초로의 경비원이었다.

정말로 힘든 현장도 틀림없이 있을 것이다. 그렇게 생각하기는 했지만, 취업정보지에 실려 있는 다른 일에 비하면 경비원은 자신에게 딱 맞는 일로 여겨졌다.

아츠오가 전화로 면접을 신청하자 다음 날 오전 중에 도내의 지사支社로 이력서를 가지고 오라는 연락이 왔고, 면접 자리에서 간단히 채용되었다. 조금 놀란 것은, 경비원이 되기 위해서는 경비업법을 공부할 필요가 있으며 그것을 위한 30시간의 법정 연수 교육이 의무화되어 있다는 점이었다.

그로부터 나흘간 그는 지급받은 제복 차림으로, 연지색 넥타이를 매고, 녹색 바탕에 흰색 선 두 줄이 들어간 완장을 왼쪽 팔에 차고, '연수생'이라고 적힌 명찰을 오른쪽 가슴에 달고, 연지색 띠를 오른팔에 끼우고, 호루라기를 가슴 주머니에 넣고, 발끝부터 발등까지 철판이 들어간 경비화를 신고 연수를 받았다.

교육 담당자가 하는 강습은 너무 지루해서 내내 졸았다. 실기 훈련에서는 파란색과 하얀색으로 된 헬멧을 쓰고 '백장갑'이라 불리는 하얀 천으로 된 장갑을 낀 채 붉은색 유도등을 손에 들었지만, 정작 내용은 '우향우' 같은 제식훈련 같은 것이라 난감했다. 그래도 시험이 있는 것은 아니어서 양쪽 다 편하기는 했다.

이 연수에서 알게 된 동기 중에 '이사코'라는, 마흔 조금 넘은 듯한 초라한 느낌의 남자가 있었다. 하지만 어디까지나 상대 쪽에서 일방적으로 말을 걸어와서 왠지 모르게 점심을 함께 먹는 사이가 된 것뿐이었다. 어째서 나이 차이가 나는 나에게…… 라고 처음엔 의심했지만, 다른 연수생들의 모습을 둘러보자 납득이 갔다. 한성깔 할 것 같은 인상의 인물들만이 그 연수에 참가하고 있었기 때문이다. 분명 그중 가장 무난해 보이는 사람이 아츠오였다.

이사코는 수다스러웠다. 전에는 대기업에서 일했는데, 실적 부진이 이어진 끝에 휘몰아친 정리 해고의 폭풍에 그만 휩쓸리고 말았다. 조기 퇴직자는 퇴직금을 올려주었기 때문에 과감하게 이직하기로 했다. 그러나 예상과 달리 좀처럼 다음 직장을 구할 수가 없었다. 퇴직금은 집의 대출금을 갚는 데 썼는데, 그래도 10년은 더 갚아야 했다. 아이가 사립 고등학교에 들어가려고 노력 중이라 학원비도 나간다. 언제까지나 무직으로 있을 수는 없다. 그래서 경비원에 지원했다. 그런 사정들을, 묻지도 않았는데 스스로 주절주절 이야기한다.

이사코는 성실했다. 시험도 없는데 강의 중에 진지하게 노트에 필기를 했다. 그걸 다시 읽으며 복습까지 했다. 그런 연수생은 한 명도 없었다. 다만 실기 훈련에는 영 서툴러서, 몹시 애를 먹는 듯한 모습이 눈에 띄었다.

20, 30대에 비하면 40, 50대인 사람은 역시나 힘들어했지만, 그래도 몇 번 반복하다 보면 자연스레 몸에 익기 마련이다. 그러나 이사코는 끝까지 교육 담당자의 질책을 들어야 했다.

나흘간의 연수가 끝나자 마침내 '경비원' 명찰을 받을 수 있었다. 이사코의 기뻐하는 얼굴을 보고 아츠오는 "잘 됐네요"라고 말을 걸까 했지만, 연하의 자신에게 그런 말을 들으면 상대가 언짢아하지 않을까 싶어 그만두었다.

우선 '주간 근무 예정표'를 제출할 필요가 있어서, 아츠오는 월요일부터 수요일까지의 칸 세 개에는 '○'를, 나머지에는 '×'를 그려 넣었다. 일주일에 3일은 경비원 일을 하고, 4일은 집필에 할당하려는 심산이었다. 참고로 이사코는 목요일 칸 이외의 여섯 개 칸에 동그라미를 쳐서 아츠오를 깜짝 놀라게 했다. 심지어 일이 조금 익숙해지면 주간 근무와 야간 근무를 겸임하겠다고도 했다.

"집의 대출금과 아이를 위해서죠."

그렇게 쓴웃음을 짓는 이사코 앞에서 아츠오는 아무런 대답도 할 수 없었다. 그저 이 사람이 무사히 일할 수 있기를, 이라고 진심으로 기원하는 수밖에 없었다.

첫 근무 전날, 휴대전화로 회사에서 문자메시지를 보내왔다. 내용은 근무 일시와 단골 거래처명, 파견지 이름과 주소, 경비 구분 및 인원 등 업무에 필요한 정보들이었다. 그날 아츠오는 근무지에서 가장 가까운 역을 조사하고 인터넷으로 주변의 지도를 프린트해서 다음 날에 대비했다.

센바 아츠오가 어떠한 경비 업무를 경험했는가, 그 체험담을 소개하는 것만으로도 충분히 재미있겠지만 이 원고에서 다룰 이야기는 아니므로 생략한다. 다만 그가 무엇을 생각하고 무엇을 느꼈는가, 그것만은 기록해두고 싶다.

업무를 시작하고 다른 경비원과 접하게 되면서 아츠오가 알게 된 것이 있다. 그것은 많은 경비원 자리가 '이것이라도'와 '이것밖에'인 사람들로 채워져 있다는 놀랄 만한 사실이었다. 요컨대, 어떤 사정으로 생활이 곤란해져서 일자리를 알아보았지만 어디에서도 고용해주지 않아 어쩔 수 없이 경비원**이라도** 할까 하고 지원하긴 했으나 실은 경비원**밖에** 할 수 없을 만한 인물들만이 눈에 띄었던 것이다. 아니, 개중에는 경비원 일**조차** 도저히 무리인 사람도 있었다.

오해가 없도록 미리 말해두자면, 공사 현장의 대형트럭 유도나 일반 차량의 교통 통제 등 제대로 머리를 쓰지 않으면 할 수 없는 업무도 많고, 그것을 척척 처리하는 베테랑 경비원도 당연히 있다. 그러나 2년 정도 근무하면서 '이 사람은 진짜 프로다'라고 감탄할 수 있는 인물은 단 두 명밖에 보지 못했다.

한편으로는 그냥 그 자리에 서 있기만 하면 되는 일이 존재하는 것 또한 틀림없는 사실이었다. 회사는 각 개인을 파악해 적재적소인 파견지를 정하는데, 그곳에서 제대로 일을 못 하면 다음 날 다른 곳으로 이동시킨다. 그래서 '이 것이라도, 이것밖에, 이것조차'인 사람도 어떻게든 일할 수 있는 건지도 모른다.

옥석이 혼재되어 있긴 하지만, 아마도 대부분이 돌멩이 인 게 아닐까.

아츠오는 자신이 그 돌멩이가 되지는 말자고 마음먹었 다. 어디까지나 집필 활동이 주업이고 경비원 일은 부업이 었지만, 그렇다고 해서 대충 할 생각은 없었다. 그 일의 대 가를 받는 데다, 현장의 안전에 대한 책임도 있다. 그래서 그는 진지하게 임했다.

하지만 어쩔 도리가 없는 업무 내용 때문에 애초부터 대 충 하는 것이 불가능한 자리도 있었다. 그런 경비 업무의 극단적인 사례 중 하나가, 모 고층 맨션의 리모델링 공사 현장이었다. 여기서 아츠오가 부여받은 업무는 비상계단 의 감시였다. 해당 층보다 위층에서 공사가 진행되고 있으므로, 거주민이 비상계단으로 나오는 경우 "리모델링 공사 때문에, 정말로 죄송합니다만, 통행금지입니다"라고 친절하게 이야기하고, 정중히 돌아가달라고 부탁한다. 그런 일이었다.

편해 보이는데? 이제 하루 종일 소설에 대해 생각할 수 있겠어.

그는 몹시 기뻐했지만 현실은 그렇게 만만하지 않았다. 층계참에 섰을 때 눈에 들어오는 것이라고는 위아래로 이어지는 계단과 커다란 철문, 그리고 살구색의 벽뿐이다. 그곳에서 들리는 것은 공사에 사용되는 장비들의 소리와 엘리베이터가 내는 희미한 소음밖에 없다.

주위에는 아무것도 없고, 무시무시하리만치 고요하다.

뭔가를 생각하기에 이상적인 장소로 보였던 것은 초반의 10여 분뿐이었다. 얼마간 시간이 흐르자 점차 견딜 수가 없어졌다. 주위가 너무나 살풍경하고 정적에 감싸여 있는 까닭에, 오히려 사고력이 조금도 작동하지 않았다. 그와 같은 이상한 상태를 아츠오는 처음으로 경험했다.

어쩌면 형무소의 독방이 이런 느낌일까?

그런 상상을 하자마자 등줄기가 오싹해졌다. 아니, 주민이 모습을 보일지도 모른다고 곧 생각을 바꾸긴 했다. 하지만 계단을 찾는 사람은 한 명도 없었다. 고층 맨션이니까, 당연히 다들 엘리베이터를 이용할 것이다. 요컨대 비상계단의 감시 따위는 원래는 전혀 필요 없는 일이다. 그러나 '이런 현장에 경비원은 몇 명이며 어디어디에 필요하다'라고 법률로 꼼꼼히 규정되어 있기 때문에 그것을 지키지 않으면 어떤 공사라도 착수할 수 없다.

아츠오는 점차 짜증을 느꼈다. 경비 중에는 벽에 기대지 말고 계단에 앉지도 말라는 주의를 들었다. 물론 층계참을 벗어날 수도 없다. 항상 입초立哨 자세가 요구된다.

아무도 보는 사람이 없으니까…… 라고 방심하고 있다간 작업 현장을 순찰하는 경비 리더에게 들켜서 야단을 맞게 된다. 이 현장은 특별히 신경을 써야 한다며 동료 한 명이 귀띔을 해주었다.

경비 업무 중에 소설 구상을 하겠다는 계획은 맥없이 무너졌지만, 이 직장에서의 만남이나 경험은 이후로 그의 집필 활동에 상당히 도움이 되었음을 밝혀두고 싶다.

처음에는 익숙하지 않은 업무에서 오는 피로로 인해 목요일부터 일요일까지 집필에 할당한 나흘도 좀처럼 활용할 수 없었지만, 이윽고 조금씩 원고 작업에 진척이 있게 되었다. 게다가 경비 회사의 업무가 소재가 된다는 것을 알았기 때문에 그야말로 일석이조였다. 다만 그중에는, 소설화하려고 했지만 무서워져서 어쩔 수 없이 포기한 문제의 체험도 들어 있었는데…….

아츠오가 경비원이 되고 반년 정도 지난 어느 여름의 일요일이었다. 휴대전화에 도착한 회사의 문자메시지를 열어 보니, 그때까지 근무한 어느 파견지보다도 멀리 떨어진 모 현의 주소가 적혀 있었다. "내일은 조금 먼 곳인가. 가기 싫은걸"이라고 생각했지만, 업무 개시 시간이 '19시 30분'으로 되어 있기에 야근이라면 시간 여유가 있겠다며 안도했다.

그러나 거래처의 이름을 보고는 고개를 조금 갸웃했다. '광배회光背會'(가명)라고 적혀 있었던 것이다. 지금까지의 거래처와는 명백히 분위기가 다른 이름이다. 컴퓨터로 검색해보니, 의외로 종교 단체였다. 게다가 설립한 지 아직 수년밖에 되지 않은 신흥 종교 단체. 물론 어느 단체든 별로 상관은 없었지만, 어째서인지 자신이 하게 될 업무가 공사 현장의 경비가 아니라 시설의 야간 경비 같다는 점이 납득이 가지 않았다.

신흥 종교 단체라서, 인근 주민들과 마찰이 생긴 걸까?

곧바로 추측한 것이 그런 상황이었다. 그렇다면 양자 사이에 끼이게 될지도 모른다. 그는 이런 일에서는 빠지고 싶다고 생각했지만 일을 고를 수 있는 입장이 아니었다.

다음 날 아츠오는 오전 전부와 오후의 몇 시간을 집필에 쓰고, 쪽잠으로 수면을 보충한 뒤 집을 나섰다.

몇 번의 환승을 거쳐 간신히 도착한 곳은 아주 외진 시골 마을의 쇠락한 작은 역이었다. 역 앞에서 50대 전후의 경비원이 벌써부터 그를 기다리고 있었다.

"센바 군인가? 가마다라고 한다."

"처음 오는 현장이네요. 잘 부탁드립니다."

서로 간단하게 인사를 나눈 뒤, 아츠오는 고개를 갸웃했다.

집합 시간 15분 전에 도착하는 것이 규칙인데, 그 역에 정차하는 열차의 편수는 몹시 적었다. 그렇다면 가마다는 상당히 일찍 왔다는 이야기가 된다.

대체 무엇을 위해서?

그런 의문을 느꼈지만 초면이므로 물어보기 어려워서 주저하고 있는데, 두 사람 곁에 자동차 한 대가 다가와 멈추더니 30대 중반으로 보이는 양복 차림의 남자가 내렸다.

"오래 기다리신 거 아닙니까? 광배회에서 홍보를 담당하고 있는 나마세라고 합니다. 오늘 잘 부탁드립니다."

그러고는 생글거리는 미소를 지으며 오른손을 내밀어서 아츠오를 당황하게 했다.

"의뢰주 쪽의 책임자분이야. 실례하지 않도록 해."

그때까지 보였던 무뚝뚝한 태도에서 돌변하여, 갑자기

가마다의 말수가 많아졌다.

"나마세 씨는 우리가 경비를 하기 쉽도록 여러 가지로 편의를 봐주고 계셔. 이 정도로 편한 파견지는 좀처럼 없다구. 그러니까 센바 군도 절대 긴장 풀지 말고, 부디 최선을 다해서 임해줘."

이런 대사를 줄줄이 늘어놓기 시작한 것이다. 나마세는 여전히 웃는 얼굴로 묵묵히 듣고만 있었는데, 가마다가 상대를 "정말로 신 같은 분이다"라고 묘사했을 때만은 곧바로 온화한 어조로 단호하게 부정했다.

"신이라고 불려야 할 분은, 교주님뿐입니다."

"…… 이, 이거 큰 시, 실례를 했습니다."

가마다가 90도로 인사를 하며 사죄하기 시작한 것을 보고, 성가신 곳에 파견된 것은 아닐까 하고 아츠오는 조금 경계하는 마음을 품었다.

"자, 가시죠."

그래도 나마세의 부드러운 언동을 접하면 금세 불안도 줄어드니 참으로 신기한 노릇이었다. 겉멋으로만 신흥 종교 단체의 홍보를 담당하고 있는 게 아니라는 걸까. 아니면 가마다의 반응이 너무 과장스러웠던 것일까.

"촌장님 쪽은, 이미 끝내셨습니까?"

"네, 부디 걱정 마시길."

달리기 시작한 자동차 안에서 나누는 두 사람의 대화에서, 아츠오는 이하의 사항을 추측했다.

가마다는 좀 더 이른 시간에 파견지인 광배회에 도착했다. 그래서 나마세에게 역까지 바래다 달라고 한 다음 아츠오를 맞이했다. 나마세는 촌장에게 용무가 있었기 때문에 그 용무가 끝난 뒤에 역으로 돌아왔다. 아츠오가 앞서 의심했던 대로 광배회와 마을 사람들 사이에는 어떤 알력이 있는 듯했다. 나마세의 "걱정 마시길"이라는 말이 그 추측을 뒷받침하는 게 아닐까.

이런저런 추리를 하는 동안 자동차는 마을을 벗어나 완만한 비탈길을 오르기 시작했다. 마을 북쪽에 해당하는 주위 일대는 전부 산지였는데, 어느 산이나 낮고 경사가 급하지 않아 큰 기복 없는 능선이 동서로 이어지고 있었다. 그런 낮은 산의 산간에서, 광배회의 '본부' 및 '집회소'라고 불리는 두 건물과 함께 '십계원＋界苑'이라는 이름의, 뭐라 말로 표현하기 어려운 기묘한 공간이 홀연히 나타나는 바람에 그는 깜짝 놀랐다.

본부는 이슬람교의 예배당인 모스크를 본뜬 듯한 3층 건물이라 일본의 시골 마을 산간에서는 위화감밖에 느껴지지 않았지만, 적어도 한눈에 종교시설이라는 걸 알아볼 수는 있었다. 작은 체육관 같은 분위기의 집회소를 알아보는 데도 별다른 문제는 없었다.

그런데 '십계원'은, 멀리서 흘끗 본 것만으로는 어떤 곳인지 도무지 짐작할 수가 없었다. 곧바로 아츠오의 뇌리에 떠오른 것은 학생 시절에 친구들과 하코네로 여행을 갔을 때 호기심에 들렀던 '조각의 숲 미술관'의 풍경이었다.

몇 대의 마이크로버스가 정차돼 있는 주차장에서 하차한 뒤, 우선 본부의 '경비실'로 가게 되었다. 그곳은 처음부터 경비실로 만들어진 곳이 아니라, 현관에서 가장 가까운 방을 그렇게 사용하고 있을 뿐인 듯했다.

"여기가 '제1경비실'입니다."

나마세의 설명을 들으면서 실내를 돌아보았다. 책상과 의자, 소형 냉장고와 식기 선반, 조촐한 싱크대와 가스레인지, 행거 랙에 침대까지 있는 등 생활이 가능할 정도로 많은 물건이 갖추어져 있었다.

근무는 20시부터 다음날 5시까지 아홉 시간으로, 전반과 후반에 30분씩 휴식이 있고 오전 0시부터 2시 사이에 야식 시간으로 한 시간의 휴식이 더 주어진다. 야식뿐만 아니라 간식이나 음료까지 전부 광배회에서 제공해준다는 말을 듣고 아츠오는 몹시 기뻤다.

하지만 나마세의 다음 대사에 그 환희도 조금 빛바랜 기분이 들었다.

"여기는 가마다 씨가 맡고 있으니까, 센바 씨께서는 십계원에 있는 제2경비실에서 근무해주셔야겠습니다."

아니, 오히려 나쁜 예감을 느꼈다고나 해야 할까.

그 뒤로 세 사람은 낮은 산의 기슭에 있는 본부 건물을 나와 차들이 주차된 넓은 주차장을 가로질러서 남쪽에 있는 십계원으로 향했다.

문제의 십계원은 서쪽에서 동쪽으로 길쭉하게 뻗어 있는, 문자 그대로 열 개의 구획을 지닌 공원 같은 장소다. 서쪽 끝부터 순서대로, 우선 '육도六道'의 세계인 지옥계地獄界, 아귀계餓鬼界, 축생계畜生界, 수라계修羅界, 인간계人間界, 천계天界가 있고, 이어서 '사성四聖'의 세계인 성문계聲聞界, 연각계緣覺界, 보살계菩薩界, 불계佛界가 있다. 아츠오는 불교 계열 대학을 나온 덕분에 어느 정도는 지식이 있었으므로,

"이곳은 인간이 이 여섯 세계에서 윤회한다는 것을 표현하고 있는 겁니까?"

그렇게 나마세에게 질문했다.

"다른 종교에서는 그렇게 생각하고 있을지도 모릅니다만 우리 광배회는 다릅니다. 육도윤회란 사람의 마음속에서 되풀이되는 세계관의 변천입니다. 신자분들은 이 십계원을 산책하는 것으로 자신의 내면과 마주하는 체험을 하게 되는 것이지요."

하지만 이런 요령부득한 대답만 특유의 미소를 마주한 채 듣게 되었다.

"하루아침에 깨달을 수 있는 게 아니야."

가마다가 마치 신자 같은 태도를 보여서 아츠오는 다시 불안해졌다. '설마 경비 업무를 하는 동안에 저절로 세뇌되었나?'라는, 말도 안 되는 의심까지 품었을 정도였다.

참고로 아츠오가 아는 한 '십계+界'는 천태종의 교의다. 불교의 사상인 '육도'에 '사성'을 더한 것이 십계다. 그렇다고 해서 광배회가 천태종의 가르침을 따르는 단체인가 하면, 그렇지는 않아 보였다. 적어도 제1경비실에서 받은 팸플릿에는 아무것도 적혀 있지 않았다.

애초에 신흥 종교 단체는 어느 곳이나, 많든 적든 기성 종교의 사상을 기초로 해서 자신들의 교의를 만들어나가지 않던가. 오히려 그 단체이기에 가능한 독창적인―이라기보다는 명백히 이상하며 우스꽝스러운―가르침이 있는 경우가 여러 의미로 위험할지도 모른다. 그렇게 생각하면 광배회는 그나마 정상적이라는 인상을 받았지만…….

그것도 십계원을 안내받을 때까지였다. 왜냐하면 열 개의 구획에 설치된 오브제가 정말로 이해 불가능한 것들뿐이었기 때문이다.

예를 들면 지옥계의 경우, 높고 긴 두 개의 벽이 마주 보고 우뚝 서 있다. 벽 안쪽에는 새빨갛고 무수한 검은 구멍이 뚫려 있는데, 두 벽 사이의 폭은 어른 한 명이 겨우 지나갈 수 있을 정도다. 이것으로 지옥을 묘사하고 있는 모양이었지만 아츠오로서는 도무지 종잡을 수가 없었다. 지옥이라고 하면, 일본에서 지옥을 이야기할 때 흔히 나오는 '바늘 산'이나 '피의 연못' 같은 쪽이 알기 쉽지 않을까.

다른 구획도 마찬가지였다. 좋게 말하면 '현대미술'인지도 모르지만, 솔직히 어느 것을 보나 영문 모를 것뿐들이다.

하지만 그에게 가장 큰 충격을 준 것은 십계원의 동쪽 끝에 있었다. 불계 구획 너머에 아직 새것으로 보이는 작은 가건물이 하나 세워져 있었는데, 그곳이 '제2경비실'이라는 말을 들었던 것이다.

여기서 야근을 하는 건가…….

본부 건물에서부터 걸어서 10여 분은 걸리고, 주위에 민가는 한 채도 없다. 눈앞은 거대한 연꽃처럼 보이는 물체가 드문드문 놓인 불계이고, 등 뒤는 수목이 무성히 자란 작은 산의 경사면이다.

"안내해주셔서 정말로 감사합니다."

가마다가 나마세에게 깊이 고개를 숙여서, 아츠오도 황급히 인사했다.

"나머지는 제가 잘 지시해두겠습니다."

"그러십니까. 그러면 센바 씨, 잘 부탁드립니다."

부드러운 미소를 지은 나마세가 인사를 한 뒤 본부로 돌아가는 것을 배웅하고 나자, 가마다가 턱짓을 해 아츠오를 제2경비실로 이끌었다.

"여기 있는 물건은 전부 자유롭게 써도 괜찮아."

마치 가마다 자신이 준비했다는 듯한 어조였지만, 제1경비실에 비해 손색없는 실내의 모습에 아츠오는 솔직히 감동했다. 다만 그것도 근무 내용에 관한 구체적인 설명을 들을 때까지였다.

"20시부터 시작해서 두 시간마다 십계원을 순찰하는 거야. 이 '두 시간마다' 라는 건 하나의 예시니까 엄격하게 지킬 필요는 없어. 요컨대 하룻밤에 다섯 번, 이곳을 돌게 되는 거지."

"불계부터 시작해서 지옥계까지 제가 담당하는 겁니까?"

"그래."

가마다가 당연하다는 듯이 대답해서, 아츠오는 반사적으로 물었다.

"가마다 씨가 담당하는 곳은 어디인가요?"

"본부다."

이번에도 당연한 것 아니냐는 듯한 대답이 돌아왔지만, 문단속이 가능한 건물의 내부와 개방된 십계원을 순찰하는 것에는 명백히 큰 차이가 있기 때문에 아츠오는 불만을 느꼈다.

"본부는 3층 건물이라서 꽤 시간이 걸린다고."

가마다가 한발 앞지르듯이 그런 핑계를 댔다. 상대는 선배이고 이곳의 책임자이므로 그런 식으로 설명하면 반론하기 어렵다.

"순찰할 때 말고는 여기에 있는 거니까……"

가마다는 제2경비실의 실내를 가리키면서 말했다.

"다시 휴식을 취하는 것이나 마찬가지야. 이 정도로 우대받는 현장은 좀처럼 보기 어렵다고."

확실히 그 말이 맞을지도 모르지만, 불현듯 아주 근본적인 의문이 아츠오의 뇌리를 스쳤다.

"도둑이라도 들었던 겁니까?"

"무슨 소리야?"

미심쩍은 표정의 가마다를 본 찰나, 그 의문이 뭐라 표현할 수 없는 기묘한 의혹으로 바뀌었다.

"이렇게 마을에서 멀리 떨어진 산간에 있는데, 어째서 경비가 필요한가…… 라는 생각이 들어서 말입니다."

"…… 아무래도 이런 곳에는 시줏돈 같은 현금이 모이

기 때문이겠지."

"그런 건 본부의 금고 같은 데 잘 넣어두면 될 일이지 않습니까. 그러니까 본부 건물을 순찰하는 건 이해하겠는데……"

그렇게 말하면서도, 아츠오는 제대로 문단속만 하면 굳이 경비원을 고용할 필요는 없을 거라고 새삼 생각했다.

"이쪽의 십계원까지 돌아보는 건 어떻게 생각해도 이상하지 않습니까?"

"그건, 그거 때문이겠지. 그, 왜 있잖아. 그거."

가마다는 즉시 반론하려 했지만 얼버무릴 말이 곧바로 떠오르지 않는지 '그것'이라는 지시대명사만 반복할 뿐이었다. 그렇게 어물거린 끝에,

"거래처의 사정이 있어서겠지. 저쪽이 경비 업무를 의뢰했고, 우리 회사는 의뢰를 받았어. 그 업무를 회사로부터 명령받았으면 우린 당연히 하는 거고. 그거 말고 뭐가 있다는 거야?"

반쯤 역정을 내는 어조로 전혀 의미 없는 설명을 했다.

일단은 정론이지만 어째서 경비를 할 필요가 있는가, 라는 핵심적인 이유를 당사자인 경비원이 이해하지 못하는 건 문제다. 아츠오는 그렇게 생각했지만, 이런 태도인 가마다를 상대해봤자 소득 없는 대화만 이어질 게 분명하기

에 일찌감치 포기해버렸다.

"순찰하고 있지 않을 때 여기서 멍하니 앉아 있어도 괜찮다는 건 아니야. 십계원을 주의 깊게 지켜보도록 해. 그리고 무슨 일 있으면 바로 내선 전화로 나한테 연락하고."

"예를 들면 어떤 상황을 생각할 수 있습니까?"

이 질문을 듣자 "윽" 하고 가마다의 말문이 막히는 것 같았다. 대답은 알고 있지만 입 밖에 내는 것을 꺼리는 듯한 눈치였다.

뭐냐고, 대체…….

아츠오가 뭐라 말할 수 없는 불안감에 휩싸이기 시작하는데,

"본부로 돌아가는 김에 20시 순찰은 내가 해주지. 그러니까 그 뒤의 순찰은 제대로 하라고."

수습하는 듯한 대사를 내뱉으며 가마다는 제2경비실을 나섰다.

벽에 걸려 있는 시계를 보니 막 20시가 되려는 참이었다. 벌써 첫 번째 순찰 시간이 다가온 것이다.

하지만 아무리 본부로 돌아가는 길이기 때문이라고 해도, 가마다가 다른 사람 대신 순찰을 돌아줄 만한 인물로는 도저히 보이지 않았다. 아마도 아츠오의 질문에 동요해서, 재빨리 얼버무리기 위해 자기도 모르게 입 밖으로 흘

려버린 말이었던 게 아닐까.

창문으로 밖을 보자, 이미 날이 완전히 저물어서 주변 일대에 어둠이 짙게 드리워져 있었다. 경비 근무가 20시부터 다음날 5시까지로 되어 있는 것은, 어쩌면 어두울 때만 경계할 필요가 있기 때문은 아닐까.

하지만 무엇을 위해서?

제2경비실의 조명이 약하게 닿는 곳에서 흐릿하게 떠오른 불계의 일부를 창 너머로 바라보며, 아츠오는 고개를 갸웃거렸다.

역시 이 지역 주민과의 트러블일까?

광배회가 떠나주기를 바라는 마을 사람들이 야음을 틈타 십계원에 침입해 영문 모를 오브제를 파괴할지도 모른다. 그런 피해를 당한 적이 있어서 경비 회사에 연락을 취했다. 그렇게 생각하면 앞뒤는 맞는다. 하지만 그런 거라면 가마다도 제대로 설명을 해주지 않았을까. "마을 쪽에서 침입하는 사람이 있을지 모르니 주의해"라고 구체적인 충고를 했을 것이다.

도무지 감이 안 잡히네.

이런 저런 추측을 하다 문득 정신을 차리고 보니 21시가 지나고 있었다. 순찰 사이사이의 대기 시간을 지루함에 주체하지 못하는 건 아닐까 걱정했었는데 그렇지도 않은 모양이었다.

제2경비실에는 가스레인지밖에 없었지만 책상에 전기 포트가 놓여 있다. 소형 냉장고 안에는 랩에 싸인 샌드위치나 페트병에 든 음료가 있고, 냉장고 위에 놓여 있는 선반 안에는 인스턴트커피나 컵라면, 초콜릿 등의 과자도 있었다. 그야말로 부족한 것 없이 전부 갖춰져 있다. 가마다가 말한 대로, 이 정도로 쾌적한 환경의 파견지는 좀처럼 없다.

그렇기에 더더욱 마음에 걸렸다. 이렇게까지 준비를 해두었다는 것은, 실은 경비 업무 자체가 엄청 힘들기 때문이 아닐까.

그러는 동안 금세 22시가 되었다.

제2경비실을 나온 아츠오는 주위에 깔린 짙은 어둠에 새삼 압도되어 한순간 당황했다.

십계원 내에 외등이 설치돼 있긴 했지만 두 구획마다 하나씩, 총합 네 개가 세워져 있을 뿐이다. 그 네 개의 불빛이 드문드문 어둠 속에 떠올라 일직선으로 보이는 광경이, 어쩐지 기분 나쁜 동시에 서글프게도 느껴져서 마음을 울적하게 만들었다.

그 밖에는 비스듬히 오른쪽 방향 저 너머에서 본부의 조명이 어슴푸레하게 빛나고 있을 뿐이고, 모든 것에 밤의 장막이 내려져 있다. 도회지는 물론이고 시골 마을에서도 좀처럼 체험할 수 없는 어둠이 그 산간 지역에 똬리를 틀고 있었다.

부르르 몸을 한 번 떨고, 그는 회중전등으로 발치를 비추면서 우선 불계로 향했다. 이 구획에서는 거대한 꽃 같은 오브제의 주위를 돌면서 그늘에 아무도 숨어 있지 않다는 걸 확인하는 것만으로 순찰이 끝나버렸다.

이걸 반복하는 건가.

그렇다면 적어도 편하지는 않을까. 교통량이 많은 야간 도로 공사 현장에 파견되는 것보다는 훨씬 쉬운 일임에 틀림없었다.

하지만 기뻐하는 것은 너무 일렀다고, 아츠오는 이내 깨달았다.

제2경비실의 조명이 흐릿하게밖에 닿지 않는 불계에 비하면 다음 보살계는 좀 나았다. 외등 덕분에 앞길의 3분의 1 정도가 흐릿하게나마 떠올라 있다.

하지만 그것이 아무런 도움도 되지 않는다는 것을 아츠오는 곧바로 깨달았다. 왜냐하면 보살계에는 전신에 시트를 뒤집어쓴 모습으로밖에는 보이지 않는 인간의 조각상 같은 것이 몇 개나, 구획 이쪽저쪽에서 다른 자세를 한 채로 흩어져 있었기 때문이다. 어떤 자는 달리고 어떤 자는 걷고, 또 어떤 자는 앉고 다른 어떤 자는 가만히 서 있다. …… 그런 모습으로 보이지 않는 것도 아니었다. 다만 어느 조각상에서나 움직임이 느껴지기 때문인지, 그것들에 외등의 조명이 어중간하게 비치고 있는 모습은 그야말로 오싹하다고밖에 달리 표현할 길이 없다.

이것들이 전부 보살이란 뜻인가…….

그러나 보살이라고 하면 엄연한 불상의 모습이어야 하는 게 아닐까. 주위에 보이는 조각상은 어느 것을 봐도 인간이 시트를 뒤집어쓰고 있는 모습일 따름이다. 좀 더 정확히 표현하면, 그것들은 인간의 형태를 흉내 내고 있는 존재였다.

어쩐지 기분 나쁘네.

그렇게 느끼면서도 조각상들의 뒤편을 하나하나 체크한다. 물론 아무도 없다.

다음으로 이어지는 연각계는, 벤치로 보이지 않는 것도 아닌 여덟 개의 직방체가 구획의 중앙에 팔각형으로 늘어서 있는 것 외에는 아무것도 없는 잔디밭이었다. 덕분에 어디를 살펴봐야 하는 수고가 들지 않는 덕에 편했지만 한편으로 텅 빈 공간이 아주 썰렁해서, 후텁지근한 여름밤임에도 불구하고 서늘한 공기가 떠돌고 있었다.

여기까지는 추상적이라고도 할 수 있는 구획이었지만,

네 번째인 성문계에서 갑자기 생생해져서 덜컥 겁이 났다. 아직 날이 밝았을 동안에 나마세의 안내를 받으며 한 번 봐두긴 했지만, 외등의 어슴푸레한 조명 속에서 대치한 오브제의 음산함이 한층 두드러져 보이는 탓인지도 몰랐다.

그곳에는 인간의 거대한 뇌, 눈알, 귀 같은 부위가 수없이 만들어져 놓여 있었다. 전시되어 있다기보다는 굴러다니고 있다……. 흡사 버려져 있는 것처럼 보인다.

참고로 성문계란 다양한 학문을 배우는 상태를 가리킨다고 하는데, 그런 의미에서는 오브제의 의미를 가장 알기 쉬운 구획일지도 모른다. 다만 다른 구획은 너무나 추상적인데 비해 이곳만 묘하게 구체적인 것은 어떻게 보아도 밸런스가 좋지 않다.

콘셉트가 통일되어 있지 않다고 해야 할지…….

어느샌가 십계원을 비평하고 있는 자신을 깨닫고 아츠오는 황급히 고개를 저었다.

이곳이 무엇을 의미하고 있다 하더라도, 나와는 아무 상관이 없지 않은가. 그저 십계원 순찰이라는 야간 경비원의 일을 열심히 할 뿐이다.

이쪽저쪽에 굴러다니는 뇌와 눈알의 뒤편부터 시작해 귀의 커다란 구멍 속까지 들여다보고 검사하면서, 그는 앞으로 나아갔다.

사성에 속한 네 개의 세계가 끝나고, 다음은 육도 구획이었다. 첫 번째인 천계는, 보살계의 인간 비슷하게 생긴 것들보다는 그나마 사람같이 보이는 몇 개의 조각상이 드문드문 서 있는 풍경이다. 다만 조각상 하나하나가 인간의 형태를 취하고 있기는 해도 어디까지나 인간의 모습을 흐릿하게 표현하고 있는 것에 지나지 않아서, 손가락이나 이목구비 같은 세부 조형은 조금도 되어 있지 않다. 단 한 곳에만 어떤 묘사가 되어 있을 뿐이다.

웃음. 입술이 없음에도 불구하고, 빙긋 미소 짓고 있는 형태가 어느 얼굴에서나 확실히 엿보인다. 단순히 '○'의 하반부 곡선이 새겨져 있는 것뿐인데도 그것이 훌륭하게 '웃음'을 나타내고 있었다.

그렇다고 해서 아츠오까지 즐거운 기분이 드는가 하면, 정반대였다. 회중전등 불빛에 비친 웃음은 도저히 미소로는 보이지 않았다. 웃음이 아니라 명백히 조소로밖에 보이지 않는다. 빙긋 웃는 밝은 웃음이 아니라 히죽 웃는 일그러진 비웃음으로 그 공간은 가득 차 있었다.

그런 웃음을 짓고 있는 조각상들 가운데 있자니, 마치 자신이 비웃음당하고 있는 듯한 기분이 들었다. 불계를 순찰하던 중에 편한 일 같다고 생각했던 것이 너무 성급한 판단이었음을 그는 뼈저리게 느꼈다.

조각상의 얼굴에는 회중전등을 비추지 않고 뒤편을 살펴본 후에 다음 구획인 인간계로 나아가자, 거리의 풍경 같은 광경이 펼쳐졌다. 빌딩이나 민가나 사원으로 보이지 않는 것도 아닌 건물의 오브제가 그 구획을 채우고 있다. 다만 오브제 각각의 뒤로 돌아가보면 겉으로만 그렇게 꾸며놓은 것에 지나지 않음을 알 수 있는 구조다. 요컨대 겉으로 보기에는 평범한 건물 같지만, 그 뒤편은 반쯤 무너지고 내부도 썩어 있다. 그런 형태였다.

인간계에서는 오브제를 하나씩 확인하는 과정이 아주 고통스러웠다. 뻥 뚫려 있는 구멍 속이 부패된 시체로 채워져 있다⋯⋯. 그런 이미지가 뇌리에 떠올랐기 때문일 것이다.

다음 구획인 수라계에서는 지금까지 지나온 천계와 인간계에서 체험한 음산함은 없었지만, 다른 공포를 느꼈다. 이 구획에 발을 들이자마자 거친 파도처럼 넘실거리는, 녹은 엿같이 뒤틀린 형태의 오브제가 좌우에서 차례로 연속해서 나타났다. 그것들 사이에 끼여서 구불구불 갈지자로 나아간다. 엽기적인 광경임에 틀림없었지만, 이쪽으로 날아드는 파도의 끝이 뾰족한 탓에 좌우 어느 쪽으로 쓰러져도 푹 꿰일 것만 같아 무섭게 느껴지는 게 더 컸다. 생각 없이 어린아이를 데리고 들어왔다간 크게 다치는 일이 생길지도 모른다. 그런 우려를 충분히 느끼고도 남을 만한 공간이었다.

이 미로 같은 설정은 다음 구획인 축생계에까지 이어지고 있었다. 주위의 오브제는 소용돌이나 기하학적 모양 혹은 반점 같은 것으로 바뀌어서, 조금 전의 날카로움은 없어졌다. 그 대신 상당히 혼돈스럽다. 계속 바라보고 있으면 머릿속에서 무언가 이상한 것이 솟아 나올 것만 같은 불쾌감이 느껴져서 영 별로라는 생각이 들었다.

그래도 수라계와 축생계는 정해진 통로를 걷는 것만으로 끝이 났다. 양쪽의 오브제가 일종의 벽처럼 이어지고 있었기 때문에 특별히 살펴볼 장소도 없었다. 그것들을 넘어가는 것은 어떻게 보아도 불가능하다. 다만, 한번 들어오면 옆으로 빠져나가기가 불가능하므로 끝까지 도달하지 않으면 나갈 수 없는 구조가 갑갑하게 느껴졌다.

그런 구획이 두 개나 연속되기에 그곳으로부터 간신히 빠져나왔다는 해방감을 느꼈기 때문일까. 그 자신도 모르게 겉모습만으로 판단해버리고—나마세의 안내를 받을 때도 간단히 지나갈 수 있었으므로—아귀계에 대해 방심했던 게 실수였다.

처음에 다섯 단 정도의 계단이 있고, 그것을 오르면 다리가 뻗어 있다. 그렇다고 해도 다리 아래로 강이 흐른다거나 하는 것은 아니다. 다른 구획과 마찬가지로 잔디밭이다. 이 다리가 도중에 이리저리 나뉘며 수많은 경로를 만들어내고 있다. 수라계와 축생계는 미로처럼 느껴졌지만, 사실은 외길이어서 길을 찾는 데는 조금도 문제가 없었다. 하지만 아귀계의 다리는 정말이지 종횡무진으로 복잡하게 퍼져 있어서 아츠오는 금세 길을 잃었다.

이쪽이 다른 다리로 이어져 있다고 생각하고 나아가면, 막다른 길이 나왔다. 낮이었다면 눈으로 보고 쉽게 알 수 있겠지만 지금은 주위가 거의 보이지 않는다. 회중전등의 불빛으로는 앞을 조금 비출 수 있는 정도다.

나마세가 안내해줬을 때는…….

어떻게 길을 더듬어 갔던가를 필사적으로 떠올리려 했지만 반대편으로 들어왔기 때문에 기억은 아무런 도움도 되지 않았다. 오히려 더 헷갈리기만 할 뿐이었다.

몇 번이나 이쪽저쪽을 오가다 간신히 아귀계의 다리를 건넜을 때는 상당한 식은땀을 흘리고 있었다. 그와 동시에, 굳이 다리 위를 지나지 않더라도 구획 주위를 돌면서 다리 아래를 살펴보기만 했어도 충분히 순찰을 한 셈이 아니었을까 하는 사실을 뒤늦게나마 깨닫고 심한 피로감을 느꼈다.

최후의 구획인 지옥계는 앞에서 이야기했던 것처럼 높

은 두 개의 벽이 어른 한 명 겨우 지나갈 수 있을 정도의 틈을 둔 채로 마주 보며 우뚝 서 있다. 그 길이는 10여 미터에 달했다. 벽의 안쪽은 새빨갛게 칠해져 있고 무수한 검은 구멍으로 가득했다.

이 사이를 지나는 건가…….

회중전등의 불빛은 벽 사이의 저편까지 도저히 닿지 않았다. 이쪽에서 엿보는 것만으로는 두 벽 사이에 수상한 자가 숨어 있지 않은지 확인하기가 불가능했다. 제대로 확인하기 위해서는 중간까지는 들어가야만 한다. 한데 그렇게 되면 통과하는 것과 큰 차이가 없게 된다.

발밑과 전방을 교대로 비추면서 아츠오는 벽 사이로 들어갔다. 지금까지 자신이 비좁은 곳을 꺼린다고 생각한 적이 없었는데, 점차 답답함을 느끼기 시작했다. 싫어도 눈에 들어오는 붉은 벽의 빛깔이 어쩐지 갑갑하게 느껴져서 견딜 수가 없었다. 얼마 안 가 벽이 꿈틀꿈틀 맥동하는 것 같은 기분까지 들기 시작했다. 게다가 조금씩 좁아지고 있는 듯도 했다.

…… 착각이야.

그렇게 스스로에게 말했지만, 전혀 효과가 없다.

만약 지금 앞길에 사람의 형체라도 보인다면, 누구냐고 수하誰何를 시도하지도 않고 발길을 돌려 쏜살같이 도망칠 것이다. 하지만 뒤를 돌았을 때, 마찬가지로 사람의 형체가 보인다면…….

그런 상상을 하자마자 팔뚝에 소름이 쫙 끼쳤다.

빠른 걸음으로 남은 길을 단숨에 나아갔다. 벽 사이를 통과해 반대편으로 나온 순간 시원한 공기를 느끼고 비로소 안도했다.

손목시계를 보니 제2경비실을 나오고 벌써 40분이나 지나 있었다. 천천히 십계원 안을 나아가도 끝까지 가는 데는 분명 10분이 조금 안 걸릴 것이다. 어두워서 익숙하지 않다는 점을 고려해도 시간이 너무 많이 걸린 게 아닐까.

조금 더 설렁설렁해도 괜찮을까.

그런 생각이 머릿속에 떠올랐다. 그렇지만 순찰은 두 시간마다 있다. 너무 빨리 끝내버리면 남는 시간을 주체 못하게 될지도 모른다.

소설 구상을 할까, 만일을 위해 가져온 책을 읽을까.

차라리 창작 노트에 집필을 시도해볼까?

야간 경비 근무 중에 가마다나 나마세 같은 사람이 일부러 제2경비실까지 근무 태도를 살피러 올 거라고는 생각되지 않았다. 체크를 한다고 해도 분명 전화를 거는 정도일 것이다. 앞으로 세 번의 순찰을 각각 20분 정도로 끝마치면 야근이 끝날 때까지 다섯 시간 이상을 자유롭게 쓸 수 있다.

그런 계산을 하면서 벽 한편의 바깥쪽을 통해 지옥계에서 나가려고 할 때였다.

……지.

두 개의 벽 사이에서, 사람의 속삭임 같은 소리가 얼핏 들려왔다.

반사적으로 멈춰 서서 뒤를 돌아보며 회중전등을 비추었지만, 안까지 도달하는 빛은 희미했다. 조심조심 벽 앞까지 돌아가 한쪽 팔을 뻗어서 벽 사이로 회중전등을 밀어 넣었다. 그래도 안쪽의 절반밖에 보이지 않았다.

아츠오는 한동안 계속 빛을 비추면서 벽 바깥쪽을 달려 반대편으로 간 다음, 마찬가지로 내부를 확인했다.

…… 아무도 없어.

잘못 들은 것일까 생각하면서도 빠른 걸음으로 지옥계를 벗어났다. 나머지 십계의 아홉 구획도, 당연히 구획 바깥쪽을 걸었다. 그러면서도 일단은 각 구획의 내부를 회중전등으로 비춰 확인했지만 거의 시늉에 지나지 않았다. 좀 더 강렬한 불빛이 없다면 구석구석까지 확인하는 것은 도저히 불가능할 것이다.

제2경비실로 돌아오자 벌써 23시가 가까워져 있었다. 다음 순회까지 아직 한 시간이나 남았다는 느낌이 아니라,

앞으로 한 시간밖에 없다는 기분이었다.

가방에서 노트를 꺼내 책상 위에 펼쳐놓고 의자에 앉아 오른손에 샤프펜슬을 쥔 뒤, 최근에 컴퓨터로 집필 중인 작품의 쓰던 부분을 떠올리면서 그다음을 이어 쓰려고 했다.

그런데 책상 앞으로 보이는, 창 너머에 퍼진 어둠이 너무나 신경 쓰여서 도저히 집중할 수가 없었다. 완전히 새까만 암흑이었다면 차라리 괜찮았을지도 모른다. 오히려 외등의 불빛으로 구획의 일부가 보이기 때문에 조명을 받지 않는 부분의 어둠이 아주 짙게 비친다. 새까만 어둠 속에서 "와아악!" 하고 뭔가가 튀어나와 이쪽을 향해 다가올 것 같은 예감에 사로잡혀 더 이상 눈을 돌릴 수 없다. 그래도 억지로 노트에 시선을 떨어뜨리고 어찌어찌 집필을 시작하지만, 닫혀 있던 창문의 미세한 틈새로 쑥 하고 검은 형체가 침입해서는 그대로 콧구멍을 통해 머릿속으로 들어가서…… 라는 망상에 사로잡히기 시작한다. 그렇게 되자 서서히 아무것도 생각할 수 없었고, 문득 정신을 차리고 보니 바깥의 어둠을 응시하고 있었다. 그런 상태가 계속 이어졌다. 커튼을 치고 싶어도 애초에 커튼이 없었다. 이곳은 경비실이니까, 당연하다.

…… 쓰질 못하겠어.

한숨과 함께 노트로 눈길을 떨어뜨렸는데, 노트에 '지'

라고 보이는 글자가 적혀 있어서 "엑?" 하는 소리가 절로 튀어나올 정도로 놀랐다.

이런 거, 나는 쓴 적이 없는데…….

하지만 보면 볼수록 자신의 필적 같았다. 노트의 공백 부분 한가운데 '지'란 글자만이 덩그러니 적혀 있다. 최소한 그것이 집필 중인 소설의 다음 부분을 쓰려 했던 결과가 아니라는 것만은 틀림없다.

뭐냐고, '지'라니…….

노트에 적힌 글자와 바깥의 어둠을 교대로 바라보는 동안, 순식간에 한 시간이 지나갔다.

아츠오는 회중전등을 들고 오전 0시 순찰에 나섰다. 조금 망설이긴 했지만 구획 안으로는 들어가지 않고 바깥을 돌면서 내부에 불빛만 비춰보기로 했다. 그래서는 중심부의 점검이 불가능하지만, 그 사실에는 눈을 감았다. 이 방식으로 끝까지 진행했기 때문에 불계에서 지옥계까지의 순찰이 20여 분 정도 만에 끝났다. 생각보다 시간이 걸렸던 것은 한 구획의 바깥 둘레를 한 바퀴 반 돌지 않으면 다음 구획으로 넘어갈 수 없었기 때문이다. 그렇다고 해도 22시의 순찰에 비하면 정신적으로 상당히 편했다.

그래도 지옥계에 서 있는 두 개의 벽 앞에 서는 것은 역시나 망설여졌다. 바로 앞과 반대편 양쪽에서 벽 안을 각

각 비춰보고 재빨리 돌아가자고 생각했지만, 벽에 가까이 다가가는 것 자체가 솔직히 무서웠다. 이내 벽 사이의 어둠 속에서 뭔가가 이쪽을 빤히 응시하고 있는 듯한 기분이 들기 시작해서 점점 견딜 수 없게 되었다.

나는 경비원이다.

스스로에게 그렇게 주지시키며 양편에서 두 개의 벽 내부를 회중전등으로 한 번씩 비춰보고, 그 뒤에는 빠른 걸음으로 제2경비실에 돌아왔다. 그래도 피로감을 느꼈던 것은 너무나도 기괴한 십계원이라는 장소 때문이리라.

인스턴트커피를 끓이고 야식으로 샌드위치를 먹었다. 하지만 창밖의 어둠을 보면서 먹자니 맛이 전혀 느껴지지 않았다. 어쩔 수 없이 실내로 눈을 돌려 살풍경한 벽을 바라보았다. 바깥의 어둠보다는 그나마 나을지도 몰랐다.

단것이 먹고 싶어져서 초콜릿을 입에 넣었다. 왠지 모르게 차분해진 기분이 든 것은 역시 단맛 덕분일까.

오전 2시까지 노트가 놓인 책상 앞에 앉아 있을 생각이었지만, 바깥의 어둠에 신경이 쓰여서 좀처럼 글이 진행되지 않는다. 그래도 꾹 참고 앉아 있으니 조금이나마 소설이 써지기는 했다.

그래서인지 순찰을 나갈 때까지 기분이 고양되어 있었다. 내일도 광배회의 야간 경비 업무가 들어오면 좋겠다는 긍정적인 생각마저 들었다. 지금까지, 같은 현장에 연속으로 파견된 것은 아무리 길어야 사흘 정도였다. 아직 경험이 적은 사람인 경우, 나름대로 경비 기술이 요구되는 장소에는 역시나 파견되지 않는다. 자칫 실수라도 하면 발목을 잡히게 되기 때문이다. 그런 점에서 이곳의 야간 경비는 신참이라도 근무하는 데 문제가 없어 보였다. 조금 전처럼 집필에 몰두할 수만 있다면 꼭 연속해서 파견되었으면 하는 바람이었다.

그런 소망을 품은 채로 불현듯 정신을 차리고 보니, 불계 안이었다. 지난번 순찰에서는 구획 안으로 들어가지 않았기 때문에 이번에는 내부를 확인할 필요가 있을지도 모른다.

그러나 솔직히, 가능하면 안 하고 싶다. 오싹하고 기분 나쁘니까…… 라는 것이 가장 큰 이유였지만, '그렇게까지 꼼꼼히 확인하는 게 정말로 필요한가?'라는 의문이 들었기 때문이기도 하다.

만약 상습적인 침입자가 있다면 이미 순찰 시간을 알고 있지 않을까. 그렇다면 경비원이 돌아보지 않는 시간대에 움직여서 본래의 목적을 달성할 터였다. 일부러 순찰 시간을 노리고 구획 안에 숨지는 않을 것이다.

요컨대 매번 순찰할 때마다 구석구석 확인하는 것은 완

전히 헛수고가 아닐까 하고, 아츠오는 신속한 판단을 내린 셈이다.

게다가 무엇보다, 정말 침입자 같은 게 있기는 한 걸까?

'마을 사람들과의 알력'이라는 생각은 한참 전에 스스로 기각했다. 가령 쌍방 사이에 다툼이 있었다고 하더라도 이런 한밤중에 십계원에 들어와 어떤 파괴 행동을 하리라고는 생각되지 않는다. 큰 효과를 기대할 수 없는 데다가, 이곳을 한밤중에 직접 거닐어보면 도저히 손댈 생각이 들지 않는다…… 라는 실감을, 무엇보다 아츠오 자신이 느꼈던 탓이다. 결코 핑계가 아니라 그렇게 피부로 느꼈기 때문이다.

그렇다면 광배회는 어째서 이 십계원의 경비를 의뢰한 걸까.

결국 이 수수께끼로 돌아와버린다. 물론 단순히 파견되었을 따름인 일개 경비원과는 아무런 관계도 없는 문제다. 그렇다고는 해도 역시 호기심을 자극한다. 그것은 작가의 본성이라기보다, 모든 인간이 동등하게 지닌 본능인지도 모른다.

다시 정신을 차리고 보니 거대한 연꽃 같은 꽃이 드문드문한 불계도, 인간 비슷한 것이 우글거리는 보살계도, 여덟 개의 입방체가 팔각형으로 늘어서 있는 연각계도 어느샌가 지나와서, 비정상적으로 커다란 뇌와 눈알과 귀가 굴러다니는 성문계 안을 나아가는 중이었다. 제2경비실을 나왔을 때부터 생각에 잠겨 있었던 탓에 여기까지 아무것도 하지 않고 그냥 지나와버린 것이다.

그렇다고 다시 돌아가기도 좀…….

어차피 헛수고라고 생각하고 있었기 때문에 그대로 천계로 들어갔다. 한데 그러자마자 천계의 모든 조각상들로부터 비웃음을 당하고 있는 듯한 기분에 휩싸였다. 이런 영문 모를 순찰에 진지하게 임하고 있는 그가 아주 불쌍하고 우스꽝스럽다고 말하는 것처럼…….

나도 대충 적당히 하고 있다고.

아츠오는 자기도 모르게 소리 내서 대답하려다가, 별안간 몸에 소름이 돋는 걸 느꼈다. 대체 누구를 향해 그런 반론을 하려는 생각이었을까.

서둘러 천계를 지나고, 그 기세를 살려 인간계와 수라계와 축생계의 순찰까지 끝마쳤다. 다만 아귀계 앞에서는 역시나 멈춰 서게 되었다.

이대로 다리 위를 나아가봤자 또다시 길을 헤맬 뿐이다. 그런 일은 피하고 싶었다. 그래서 이 구획만은 바깥둘레를 한 바퀴 반 돌기로 했다. 그리고 마지막 지옥계에서, 다시 그는 멈춰 섰다.

아귀계와 축생계의 경계에 있는 외등의 불빛은 그곳에 거의 닿지 않는다. 그러므로 주위가 온통 새까만 어둠으로 칠해진 듯했지만, 두 개의 벽 사이에는 그보다 더한 어둠이 채워져 있다. 그곳에서 기분 나쁜 속삭임이 들려오고 섬뜩한 시선이 느껴진다…… 라는 생각이 드는 것은 그저 마음의 불안 때문이었을까.

아츠오는 회중전등 불빛을 비추면서 두 개의 벽 사이로 다가갔다. 그렇게 벽 앞까지 왔을 때였다. 좁은 통로 안에서 뭔가가 쑥 떠올랐다.

…… 사람의 형체?

당황하며 팔을 뻗어 불빛을 비추었지만, 다시 쑥 하고 검은 뭔가가 뒷걸음질 치는 듯이 보였다. 반사적으로 아츠오도 그만큼 벽 사이로 발을 들였다. 그러자 그림자가 또다시 멀어졌다. 다시 아츠오가 나아간다. 그림자가 물러선다. 그렇게 반복하는 동안 점점 그는 벽 사이로 더 깊이 들어가게 되었다. 그러다 별안간 깨닫고 보니, 두 벽이 끝나는 지점에 멈춰 서 있는 검은 것에 회중전등 불빛을 비추고 있었다.

"…… 누, 누구십니까."

강하게 다그치려 했지만 입에서 나온 것은 겁먹은 말투의 질문이었다. 앞으로 두세 걸음 정도 앞으로 나아가면 상대의 모습을 제대로 볼 수 있을 것 같은데, 그 자리에서 조금도 움직일 수 없었다.

가마다에게 알려야 해…….

그렇게 초조하게 생각했지만 휴대전화는 제2경비실에 두고 왔다. 가지고 왔다 하더라도 어차피 제1경비실의 전화번호를 모른다.

그때 사람의 형체로 보이는 검은 것이 쓱 앞으로 몸을 기울였다. 그리고 다음 순간, 이쪽을 향해 다가왔다.

회중전등 불빛이 또렷하게 상대를 비추기도 전에, 아츠오는 뒤돌아 달리기 시작했다. 통로는 일직선이므로 아무런 장애물도 없을 텐데 몇 번이나 좌우의 벽에 양쪽 어깨가 부딪혔다. 달리는 데 방해를 받은 그 잠깐 사이에, 등 뒤의 흉측한 기척이 성큼 다가온 것을 알 수 있었다. 지금이라도 뒤에서 목덜미를 콱 움켜쥘 것만 같았다. 목덜미가 서늘했다. 죽을힘을 다해 도망쳤다. 그러다 다리가 꼬여 넘어질 뻔했다. 식은땀을 흘리며 어떻게든 버텨내고 필사적으로 달렸다. 10여 미터 길이밖에 되지 않는 두 벽의 사잇길이 얼마나 길게 느껴지던지.

간신히 벽 사이를 빠져나와 조금 떨어진 곳에서 재빨리 뒤를 돌아보는 동시에 회중전등을 비춰보았지만, 두 개의 벽 사이에서 나타나는 것은 아무것도 없었다. 그저 그 틈새에 응어리져 있는 어둠이, 꾸물꾸물 꿈틀거리는 것처럼 느껴질 뿐……

방금 본 것이 무엇인지, 물론 아츠오는 알 수 없었다. 그러나 만약 침입자라면, 이대로 내버려둘 수는 없었다. 그렇다고 해도 확인을 위해 다시 저 벽 사이에 들어가는 짓은 절대 하고 싶지 않았다. 하지만 가마다에게 연락하기 위해 제2경비실까지 돌아갈 경우, 그사이에 도망쳐버릴지도 모른다.

망연자실한 아츠오의 머릿속에 문득 좋은 생각이 떠올랐다. 여기서는 주차장을 사이에 둔 본부 제1경비실 창문의 불빛이 흐릿하게 보인다. 그렇다는 이야기는 아츠오의 회중전등 불빛도 저쪽에서 보인다는 뜻이 아닐까.

거기서 제1경비실을 향해 회중전등을 계속 깜빡거렸다. 잠시 반복하면 틀림없이 알아차릴 거라고 생각했지만 어설픈 발상이었던 모양이다. 혹시나 가마다가 졸고 있는 건 아닐까 의심이 들기 시작할 무렵, 마침내 본부 건물에서 회중전등 불빛이 아츠오를 향해 다가왔다.

그런데 가마다라고 생각되는 인물은 지옥계에서 멀찍이 떨어진 곳에서 멈춰서더니,

"…… 거, 거기 있는 거 센바냐? 센바지?"

엄청나게 경계하는 어조로 이쪽이 누구인지 확인하려

고 했다.

아츠오가 "네"라고 대답하는 것을 기다린 뒤에야 가마다는 다시 움직이기 시작했다. 아츠오는 이곳에 있는 벽 사이에서 사람의 형체를 봤다고 보고하고, 함께 살펴보자고 부탁했다.

그러자 가마다가 대놓고 싫다는 얼굴을 했다. "그건 네가 할 일이잖아"라고 말하는 듯한 표정이었지만, 역시나 말로는 하지 않았다.

그래서 두 사람은 작은 목소리로 의논한 뒤에, 각각 벽의 양쪽 가장자리로 가서 동시에 회중전등으로 내부를 비추기로 했다. 하지만 벽 사이에는 아무도 없었다. 아츠오가 회중전등으로 신호를 보내는 동안 암흑을 틈타 도망쳤을지도 모르지만, 그렇다 해도 기척 정도는 났을 것이다. 이토록 주변이 조용하니까…….

가마다가 불평할 거라고 예상했는데, "계속해서 경계하도록"이라는 말만 할 뿐이었다. 제1경비실의 전화번호를 묻자, 가마다는 여기서는 휴대전화 신호가 잡히지 않는다고 알려주었다. 그러면 또다시 침입자를 발견했을 때는 어떻게 해야 하느냐고 물어보자 "그냥 쫓아버리기만 하면 돼"라고 대답해서, 아츠오는 미심쩍게 생각하면서도 그대로 입을 다물었다.

이제는 4시의 순찰만 남아 있을 뿐이니 여기서 일을 시끄럽게 만들 필요는 없었다. 시간이 될 때까지 아츠오는 집필에 전념했다. 예상 이상으로 진척이 잘돼서 기분이 좋아진 상태로 마지막 순찰에 나섰다. 그 때문인지 이번엔 구획 안을 제대로 확인하면서 나아갔다. 조금 전에 사람의 형체를 본 것도 있으므로 당연하다고 말할 수 있겠지만, 원고의 진척 상태가 영 좋지 않아 기분이 가라앉아 있었다면 아마 이래선 안 된다고 생각하면서도 적당히 끝마쳤을지 모른다.

그래도 미로 같은 다리로 이루어진 아귀계 내부로 발을 들이는 것만은 역시나 망설여졌다. 그 안에서 다시 길을 잃을 우려가 있는 한, 되도록 발을 들이고 싶지 않았다. 하지만 여기만 건너뛸 수도 없었다. 어쩔 수 없이 각오를 하고 아귀계의 다리를 절반 정도 간신히 나아갔을 때였다.

……척.

어딘가에서 소리가 들렸다. 이 구획 내에서 들린 것은 틀림없지만 정작 어느 방향에서 들려온 것인지, 그것이 무슨 소리인지는 알 수 없었다.

주위를 죽 훑듯이 회중전등으로 불빛을 비추자,

……척, 척.

다시 소리가 들렸지만 어디에서 들려오는지는 여전히

알 수 없었다. 다만 그것이 발소리처럼 들려서 아츠오는
움찔했다.

……척, 척, 척.

소리가 다가오기 시작했다. 아츠오는 곧장 뒤로 물러서
려 했는데, 돌아가는 것이 과연 정답인지 판단하기 어려
웠다. 등 뒤쪽으로 귀를 기울이자 그쪽에서 들려오는 소리
같기도 했다.

……척, 척.

이러지도 저러지도 못하는 와중에 그것은 점점 다가오
고 있었다. 그럼에도 여전히 소리 나는 방향은 짐작조차
할 수 없다.

어쨌든 움직일 수밖에 없다고 생각하고 그대로 전진했
더니, 이번엔 그가 가는 방향에서 소리가 다가오기 시작
해, 당황하며 옆으로 피한다. 하지만 나아가려고 할 때마
다 역시 앞쪽에서 기분 나쁜 소리가 들려온다. 그렇다고
해서 뒤로 돌아가도, 마찬가지다.

그렇게 기괴한 소리를 피하며 다리 위를 우왕좌왕하는
동안 막다른 길에 들어서고 말았다. 아니, 이것은 쫓기다
구석에 몰렸다고 봐야 할까.

그 증거로, 발소리 같은 것이 들려오는 방향이 갑자기
또렷해지기 시작했다. 거기서 아츠오가 멈춰 서 있는 곳까

지 척, 척…… 하고 빠른 걸음으로, 똑바로 다가오기 시작하는 것을 아무리 부정하려 해도 알 수밖에 없었다.

…… 더 이상 도망칠 곳이 없어.

무서워서 회중전등도 비추지 못하고 아츠오는 그 자리에 그대로 못 박혔다. 새까만 어둠 속에서, 기분 나쁜 발소리가 점점 다가온다. 저것에 붙들리면 어떻게 되어버리는 걸까.

허리에는 다리의 난간이 닿아 있었다. 이 이상은 물러설 수 없다고 절망하던 차에, 자기도 모르게 웃음을 터뜨릴 뻔했다.

그냥 뛰어내리면 되잖아.

다리 아래는 잔디밭이다. 높이도 그리 높지 않다. 이렇게 간단한 것을 어째서 곧바로 깨닫지 못했을까.

……척, 척, 척.

거의 눈앞까지 와 있던 소리를 떨쳐내듯이, 아츠오는 난간을 타고 넘어 바깥쪽에 섰다. 어두워서 다리의 높이를 알 수 없었기 때문에 상당히 무섭기는 했지만, 바로 등 뒤에서 뭔가의 기척을 느낀 순간 자기도 모르게 단숨에 뛰어내리고 있었다.

그리 높지 않았는데도 쿵, 하고 양쪽 발목에 묵직한 충격을 받았다. 그와 동시에 다리가 저려왔지만 아랑곳하지 않고 회중전등 불빛에 의지해 지옥계가 있다고 예상되는 방향으로 정신없이 도망치기 시작했다. 그리고 그 두 개의 벽이 눈앞에 들어오자마자 자기도 모르게 바닥에 푹 주저앉아버렸다.

벽 사이 공간의 점검은 포기하고 각 구획의 북쪽을 일직선으로 가로질러 제2경비실로 돌아온 뒤에, 가마다에게 내선 전화를 걸어서 순찰 종료 보고를 했다. 내일도 파견되면 좋겠다는 생각은 이미 깨끗이 사라진 뒤였다. 한시라도 빨리 집에 돌아가고 싶을 뿐이었다.

그러나 아침 7시까지 제2경비실에서 수면을 취하라는 말을 듣고 낙담했다. 아마 그 시간이 되지 않으면 전철이 다니지 않기 때문에 내려온 지침일 것이다. 그렇다면 원고를 쓰자고 생각했지만, 양쪽 어깨에서 뭔가에 짓눌리는 듯한 피로가 느껴져 결국 침대에서 푹 잤다. 잠에서 깬 것은 내선 전화로 호출을 받고서였다.

제1경비실에 가보니, 가마다뿐만 아니라 양복 차림의 나마세도 있었다.

"수고 많으셨습니다. 많이 피곤하셨겠지요."

그가 붙임성 좋은 미소를 지으면서 노고를 치하했지만,

"어떠셨습니까? 뭔가 문제는 없었습니까?"

뒤이어 그렇게 물어봐서 아츠오는 순간 대답이 궁해졌

다. 지옥계에서 사람의 형체를 본 것은 가마다도 알고 있다. 하지만 그 일을 나마세에게 전했는지 어떤지는 알 수 없다. 이 자리에서 솔직하게 이야기하려 해도 혹 가마다에게 방해받는 것은 아닐까. 그런 염려로 망설이고 있자,

"제대로 보고해."

가마다가 그렇게 재촉해서 아츠오는 놀랐다. 하지만 정작 이야기할 생각이 든 것은,

"어떤 체험을 하셨더라도, 있는 그대로 이야기해주시면 됩니다."

그런 나마세의 재촉을 들은 까닭이었다.

간밤에 있었던 일들을 세세한 부분까지 전부 이야기하자, 가마다는 명백히 겁먹고 동요한 듯 보였지만 나마세는 고객의 귀찮은 클레임을 앞에 두고 어떻게 대처할지를 생각하는 유능한 비즈니스맨 같은 얼굴을 하고 있었다.

두 사람 모두 입을 다물어버려서, 질문을 하려면 지금밖에 없다고 생각하고 아츠오는 말을 꺼냈다.

"…… 저기, 조금 물어봐도 괜찮겠습니까?"

"네, 하시지요."

곧바로 나마세가 미소 짓는 표정을 조금 되찾고서 대답했다.

"십계원의 경비를 서는 목적은 대체 무엇입니까?"

그렇게 아츠오가 묻자마자 가마다는 겸연쩍다는 듯이 얼굴을 돌렸고, 그런 가마다에게 나마세가 비난하는 것 같은 시선을 보냈다.

"아, 아뇨…… 그게, 경비 경험이 아직 많지 않은 친구라, 이런 사정은, 너무 자세히 알려주지 않는 편이 좋겠거니 하고, 뭐, 그렇게 생각했던지라……?"

나마세의 시선을 받은 것만으로 가마다는 황급히 핑계를 늘어놓기 시작했다. 하지만 나마세는 자리를 수습하듯 아츠오에게서 고개를 돌리며 말했다.

"이거 정말 실례했습니다. 저희로서는 경비를 서주시는 분에게 조금도 감출 생각은 없습니다. 다만 외부로 흘러나가는 것을 꺼리는 사정이 있으니, 센바 씨도 그 점은 잘 헤아려주셨으면 합니다."

아츠오는 "네"라고 대답하면서 고개를 끄덕였지만,

"실은 한 달쯤 전에, 십계원에서 자살자가 나왔습니다."

엄청난 이야기를 듣자 곧바로 얼굴에서 핏기가 싹 가시는 기분이었다.

"게다가 저희 쪽의 신자분이어서, 그 정도의 고민을 품고 있는 분을 구하지 못했다는 사실에 저희도 몹시 가슴이 아팠습니다."

신흥 종교 단체의 사연 있어 보이는 시설에서 그 종교의 신자가 자살했다면 분명 큰 뉴스가 되었을 텐데, 아츠오는 전혀 들은 기억이 없었다. 다른 커다란 사건이라도 있어서 가려진 것일까, 아니면 사건을 무마할 정도의 힘이 광배회에 있는 것일까. 어쨌든 깊이 캐물을 문제는 아니므로 아츠오는 어쩔 수 없이 묵묵히 있었다.

그러나 그런 의문이 날아가버릴 만한 이야기를, 나마세는 계속했다.

"그 자살 소동이 있고 다음 주에 또다시 십계원에서, 이번에는 자살 미수가 발생했습니다. 역시 저희 쪽 신자분이었지요."

아츠오가 아무 대꾸도 하지 못하자, 나마세가 폭탄 발언을 이어나갔다.

"그리고 다다음 주에도, 또 다른 신자분의 자살 미수가 발생했던 겁니다."

아무리 그래도 이건 큰 문제다. 종교 단체로서는 치명적이지 않을까. 그렇게 아츠오가 놀라고 있는데, 그의 반응을 보고 알아차렸는지 나마세가 말했다.

"이렇게 이야기하면 오해하실지도 모르겠습니다만, 첫 번째 분에게는 자살할 만한 동기가 있었습니다. 그렇기에 그분은 광배회에서 구원을 찾으려 하셨던 것이지요. 그렇지만 두 번째와 세 번째 분에게는 스스로 죽음을 선택할 만한 이유가 전혀 없었습니다. 애초에 본인들도 어째서 한밤중에 십계원까지 가서 죽으려고 했는지 전혀 알 수 없다고 이야기하고 있습니다. 두 분 사이의 공통점은, 그 전날 저녁에 십계원에 발을 들였다…… 그 정도밖에 없습니다."

이봐, 농담하지 말라고!

아츠오는 분노보다도 먼저, 어마어마한 공포를 느꼈다. 하지만 그런 그를 향해서 나마세는 아무런 문제도 없다는 듯한 어조로 말했다.

"신자가 아닌 이상 영향은 없다고 교주님께서 말씀하셨으니, 걱정하실 필요는 없습니다."

애초에 교주의 힘으로 그런 일을 미연에 방지할 수는 없었는가…… 라고 묻고 싶었지만, 물론 입 밖에는 낼 수 없었다.

"십계원의 출입을 금지하자, 자살 미수 소동 후 3주 동안은 다행히도 같은 일이 발생하지 않았습니다. 그쪽에 경비를 의뢰한 것이 그 무렵이었으니, 귀사 덕분인지도 모르겠군요."

나마세는 아츠오에게 얼굴을 향한 채로 말을 이었다.

"가마다 씨는 처음에 다른 한 분과 함께 파견된 경비원이었습니다. 혼자서는 힘에 부칠지도 모른다고 생각해서 2인 경비 체제로 정한 것이죠."

어떤 구실을 댔는지는 알 수 없다. 다만 가마다가 자신이 본부를 경비할 필요성을 인정받아서 십계원을 다른 한 명에게 담당시킨 것이라고, 아츠오는 금세 이해했다.

"센바 씨만 이견이 없으시다면 계속 경비를 부탁드리고 싶습니다만, 어떠십니까?"

나마세는 특유의 미소를 지으면서, 양복 안주머니에서 봉투를 꺼내 아츠오에게 건네며 말했다.

"사례금입니다. 아뇨, 회사 쪽에도 제대로 양해를 구했습니다. 물론 정식 임금은 지금까지와 마찬가지로 회사에서 지불됩니다. 이것은 어디까지나 저희들이 드리는 감사의 마음이니 부디 받아주세요."

솔직히 사례금은 매력적이었다. 게다가 매번 받을 수 있다고 한다. 더군다나 순찰할 때 외에는 마음대로 지내도 괜찮다는 말을 듣고, 아츠오는 마음이 크게 흔들렸다. 하지만 몹시 신경 쓰이는 점이 있었다.

"그 밖에 뭔가 질문이 있으십니까?"

아츠오의 망설임을 알아차렸는지, 나마세가 얼굴을 들여다보는 듯한 몸짓을 했다.

"그 이후로 3주 동안 더는 자살 미수자가 나오지 않았는데도 이렇게 계속 경비를 하고 있는 것에는 뭔가 이유가 있는 게 아닙니까?"

"이봐, 그런 말은 실례라고. 우리 일은……"

가마다가 옆에서 끼어들었지만, 나마세가 몸짓으로 그를 제지하더니 말했다.

"지당하신 의문입니다. 그러니까 감추지 않고 있는 그대로 알려드리겠습니다. 실은, 십계원을 경비하시는 분은 으레 기묘한 체험을 하십니다. 센바 씨께서 들려주신 것과 유사한 일을 겪지요. 완전히 동일한 현상을 경험하기도 하지만 전혀 다른 경우도 있습니다. 이 놀라운 보고를 교주님께 전해드렸더니, 한동안 경비를 계속하며 그런 사례들을 수집해라…… 라고 말씀하셨습니다."

그때 가마다가 마치 초등학생처럼 한 손을 번쩍 들더니,

"지, 지금 말씀하신 것 같은 얘기를 말이죠, 미리 알려주면 경비원이 잔뜩 긴장해버려서, 제대로 사례 수집을 못할지도 모른다고, 생각해서, 그래서 말을 하지 않았던 것이고……?"

이때라는 듯이 변명을 시작했지만 나마세는 가볍게 고개를 끄덕일 뿐 여전히 아츠오만을 응시하고 있다.

"제가 계속해서 담당하기로 했을 경우, 언제까지 일하게 됩니까?"

"우선 오늘 밤부터 금요일까지 부탁드리고, 그동안에 문제가 없다면 이후로도 계속 맡아주시면 감사하겠습니

다. 조금 전의 보고를 듣고서, 당신이라면 안심하고 맡길 수 있겠다고 저도 확신했으니 부디 긍정적으로 생각해주세요.”

경비 의뢰 자체가 장기간에 걸쳐 계속될지도 모른다. 그동안 계속 아츠오가 파견된다면, 집필 활동과 생활비 조달 양쪽 모두에 큰 도움이 될 터였다.

그런 무서운 체험을, 매일 밤 제대로 견뎌낼 수만 있다면…….

그러나 주저한 것은 한순간이었고, 아츠오는 승낙했다. 그러자 나마세가 곧바로 회사에 전화를 걸어 아츠오의 주 3일 근무를 5일로 수정하게 했고, 그러면서 동일 현장에 연속 파견되도록 조정했다. 이 모든 것을 전화 한 통으로 끝마친 것으로 보아도 광배회가 회사에 얼마나 중요한 거래처인지 잘 알 수 있었다.

그렇다고 해도 경비 기간이 끝날 때까지 제2경비실에서 지내도 괜찮다는 제안은, 싫어하는 마음이 겉으로 드러나지 않도록 주의하면서 정중히 거절했다. 가마다가 제1경비실에서 지내고 있다고 들은 것도 이 제안을 거부한 이유 중 하나가 되었다.

“회사에는 절대 이야기하지 마.”

나마세가 자리를 비우자마자 가마다가 윽박지르듯이

말해서 순순히 "네"라고 대답했다. 아무래도 이 남자는 일주일에 한 번, '근무실적보고서'를 내러 회사에 갈 때 말고는 광배회 본부에서 생활하는 모양이었다.

귀가할 때는 나마세가 자동차로 역까지 바래다주었다. 그 차 안에서 오늘은 19시 45분에 이 역에 도착하는 열차로 와줬으면 좋겠다는 말을 듣고 "알겠습니다"라고 대답한 뒤, 한 건의 자살과 두 건의 자살 미수는 십계원의 어디에서 일어났는지—설마 동일한 장소인지—질문을 하려다가 역시 생각을 고쳐먹고 그만두었다.

어떻게 생각하더라도, 모르는 편이 훨씬 낫다.

그날은 집에 돌아가서 한낮까지 푹 자고, 제2경비실에서 노트에 적었던 원고 분량을 컴퓨터에 입력한 다음 그 뒤로도 집필에 전념했다. 그리고 모든 원고를 프린트한 뒤에 저녁 식사를 간단히 마치고, 나마세가 지정한 열차를 타려고 집을 나섰다.

역에 도착해서 밖으로 나오자, 마침 나마세의 차가 다가오는 참이었다. 참고로 가마다는 타고 있지 않았다. 차 안에서 독서에 대한 이야기를 듣던 중에, 아츠오는 자신이 잘 팔리지 않는 작가임을 자연스럽게 이야기했다. 왠지 모르게 유도된 듯한 기분이 들었던 것과 상대가 보인 반응으로 볼 때, 어쩌면 나마세는 다 알고 있었는지도 모른다. 사전에 '센바 아츠오'를 조사했던 것이 아닐까, 하는 의혹이 고개를 쳐들었다.

사실이라면 기분 좋은 일은 아니지만 딱히 상관없다고 아츠오는 생각했다. 이번 경비에 요구되는 업무 내용은 상당히 특수하다. 의뢰자가 경비원에 대한 정보를 알고 싶어 하는 마음도 왠지 모르게 이해할 수 있었다.

나마세에게서, 다섯 번의 순찰 가운데 오전 0시와 2시의 순찰 두 번은 반드시 각 구획 안을 지나라는 지시를 받았다. 가능하다면 나머지 세 번도 동일하게 해주면 좋겠지만 강요는 하지 않겠다고 했다. 일부러 두 번의 순찰 시간을 선택한 것은 그 시간대에 자살과 자살 미수가 집중되었기 때문일까, 아니면 기괴한 현상의 보고가 많은 시간대였기 때문일까?

그러나 굳이 묻지는 않았다. 역시 모르는 편이 낫다.

20시의 순찰은 십계원의 바깥둘레를 반시계 방향으로, 22시 순찰 때는 시계 방향으로 걷기만 하는 것으로 끝냈다. 일단은 구획마다 회중전등으로 내부를 비춰보았지만 어디까지나 구색을 맞추는 정도였다. 거래처로부터 공인받은 것이기 때문에 다행히 양심에 찔리지도 않았다. 덕분에 여유 시간을 많이 확보할 수 있어서 전부 집필에 할당했다. 이러면서도 정규 임금뿐만 아니라 광배회의 사례금도 받을 수 있는 것이다.

프린트해 가져온 원고를 다시 읽은 뒤에 그 뒷 내용을 노트에 적어가는 집필 방법이 예상보다 효과적이어서 아츠오는 기분이 좋아졌다. 다만 그 기분도 오전 0시의 순찰로 인해 흔적도 없이 사라지게 되지만…….

어느 구획을 지날 때나, 어쨌든 오브제의 뒤편이 무서웠다. 맡은 임무가 있으니 그곳을 회중전등으로 비춰볼 필요가 있었다. "와악!" 하고 뭔가가 뛰쳐나올 것만 같아서, 가슴이 쿵쾅거리는 탓에 심장에 좋지 않을 듯했다.

불계에서 성문계까지의 사성 구획을 지나 천계와 인간계의 순찰을 마친 뒤 기묘한 개체들의 오브제가 끝난 것에 안도했다. 수라계는 통로 양쪽을 끝이 날카로운 파도 같은 벽이, 축생계는 마찬가지로 좌우로 다양한 모양을 지닌 벽이 연속돼서, 각각의 통로를 따라가기만 하면 끝이 난다.

하지만 그다음에는 아귀계와 지옥계가…….

그렇게 생각하는 것만으로도 위축되는 스스로를 질타하면서, 어떻게든 각오를 다지고 축생계의 절반 정도를 나아갔을 때였다.

……철썩.

앞쪽에서 묘한 소리가 났다. 또다시 발소리인가 하고 바짝 긴장하고 있는데,

……철썩, 철썩.

누군가가 한쪽 손바닥으로 좌우의 오브제를 두드리고 있는 듯한 소리가 연달아 들렸다. 게다가 그 누군가는 그렇게 두드리면서 명백히, 이쪽으로 다가오고 있었다.

이대로 아츠오도 멈추지 않고 나아가 회중전등의 불빛을 발밑에서 정면으로 들어 올리면 그것의 정체를 알 수 있을지도 모른다. 그렇게 되면 나마세에게도 보고할 수 있다. 하지만 그런 생각과는 반대로, 아츠오는 그 자리에 그대로 못 박혔다. 다만 하반신은 뒤틀어서, 언제라도 자기가 지나온 통로를 따라 도망칠 수 있는 자세를 취했다.

나마세 씨에게도 무리할 필요는 없다는 말을 들었어.

그러니까 도망쳐도 아무 문제 없다. 그런 현상에 관련되는 것은 싫다는 마음도 물론 있었다. 그럼에도 한편으로는 상대의 정체를 확인하고 싶다는 호기심이 안에서 쑥쑥 솟아나고 있기도 했다. 이것도 작가의 본성일까.

……철썩, 철썩, 쩍, 쩍, 쩍.

오브제를 두드리는 소리가 갑자기 빨라졌다. 이쪽으로 다가오는 기척을 느끼자마자 아츠오는 완전히 등을 돌려서 도망치기 시작했다.

축생계를 뛰쳐나온 뒤 아직 아귀계와 지옥계의 순찰이 남아 있다고 주저한 것도 아주 잠깐뿐이었다. 왜냐하면 이상할 정도로 커진 두드리는 소리가 바로 등 뒤에서 세차게 울리고 있었기 때문이다.

이제까지 지나온 각 구획의 북쪽을 일직선으로 가로질러, 아츠오는 단 한 번도 뒤돌아보지 않고 제2경비실까지 달려갔다. 실내로 뛰어들어 조금 진정이 됐을 무렵 야식을 먹으려 했지만 식욕이 전혀 느껴지지 않았다. 그렇다고 해서 집필에 집중할 수도 없었다. 그렇게 아무것도 하지 못하는 채로 오전 2시가 되었다.

앞으로 한 번, 십계원 안을 지나면…….

오늘 밤의 순찰은 끝난 것이나 마찬가지라고 스스로에게 말하다가, 아츠오는 문득 그냥 순찰한 척하고 얼버무릴까 하는 유혹에 휩싸였다. 하지만 그러고서 사례금을 받는다고 생각하면 부끄러울 따름이다.

이건 내가 맡은 일이야.

아츠오는 제 안에 활기를 불어넣고서 일부러 기운차게 제2경비실을 나섰다. 그 여세를 몰아 사성 구획을 지나고 천계와 인간계도 살펴보고 수라계 앞까지 왔을 즈음, 별안간 그는 발걸음을 멈췄다. 뒤늦게나마 어떤 가능성을 깨달았기 때문이다.

월요일 밤에 지옥계에서 기분 나쁜 속삭임을 듣고, 다음 날인 화요일에 수수께끼의 사람 형체를 보았다. 이어서 아귀계에서 자신을 향해 다가오는 발소리를 들었다. 그리고 오늘 밤에는 축생계에서 오브제를 두드리는 소리를 들었다.

요컨대 그것은 지옥계, 아귀계, 축생계의 순으로 한 구획씩 서쪽에서 동쪽으로 이동하고 있는 것이 아닐까. 만약 그렇다면 다음은 수라계 차례가 아닐까.

아츠오는 이제까지의 힘찬 발걸음과는 다른 느리고 신중한 걸음으로 수라계 안을 걷기 시작했다. 모든 신경을 앞쪽에 집중시키면서, 무언가 이상한 낌새가 있으면 곧바로 도망치겠다는 마음가짐으로 나아갔다. 그렇게 해서 구획의 중간 정도까지 왔을 때였다.

……싸아아아악, 키키키킥.

그런 기묘한 소리가, 앞쪽에서 들려왔다.

……싹싹싸아악, 가가각.

꾹 참고 귀를 기울이는 동안, 그 소리가 점차 다가오고 있다는 것과 오브제를 비비거나 손톱으로 긁는 소리라는 걸 깨닫게 되자 삽시에 목덜미의 털이 곤두섰다.

이번에는 즉시 몸을 돌려 쏜살같이 제2경비실까지 도망쳐 돌아왔다. 그리고 침대 안에 들어가 그저 4시가 되기만을 기다렸다. 그렇지만 한숨도 잘 수 없었다. 무서웠던 것도 있지만, 여러 가지 생각이 들었기 때문이다.

십계원에서 자살 사건이 발생한 뒤, 그다음 주와 다다음 주에 각각 한 건씩 자살 미수가 있었다. 그리고 3주째에 경비 업무를 의뢰하기 시작했다. 그때 가마다 외에 경비원이 또 한 명 있었다. 사정이 사정이었던 만큼, 나마세는 경비원이 날마다 교체되는 것을 싫어했던 게 아닐까. 아츠오에게 제안한 것처럼 연속 근무를 부탁했을 가능성이 높다. 그런데도 가마다만이 남고 다른 한 사람이 없는 것은 어째서일까.

너무 무서워서 그만뒀으니까…….

평범하게 생각하면 그렇게 된다. 대체 3주째부터 5주째까지의 3주 사이에 몇 사람의 경비원이 도망친 걸까.

…… 하지만 이상하네.

그런 현장의 소문이라면 자연스럽게 퍼지는 법이다. 게다가 관련된 경비원이 많을수록 어쩔 수 없이 새어나가게 된다. 그렇지만 그런 소문은 들은 적이 없다. 문제의 3주간을 담당했던 것은 한두 명에 지나지 않았던 걸까. 그리고 그 사람들은 아주 입이 무거웠던 걸까.

혹은 경비원에게 무슨 일이 생겨서 이야기하고 싶어도 할 수 없었다든가…….

역시 그만둬야 하나 망설이다가, 아츠오는 어느샌가 잠들어버렸다. 그래서 오전 4시의 순찰을 빼먹고 말았다.

오전 7시에 내선 전화를 받고 깨어나, 본부의 제1경비실로 가서 나마세에게 괴현상에 대한 보고를 하고, 사례금을 받고 역까지 배웅받는다…… 라는 흐름 속에서 결국 "그만두겠습니다"라는 말은 꺼낼 수가 없었다.

집에 돌아와 수면을 취한 뒤에는, 마음이 내키지 않아도 소설 집필을 했다. 억지로라도 원고를 썼다. 그 야간 경비 일을 참고 계속할 수 있는 것도 전부 소설을 위해서다.

사흘째인 수요일 밤, 우선 20시의 순찰을 대충 넘기고 남은 시간은 집필에 전념했다. 22시의 순찰을 깜빡할 정도로 원고 작업에 집중할 수 있었다. 멋대로 순찰 한 번을 빼먹는 건 안 좋다고 생각하면서도, 중요한 것은 오전 0시와 2시의 순회라고 얼버무리며 합리화했다.

그리고 오전 0시를 맞게 되었는데, 스스로도 믿기지 않을 정도로 겁을 먹고 있었다. 가능하면 제2경비실에서 나가고 싶지 않았다. 한순간 괴현상을 날조해 보고하면 되지 않을까 하는 생각까지 했다. 허구의 이야기를 지어내는 건 작가의 특기가 아닌가. 하지만 정말로 아무것도 떠오르지 않았다. 머릿속이 새하얗게…… 아니, 새까맣게 되었다.

어쩔 수 없이 순찰을 시작하고, 어젯밤과 마찬가지로 사성 구획을 재빨리 지나, 천계를 빠져나와서, 인간계를 앞에 둔 지점에서 멈춰 선다. 그곳에 펼쳐져 있는 것은 거리의 풍경 같은 모습이지만, 개개의 오브제 뒤편은 썩은 것처럼 표현되어 있다. 이것들을 하나하나 살펴봐야 한다고 생각하는 것만으로도 정말이지 진저리가 났다. 그래서 제대로 살펴보지도 않고 구획의 한가운데 부근까지 어영부영 나아가버렸다.

그때였다. 시야 가장자리에 걸린 병원처럼 생긴 건물 위에서 쑤욱, 하고 검은 것이 고개를 내밀었다. 곧바로 회중전등을 그쪽으로 비추었지만, 이미 없다. 그러자 이번에는 바로 옆에 있는 건물 측면에서 쓱 하고 올라온 검은 얼굴이 엿보였다.

아츠오는 '와아악!' 하고 마음속으로 비명을 지르며 발걸음을 돌려 전속력으로 도망쳤다. 구획 바깥으로 방향 전환도 하지 않고 그대로 천계와 사성 안을 가로지른 것은, 달리는 속도를 조금이라도 떨어뜨리지 않기 위해서였다.

다음 차례인 오전 2시 순찰에 나설 때, 아츠오는 공포에 질려 있었다. 거의 그대로 지나치다시피 하며 사성의 순찰을 마친 뒤, 천계 앞에 섰다. 이곳에는 오직 비웃음만을 제 몸에 새긴 조각상들이 여기저기에 서 있다. 이 구획 안을 나아가는 동안 어쩌면 비웃는 소리가 들려오는 것은 아닐까. 처음에는 한 사람뿐이었지만 곧 두 사람이 되고, 세 사람, 네 사람으로 늘어나고, 마지막에는 결국 모두에게 비웃음당한다면……. 그 상황을 상상하는 것만으로도 등줄기에 오한이 퍼졌다. 과연 제정신을 유지할 수 있을까.

그러나 천계의 중간 정도까지 와도 비웃는 소리는 들려오지 않았다. 지금까지의 구획에서는 거의 중간 부근에서 괴현상을 겪었는데, 어째서 여기서는 아무 일도 일어나지 않는 걸까.

······ 아니, 뭔가 이상해.

아츠오는 갑자기 묘한 위화감을 느꼈다. 지금까지 몇 번이나 지나다녔던 천계와 아주 조금이지만 어딘가 달라졌다는 기분이 머릿속에서 떨어지지 않는다.

대체 무엇이······.

그렇게 생각하며 주위를 둘러보는데, 방금 전까지 조각상이 없었던 장소에 그것이 서 있다······ 라는 현상을 실은 이미 몇 번이나 체험한 것 같다는 사실에 아츠오는 화들짝 놀라는 동시에 등줄기가 오싹해졌다.

당황하며 도망치려고 했지만, 그것이 앞지르듯이 이동한다. 구획의 어딘가를 통해 밖으로 나오려 해도 가는 앞길마다 반드시 그것이 서 있다. 그러다 문득 정신을 차린 아츠오는 "그만해, 부탁이니까 이제 그만해"라고 중얼거리면서 천계 안을 뛰어다니는 자신을 발견했다.

어떻게 제2경비실로 돌아왔는지 전혀 기억이 나지 않았다. 오전 4시의 순회는 빼먹고, 오전 7시에 제1경비실에서 나마세에게 보고를 한 뒤 "오늘로 그만두겠습니다"라고 말했다. 그러자 나마세는 상당히 열심히 만류하며 "어떻게든 금요일까지 꼭 좀 부탁드립니다"라고 간절히 부탁해 왔다. 결국에는 나마세에게 설득당하는 모양새가 되었지만, 아츠오도 딱 한 가지 조건을 내걸기로 했다.

"5일째의 순찰은 오전 0시 것만으로 끝내겠습니다."

그것이 십계원의 서쪽에서 동쪽으로 이동하고 있다는 사실은 이미 보고했다. 이대로 계속된다면 5일째의 오전 2시 순회 때 그 정체 모를 것은 십계원의 마지막 구획인 불계까지 와버린다. 그것이 아츠오에게는 마치 장기의 외통수에 몰린 것같이 느껴졌다. 그런 상황에 놓였을 때 자신이 무사할 수 있으리라고는 생각되지 않았다.

가마다는 "끝까지 제대로 해"라며 호통을 쳤다. 하지만 당신에게 그런 소릴 듣고 싶지 않다, 라는 시선을 보내자 그는 한동안 아츠오를 노려보다가 이내 눈길을 돌렸다.

나마세는 웬일로 조금 유감스러운 듯한 감정을 얼굴에 내비치면서도 그 조건을 받아들였다. 그뿐만 아니라 사례금의 인상까지 약속해주었다.

나흘째인 목요일 밤, 20시와 22시의 순회는 처음부터 땡땡이칠 생각으로 제2경비실에 들어가는 것과 동시에 집필을 개시했다. 여러 가지 잡념도 떠올랐지만, 어쨌든 노트를 계속 마주했다.

열심히 노력한 보람이 있는지 그럭저럭 원고 작업이 진척되었다. 하지만 23시 반 무렵에 시간을 의식하자마자 글을 쓰던 손이 딱 멈춰버렸다. 그 뒤로는 한 글자도 쓰지 못한 채로 오전 0시를 맞았다.

불계에서 연각계까지는 그냥 넘길 뿐이었지만, 문제의 성문계에 발을 들인 뒤로는 움찔움찔하면서 걷기 시작했다. 언제 어느 때 어디서 어떤 현상과 마주하게 될지 알 수 없었다. 그래서 온몸으로 대비하는 듯한 기분으로 걷고 있는데,

"어어이."

앞쪽에서 부르는 목소리가 들려 펄쩍 뛰어오를 정도로 놀랐다. 곧바로 도망칠 뻔했다. 하지만 왠지 낯익은 목소리라는 걸 곧 알아차렸기 때문에, 여전히 겁에 질린 와중에도 울컥하는 분노를 느꼈다.

"…… 가마다 씨, 죠?"

상대는 아무 말도 없었다.

"갑자기 뭡니까. 사람 놀라게 하지 마세요."

"……남았어."

그런 묘한 대사가 돌아왔다.

"네? 순찰 말입니까?"

"······들어."

"그러니까 순찰 얘기는······?"

그렇게 말을 걸다가, 그제야 뭔가 이상하다는 걸 깨달았다. 호출을 한 것도 아닌데, 이런 시간에 가마다가 여기까지 올까? 게다가 왠지 친근하게 느껴지는 그 목소리는, 가만히 귀를 기울여보니 가마다의 것이 아니었다.

"어어이."

그렇게 정체 모를 소리가 앞쪽의 어둠에서 우울하게 울리고 있다.

"······남았어."

그리고 영문 모를 대사를 던져온다.

"······들어."

아츠오는 제2경비실로 도망쳐서, 시간이 될 때까지 아무것도 하지 않고 보냈다.

오전 2시 순찰에서는 연각계로 들어간 뒤 일고여덟 걸음 정도 나아간 지점에서, 중앙에 있는 여덟 개의 직방체 중 하나에 사람의 형체가 앉아 있는 게 눈에 들어왔다. 아츠오를 기다리고 있는 듯 보였다.

하지만 아츠오는 그것이 말을 걸어오기 전에, 그곳에서 일어서기 전에, 이쪽을 향해 다가오기 전에, 곧바로 그 자리를 벗어났다. 그 뒤로는 오전 7시가 될 때까지 제2경비실의 침대에 있었다.

드디어 5일째인 금요일 밤이 왔다. 이날도 집필에 매진하려 했지만 도무지 글을 쓸 수가 없었다. 앞으로 딱 한 번, 오전 0시의 순찰만 돌면 끝난다는 생각이 머릿속에서 좀처럼 떨어지지 않았다. 20시와 22시의 순찰은 애초부터 할 생각이 없었다. 나마세에게는 아무 말도 하지 않았지만, 아마도 벌써 눈치챘을 거라는 기분이 든다.

평소보다 많은 커피를 마시고, 과자를 먹고, 실내를 걸어 다니고, 침대에 드러눕고, 여러 가지로 신음하긴 했지만, 원고는 거의 쓸 수 없었다. 집필이 난관에 부딪혔기 때문이 아니라 마지막 순찰을 의식한 나머지…….

시간의 경과는 느린 듯하면서도 빠르고, 빠른 듯하면서도 느리다. 모순되어 있는 것 같지만 아츠오의 솔직한 실감이 그랬다. 그래도 오전 0시가, 이윽고 찾아왔다.

회중전등을 손에 들고 제2경비실을 나선다. 아무런 주저도 없이 불계를 지나 보살계 앞에서 멈춰 선다. 거기서부터는 살금살금, 천천히 구획 안을 나아간다. 어떤 현상이든 뭔가 일어나면 곧바로 뒤를 돌아 쏜살같이 도망치리라고 마음먹으면서 아츠오는 걸어갔다.

그런데 보살계 중간께까지 왔을 때, 다음 구획과의 경계쯤에 멍하니 서 있는 사람의 형체가 흐릿하게 보였다. 나왔구나, 하고 아츠오는 겁을 집어먹긴 했지만 냅다 도망치는 것은 너무 한심하게 보일 것 같았다. 하다못해 나마세에게 뭔가 보고할 수 있을 만한 일이 벌어질 때까지 조금만 더 버텨보자며 비장한 결의를 하고 있는데,

"…… 센바 씨?"

갑자기 자신의 이름이 불리는 것을 듣고, 전율하는 것 이상으로 깜짝 놀랐다. 게다가 그 목소리에서 어째서인지 낯익은 느낌이 드는 게 아닌가.

"접니다. 같이 연수를 받았던 이사코입니다."

번쩍하고 아츠오의 뇌리에 마흔을 넘은 초라한 느낌의 남자의 얼굴이 떠올랐다.

"아아, 이사코 씨군요."

지인을 만나 반가웠지만, 곧바로 의문도 느꼈다.

"어떻게 된 일이죠? 이사코 씨가 여기 담당이 되신 건가요?"

그런데 상대방에게서 돌아온 말은,

"아직, 남았거든요."

이것이었다.

"네? 무슨 말씀이시죠?"

"아직, 들거든요."

그 찰나, 옷깃 속으로 고드름이 쑥 들어온 것 같은 격렬

한 오한이 아츠오의 등줄기를 단숨에 훑고 지나갔다.

"…… 무, 무슨 마, 말씀을, 하시는 건가요?"

그렇게 말하면서도 아츠오는 조금씩 뒷걸음질 치기 시작했다. 어젯밤에 들은 수수께끼의 목소리도 이사코였다는 걸 깨달았기 때문이다. 게다가 이사코가 이곳에 파견온 거라면 이런 시간에 나타날 리가 없다.

아츠오가 뒷걸음질 치며 그 자리를 벗어나는 것을 따라오듯, 이사코라고 자칭하는 사람의 형체도 앞으로 나오기시작했다. 그래서 두 사람 사이의 거리가 계속 똑같이 유지되는 꼴이 되었다. 그것이 아츠오는 무서워서 견딜 수가 없었다. 이 순찰이 마지막이라는 사실만이 간신히 그를 지탱해주고 있었다. 이대로 도망치기만 하면, 분명 살 수 있다.

이 인물은 정말로 이사코일까? 그렇다면 그에게 무슨일이 있었던 걸까. 이렇게 나타난 목적은 무엇일까. 그런의문들이 머릿속을 채우고 있었지만, 일부러 아츠오는 생각하지 않기로 했다. 지금은 그러고 있을 때가 아니다.

간신히 보살계에서 나왔지만, 계속 주의하고 여전히 뒷걸음질을 치면서 불계로 발을 들인다. 그렇게 구획을 절반까지 후퇴했을 때였다.

"여기까지 데리고 와주는 사람이, 지금까지 없었거든요."

불계에 들어온 사람의 형체가, 그렇게 말하며 웃었다.

…… 뭐?

한순간 그 말의 의미를 이해할 수 없었지만, 곧 아츠오는 깨달았다. 보살계에서 나오자마자 지금까지 해왔던 대로 도망쳤어야 했던 것이다. 그랬더라면 저것이 불계까지 도달하는 일은 없지 않았을까. 그러나 지금 저것은 불계에 있다. 본래대로라면 오전 2시의 순찰 없이는 절대로 들어올 수 없었던 불계에서, 저것이 웃고 있다.

아츠오는 제2경비실까지 뛰어가서 내선 전화로 제1경비실을 호출했다. 하지만 아무리 호출음이 울려도 가마다는 받지 않았다. 짜증을 내면서도 계속 기다리자, 딸깍 수화기를 드는 소리가 났다.

"이, 이, 이사코 씨가, 여기 있습니다."

"…… 너, 뭔 소릴 하는 거야?"

가마다의 잠이 덜 깬 듯한 목소리가 들렸다.

"저와 같은 시기에 연수를 받았던 이사코 씨가, 십계원에 있다구요."

"…… 그럴 리가 없잖아."

"왜 그럴 리가 없다는 겁니까?"

"그 녀석은 처음에 나하고 같이 이곳에 파견됐어. 그런데 닷새간의 경비를 마친 토요일 아침에, 그 녀석은 제2경비실에 없었다구."

"어디에 있었습니까?"

"어디에도……. 그대로 사라졌고, 계속 감감무소식이
야."

……똑, 똑, 똑.

이상한 소리가 들려서 고개를 들자, 창밖에 이사코가 있
었다. 오른손 검지의 손톱으로 반복해서 유리창을 두드리
고 있다.

……들여보내주세요.

유리창 너머에서, 그렇게 말하는 것을 알 수 있었다.

아츠오는 비명을 지르며 수화기를 내던지고, 침대 안으
로 들어가 이불을 머리에 뒤집어썼다. 그 뒤로는 계속 벌
벌 떨기만 할 뿐 아무것도 할 수 없었다.

……똑, 똑, 들여보내, 똑, 똑, 주세요.

유리창을 손톱으로 두드리는 소리와 애원하는 소리가,
언제까지나 멈추지 않고 이어진다. 그 소리는 밖에서 나고
있었지만, 이내 실내로 들어온 것 같은 기분이 들고…….

이불이 확 잡아당겨진 순간, 아츠오는 절규했다. 태어나
서 처음 지른 것이 틀림없는, 무시무시한 비명이었다.

눈앞에 있는 것이 나마세와 가마다라는 걸 인식할 때까
지 그의 비명은 멈추지 않았다.

그 후로 광배회의 경비가 어떻게 되었는지 아츠오는 모른다. 나마세뿐만 아니라 가마다와도 더는 만나는 일 없이, 결국 아츠오는 회사를 그만두었다. 퇴사하기 전까지 1년 반 정도를 더 근무했지만, 그동안에도 야근 의뢰는 절대 받지 않았다.

그만두기 전에 회사에 이사코에 대해 물어보았더니, 무단결근이 계속되어 해고했다는 말이 돌아왔다. 연락처를 물어보았지만 알려줄 수 없다고 해서 "실은 돈을 꿔줬습니다"라고 거짓말을 해 간신히 알아내는 데 성공했다. 그러나 휴대전화와 집 전화 어느 쪽도 통화 연결이 되지 않았다. 주소지의 집을 찾아가볼까도 생각했지만, 그만두었다.

만약 그 집에 이사코 본인이 있을 경우, 대체 무슨 이야기를 해야 할까. 그리고 혹시 행방불명일 경우에는, 그의 가족을 상대로 어떻게 대처해야 좋을까. 어느 쪽이든 몹시 난처할 것이다.

참고로 이사코가 흘린 수수께끼의 말 가운데 '지'가 '지옥계'를 의미하는지도 모른다고 생각하긴 했지만, 딱히 해석할 방법이 없었다. 나머지 두 개에 관해서는 "아직 집의 대출금이 남았어"와 "아직 아이 학비가 들어"가 아니었을까 하고, 어느샌가 아츠오는 생각하게 되었다.

다만 가령 그것이 정답이라고 해도, 그것만으로는 이사

코가 무슨 말을 하고 싶었는지나 그에게 무슨 일이 일어났는지는 여전히 오리무중이다.

만약 그때 아츠오가 이사코를 경비실 안에 들였더라면 과연 어떻게 되었을까, 그것이 여전히 수수께끼인 것과 마찬가지로…….

雨中怪談

부르러 오는 것

よびにくるもの

지금은 돌아가신, 지극히 합리주의자였던 아버지에게서 딱 한 번 유령의 집에 대한 이야기를 들은 적이 있다. 옛날부터 괴담 따위에 흥미가 없었는지 경찰관이라는 직업상 그렇게 되었는지 지금에 와서는 확인할 방법도 없지만, 그런 아버지의 입으로 들었던 것이 의외여서 똑똑히 기억하고 있다.

　아니, 가령 살아 계셨다고 해도 확인은 어렵지 않았을까. 부모 자식 사이에…… 라고 의심하는 독자도 있을지 모르지만, 이것만은 어쩔 수가 없다. 철이 들었을 무렵에도 어른이 된 뒤에도, 아버지와 마음 편히 이야기를 나눈 기억이 전혀 없기 때문이다.

어쨌든 아버지는 스스로에게 엄한 사람이었다. 그랬기에 나라 여자 대학교 앞의 파출소 순경부터 시작해서, 마지막에는 나라현 경찰 소속 카시하라 경찰서의 서장 자리까지 오를 수 있었다고 생각한다.

말단 순경이 경시警視* 계급까지 오른 것이니 출세했다고 봐야 할 것이다. 다만 결코 순조롭지는 않았던 모양이다. 비뚤어진 것을 끔찍이 싫어한다…… 라는 성격이 아무래도 경찰 조직 안에서 불리하게 작용한 듯하다. 실은 무엇보다 경찰관에게 요구되어야 할 자질인데, 참으로 얄궂지 않은가. 경찰도 어차피 '공무원'이라고 생각하면 납득이 가기도 하지만.

그런 사정을 들은 것은, 물론 아버지 본인에게서는 아니다. 애초에 부모 자식 간의 대화가 거의 없었기 때문에 그것은 무리였다. 돌아가신 어머니가 이따금 말씀해주시지 않았더라면 나는 아직까지 아무것도 몰랐을 것이다.

이 벽창호 같은 아버지 때문에 어머니도 분명 고생이 많았을 터다. 하지만 스스로에게 엄격한 아버지를, 어머니는 존경하고 있었다고 생각한다. 평소에는 그렇게나 가부장적인 양반이었지만 어머니가 앓아누웠을 때는 익숙하지

* 일본의 경찰 계급 중 하나. 한국 경찰 계급의 경정에 해당한다.

않은 집안일을 전부 도맡아 했다고 한다. 그렇다고는 해도 아버지가 자상한 위로의 말 한마디 정도는 해주면서…… 라는 상황은 없었을 것이다. 오히려 화를 내면서 낯선 일들을 처리하지 않았을까.

어머니에 따르면 아버지는 우리 가족뿐만 아니라 당신들의 부모와 동생들 뒷바라지까지 하고 있었다고 하니, 상당히 고생이 많았을 거라고 짐작할 수 있다. 다만 내가 태어났을 때 이미 이모와 삼촌은 독립했고, 할아버지는 세상을 떠나신 뒤였다고 한다. 참고로 외할아버지는 어머니가 세 살 때 돌아가셨다. 그래서 나는 할아버지라는 존재는 조금도 모른 채 할머니와 친한 아이가 되었는데, 그것이 내 작품에 영향을 주고 있다는 기분이 들지 않는 것도 아니다.

하던 이야기로 돌아가자. 가장으로서 아버지는 훌륭했다고 생각하지만, 아이의 시각으로는 솔직히 무서운 존재였다. 어리광을 부리는 건 도저히 불가능했다. 그런 환경에서 자랐기 때문일까, 성인이 된 뒤에도 아버지와는 상당한 거리감을 느끼고 있었다.

그 거리가 조금씩 좁혀지기 시작한 것은 내가 월간지 〈GEO〉의 특집으로 '런던 미스터리 투어'나 '유럽 고스트 투어'를, 또 단행본 편집자로서 '월드 미스터리 투어 13'

이나 '호러재패니스크 총서' 등을 기획하고, 이윽고 호러 미스터리 작가로 활동한 몇 년간이었다.

"이 세상에 유령 같은 건 없어."

그런 이야기를 연말연시의 귀성 때마다 아버지에게서 들어야 했다.

처음에는 '이 양반이 대체 무슨 말씀을 하시는 거지?' 하고 고개를 갸웃했다. 하지만 집에 얼굴을 비출 때마다 같은 소리를 듣게 되자, 기어이 깨달았다.

교토의 견실한 학술서 전문 출판사에 근무하고 있던 아들이 어느샌가 수상쩍은 책의 기획과 편집을 하고 있다. 그러더니 아예 호러나 미스터리를 쓰는 작가가 되어버렸다. 이렇게 되었으니 '그런 건 현실에 없다'라고 단단히 일러두는 게 좋겠다, 라고 아마도 아버지는 생각하셨던 것 같다.

익살스럽게 들릴지도 모르지만, 이 추측이 맞을 것이다. 아버지는 독서가였지만 소설은 거의 읽지 않았다. 손에 집어 든다고 해도 그 시기에 화제가 된 작품 정도였고, 소설을 즐기는 취미는 없었다. 그랬던 양반이 내가 기획 편집한 책을 읽어본 것이다. 특히 내 데뷔작을 포함한 '작가 3부작'은 그러한 작풍의 메타픽션이니 아버지가 걱정하게 된 것도 어쩔 수 없는 일일지 모른다.

옛날에 나라 공원 내에서 종종 자살자를 발견했다는 이야기를 전해 듣고 깜짝 놀랐던 적이 있다. 내가 아는 그 공원의 이미지로는 좀처럼 생각할 수 없는 일이었다. 그렇지만 아버지는 목매 죽은 것 말고도 많은 시신을 다루었다고 한다.

역시 직업상 상당히 많은 사람의 죽음과 접해왔던 것일 테다. 모든 체험을 들은 것은 아니지만 이야기 구석구석에서 충분히 엿볼 수 있었다. 게다가 듣기로는, 당신의 목숨이 위험했던 경우도 두 손으로 다 꼽지 못할 정도로 있었던 듯하다.

"그렇지만 유령 따윈 지금까지 본 적이 없어."

아버지는 단호하게 말했다.

아니, 딱히 나도 믿고 있는 건 아니고 애초에 답이 나올 수 없는 문제니까 어느 쪽이 맞는다고 결정할 수 없어요…… 라고 대답하지 않은 것은, 그대로 이야기하게 놔두는 편이 재미있기 때문이었다.

비슷한 대화를 연말연시마다 나누었는데, 어느 해의 귀성 때는 아버지가 문득 유령의 집 이야기를 해서 깜짝 놀랐다. 그것을 정리하면 다음과 같다.

언제쯤의 이야기였는지, 묻는 것을 깜빡 잊어서 확실한 시기는 불명이지만 아마도 1960년 전후가 아니었을까 싶다. 나는 아직 태어나지 않았든가, 태어났더라도 아주 어렸을 무렵이 아닐까 추측한다.

본가 가까이에 아마노(가명) 씨네 집이 있었다. 그 집의 가장이 현의회 의원인가 뭔가라서—확실히 기억하지는 못하지만—아버지와 가까웠다고 한다. 참견쟁이 노인이었다는 아마노 씨의 부친도 은퇴하기 전에는 아마노 씨와 마찬가지로 현의회 의원이었다고 하니 시골에 있을 법한, 대대로 정치가를 배출해온 집안이었는지도 모른다.

아마노가는 좁은 골목을 사이에 끼고 임대주택 한 채를 가지고 있었다. 당시 그 집에는 남편과 아내가 모두 교사라는 다케카와(가명) 부부가 살고 있었다. 다케카와가와 우리 집의 관계는 얼굴이 마주치면 인사를 나누는 정도였다고 한다.

어느 날, 다케카와 부부가 갑자기 아버지를 찾아왔다.

"이사를 가게 돼서, 인사드리러 왔습니다."

그 집에 살기 시작한 지 몇 달밖에 되지 않은 부부에게 그런 말을 듣게 되어 아버지는 조금 놀랐다.

"그거 참, 갑작스러운 일이로군요."

"네, 사정이 좀 생겨서……."

남편 쪽이 말을 흐려서, 아버지도 굳이 묻지 않았다. 다만 상대방의 눈치가 명백히 이상했다…….

…… 이야기하고 싶지만 말할 수 없다.

그런 느낌으로 비쳤다. 이렇게 찾아온 것도, 실은 사정을 이야기할 생각이었는데 막상 만나고 보니 입을 열기 힘들어져서 한마디도 나오지 않는다…… 그런 딜레마가 피부로 전해져왔다.

그렇다고 해서 무턱대고 물어볼 수도 없어서,

"이미 짐은 다 꾸리신 겁니까?"

어쩔 수 없이 아버지가 무난하게 화제를 돌리자,

"저기서요……"

남편 옆에서 고개를 숙이고 있던 다케카와 부인이 가만히 입을 열었다.

"…… 나와요."

"네?"

아버지는 당황했지만 '저기'가 아마노가의 임대주택을 가리키고 있으며, '나온다'라는 말이 영적인 존재를 의미하고 있음을 자연스럽게 이해할 수 있었다. 그렇다고 해도, 너무 갑작스럽다. 이사를 가게 되어 인사하러 왔을 때 꺼낼 만한 화제가 결코 아니다.

난처해진 아버지는 일부러 농담을 받아넘기듯이,

"'나온다'는 말씀은, 요거 말씀입니까?"

두 손을 가슴 앞에 모으고 축 늘어뜨리는 시늉을 해 보였다. 일본인이라면 누구에게나 통할 유령 흉내다. 늘 진지하고 목석 같던 아버지에게도 이런 일면이 있었던 것이다. 참고로 아버지는 영적인 것은 믿지 않았지만, 어째서인지 요괴 부류는 좋아했다. 가공의 존재라고 처음부터 구분하고 있었기 때문일까.

그 말을 듣고 다케카와 부인이 또렷한 동작으로 고개를 끄덕였다.

"저 집에 유령이 나온다는 말씀입니까?"

아버지가 확인하자, 부인이 대답했다.

"아뇨, 집에서 나오는 건 아닙니다."

"호오."

"집 안이 아니에요."

"그러면 어디에?"

"집 밖…… 이에요."

"마당입니까."

아버지의 물음에 부인은 고개를 저으면서 말했다.

"현관이에요."

"호오."

"…… 찾아, 와요."

유령이 집 안에 나오는 게 아니라 집 밖에서 찾아온다는 말을 듣고 천하의 아버지도 깜짝 놀랐다.

"저는 저녁 식사 준비를 해야 해서 되도록 남편보다 먼저 귀가하려고 하고 있습니다. 도중에 장을 봐서 집에 돌아가면 곧바로 식사 준비를 하죠. 하지만 언제부턴가……."

그렇게 말하면서 말을 흐리기에 아버지가 다음을 재촉하자,

"초인종이, 울리는 거예요."

부인은 어두운 얼굴로 가만히 말을 이었다.

"그 초인종 말씀입니까?"

아버지가 자기도 모르게 그렇게 말한 것은, 그것을 만든 사람이 아마노 씨의 부친이었기 때문이다. 원래 그 임대주택에는 초인종 같은 것이 없었다. 그런데 들어와 사는 사람이 불편할 거라며 그 노인이 부품을 조달해 와서는 직접 만들었던 모양이다.

아버지가 일부러 '그 초인종'이라고 표현한 것은, 그것에서 뭐라 말할 수 없는 음산한 소리가 났기 때문이다.

······지, 지, 지, 지, 직.

현관문 오른편에 설치된 버튼을 누르면, 실내에 탁한 소리가 울린다. 그것은 마치 죽어가는 매미가 단말마의 비명을 지르려고 하지만 너무나 쇠약해서 제대로 울지 못하는 것 같은…… 상당히 음울하고 탁한 소리였다고 한다.

"솔직히 그 소리는 아무리 시간이 지나도 도무지 귀에

익지 않았어요.”

“은퇴한 그 집 영감님이 직접 만들어서, 빈말로도 잘 만들었다고는 할 수 없는 물건이니까요.”

아버지는 여전히 농담을 하듯 말했지만, 부인은 진지한 얼굴을 한 채로 말을 이었다.

“그래도 손님이 온 것을 제대로 알려준다면 별 상관은 없겠죠.”

“무슨 말씀이시죠?”

“초인종이 울리는 걸 듣고 대답을 하며 현관까지 나가 봐도, 아무도 없어서……”

“문을 열어도?”

“현관문은 간유리라 손님이 밖에 있으면 모습이 흐릿하게 비치거든요.”

당시 민가의 현관에 많이 쓰였던, 격자로 짠 문에 간유리를 끼운 걸 말하는 거다.

“초인종은 문 오른편에 있으니까, 제가 현관까지 가면 보통은 문 오른편에 선 사람의 형체가 또렷이 보입니다.”

“어린애의 장난일까요?”

그런 일이 두세 번 반복되는 동안, 부인도 그렇게 생각하기 시작했다. 그래서 초인종이 울리면 대답하지 않고 현관으로 다가가서, 갑자기 문을 홱 열어봤다고 한다.

"그런데 아무도 없더라고요. 그 집은 좀 후미진 곳이라 길가로 나가려면 좁은 골목길을 걸어갈 필요가 있습니다. 어린아이가 초인종을 누르고 곧바로 도망쳤다고 해도, 제가 현관에서 고개를 내밀기 전에 큰길까지 나가는 건 도저히 불가능하다고 생각합니다."

"반대쪽은 막다른 길인가요?"

"높은 옹벽이라 거기로는 도저히 내려갈 수 없습니다."

우리 집을 포함한 주위 일대가 예전에는 완전히 산이었다고 한다. 천황릉이나 옛 성터나 기상대가 근처에 존재하는 것도 그런 지형과 관계가 있을지 모른다.

"아마노가로 도망쳐 들어갔다든가……"

"그것도 생각했습니다. 그 집의 쪽문은 골목길에 접하고 있으니까요. 하지만 그 집 어르신이 가끔 사용하는 정도고, 평소에는 안쪽에서 잠겨 있습니다."

"그렇다고 아마노가의 담장을 넘는 건 어른한테도 쉽지 않은 일이니 어린애들은 불가능하겠군요."

"네. 도망친 게 아니라 집 뒤편 같은 곳에 숨어서 제 반응을 보며 웃고 있는 게 아닐까 생각해서 찾아보기도 했습니다만, 역시 없었습니다. 만일을 위해 옹벽 쪽도 꼼꼼하게 살펴봤고요."

교사로 일하고 있는 만큼, 어린아이의 행동은 쉽게 예측할 수 있는 모양이다.

"그래서요?"

"어린아이의 장난은 아니다……. 하지만 어째서인지 방문자의 모습이 보이지 않는다……. 이런 상황을 따져보니, 갑자기 무서워졌습니다."

"매일 저녁 그런 일이 있었던 겁니까?"

"처음에는 일주일에 한 번꼴이었습니다만, 점점 늘어나기 시작해서……."

부인의 어조에는 두려움뿐만 아니라, 불가해한 현상에 대한 분노 또한 포함되어 있는 듯했다.

"저는……."

그때 남편이 끼어들었다.

"실질적인 피해가 없다면 무시하면 된다고 말했습니다. 그 집은 저희 부부가 근무하는 두 학교와 거리가 가까워서 살기 아주 편하거든요. 이사를 하게 되면 어쩔 수 없이 어느 한쪽 학교와는 멀어지게 됩니다."

만일을 위해 아버지가 두 사람이 근무하는 학교의 위치를 물어보고 있는데, 부인이 옆에서 감정을 억누른 목소리로 말했다.

"당신은 그때 집에 있어보지 않아서 그런 소릴 하는 거야……."

"그건 아내분만의 경험입니까?"

아버지가 확인하듯 묻자 부인은 고개를 끄덕였고, 남편은 변명하듯 말을 이었다.

"젊은 남자 교사는 방과 후에도 학교에 남아서 이것저것 하는 일이 많습니다. 그래서 저는 문제의 그 초인종 소리를 들은 적이 없습니다."

"휴일에는요?"

"단축수업을 하는 토요일과 일요일, 그리고 공휴일에는 초인종이 울리지 않습니다. 아, 물론 울릴 때도 있지만 그때는 전부 손님이 문 앞에 있었지요."

부인의 대답을 들으면서, 아버지는 생각했다.

다케카와 부인밖에 체험하지 않았다면, 부인은 어떤 정신적인 원인으로 인해 환청을 듣고 있는 것이 아닐까…….

그러나 남편의 눈앞에서 본인에게 그런 질문을 할 수는 없다. 다케카와 부인이 자리에 없었다면 그 질문을 남편에게 던졌을지도 모르지만 어쨌든 지금은 불가능하다. 아니, 지금이고 나중이고 없다. 이 부부는 이사할 예정이니 아마도 이후로는 관계가 끊길 것이다. 여기서는 깊이 관여하지 말고 무난하게 대응하자.

아버지는 그렇게 판단했지만, 부인의 이야기는 계속 이어졌다.

"남편에게 무시하라는 말을 듣기 전부터 저도 초인종에는 반응하지 않으려고 충분히 신경 쓰고 있었습니다만, 가끔 아마노 씨 댁의 사모님이나 진짜 손님이 오는 경우도 있어서……"

"그건 참 곤란한 일이로군요."

"그래서 일단 초인종이 울린 뒤에는 가만히 현관까지 가서 문에 비친 사람 형체로 판단했습니다."

"간유리에 사람의 형체가 비치지 않으면 집에 아무도 없는 척한다."

"네, 그렇습니다. 그렇게 하고 있었어요."

부인은 또렷한 목소리로 대답한 다음, 곧바로 미간을 찌푸리면서 말을 이었다.

"그 방법으로 어떻게든 대처했다고, 저는 그렇게 생각하고 있었습니다만……"

"소용없었다는 겁니까?"

부인은 말없이 고개를 끄덕인 뒤 다음과 같은 체험을 이야기하기 시작했다.

그날도 그녀는 일을 마치고 학교를 나와 장을 본 뒤 집으로 갔다. 물론 남편은 아직 귀가 전이었다.

평소대로 저녁 식사 준비를 하는데,

……지, 지, 지, 지, 직.

갑자기 그 기분 나쁜 소리가 집안에 울려 퍼져서 깜짝 놀랐다.

거실과 부엌의 딱 중간에 스피커가 설치되어 있기 때문에 소리가 상당히 크게 들린다. 좀 더 소리를 줄일 수는 없는지 남편에게 부탁해보았지만 기계 쪽으로는 젬병인 그에게는 무리였다. 기껏해야 스피커에 천을 씌워서, 음울하고 오싹한 소리를 탁하게 만드는 정도였다.

…… 정말 싫다.

곧바로 침울해지긴 했지만, 정말로 손님이 찾아왔을 수도 있으니 아예 무시할 수는 없다. 적어도 현관까지 가서 문 너머를 엿볼 필요가 있다.

……지, 지, 지, 지, 직.

집요하게 계속 울리는 기분 나쁜 초인종 소리에 귀를 막고 싶은 마음으로 가득 차서,

부디 아마노 씨 댁의 사모님이기를…….

그녀는 기도하는 심정으로, 살며시 발소리를 죽이며 복도를 걸어 현관으로 향했다.

하지만 유감스럽게도, 아니었다.

또, **그것**이 찾아온 모양이었다.

그녀는 한동안 숨을 죽이고 기다리다가, 사람의 형체가 전혀 비치지 않는 간유리문에서 눈을 돌리고 부엌으로 돌

아갔다. 만약을 위해, 다시 발소리를 죽인 걸음으로.

……지, 지, 지, 지, 직.

그러는 동안에도 기분 나쁜 초인종 소리는 멈추지 않고 몇 번이고 몇 번이고 계속 울리고 있다. 마치 사람 없는 척 하는 거 다 알고 있어…… 라고 말하는 것처럼.

등줄기에서 오한이 느껴지고 다리가 후들후들 떨려와서, 이대로 조금만 더 있다간 소리를 내고 말 것 같았다.

이렇게 기괴한 일이 언제까지 계속되는 걸까.

역시 이사를 가는 편이 좋지 않을까?

상당한 시간을 들여 살금살금 부엌까지 돌아와 어찌해야 할까 고민하며 다시 저녁 식사 준비를 재개하려고 할 때였다.

……콩, 콩.

이번에는 부엌문을, 밖에서 노크하는 소리가 들렸다.

그 문은 주방 가장자리에 있어서, 쌀이나 술이 배달 왔을 때 물건을 옮기는 데 사용되고 있었다. 가게에서 배달 온 사람이 초인종을 누르고 현관을 통해 들어오는 일은 절대 없다. 누구나 반드시 문 앞에 서서 "늘 이용해주셔서 감사합니다, 무슨무슨 가게입니다"라고 상호를 말한다. 그 목소리를 듣고 그녀가 대답을 하면서 자물쇠를 푼다. 그런 다음 문을 열고, 그 사람들이 물건을 가지고 안으로 들어

온다. 그런 수순이, 당시의 일본에서는 자연스럽게 이루어
지고 있었다. 분명 어느 집이나 마찬가지였을 것이다.

그 부엌문을, 밖에서 두드리는 자가 있다.

그것이 현관에서, 이쪽으로 왔다…….

그녀는 몸을 떨었다. 지금까지는 계속 무시하면 이내 포
기했다. 집요하게 몇 번이나 초인종을 눌러대는 것은 고통
이었지만 얼마 안 가 조용해졌기 때문에 어떻게든 참을 수
있었다.

하지만 드디어 저것이 부엌문까지 찾아왔다…….

숨을 죽인 채, 그녀는 개수대 앞에서 꼼짝하지 못하고
가만히 서 있었다. 다행히도 부엌으로 돌아온 뒤에 큰 소
리를 낸 적은 없다. 사람이 있다는 걸 들킨 것은 아니므로,
이대로 가만히 있으면 된다.

……콩, 콩, 콩.

노크 소리는, 흡사 부엌 안의 상황을 엿보는 중인 것처
럼 천천히 반복되었다. 문을 두드리는 사이사이에 실내의
기척을 살피는 것 같은 분위기가 느껴져서, 그녀는 오싹해
졌다.

……콩, 콩, 콩, 콩.

게다가 두드리는 횟수가 늘어갔다. 문을 두드릴 때마다,
거기 있는 거 다 알고 있어…… 라고 말하는 것처럼.

……콩, 콩, 콩, 콩, 콩.

"그만둬어어!"

비명과 노성이 뒤섞인 소리를 그녀는 자기도 모르게 지를 뻔했다. 곧바로 참기는 했지만, 정말로 그렇게 외친 것인지 아닌지 분간할 자신이 없었다.

……콩.

갑자기 노크 소리가 어중간하게 멈췄다. 자신이 소리를 질렀기 때문이 아닐까. 하지만 그렇다면 집에 있는 걸 들켰다는 뜻이 된다. 더 강하게 문을 두드리는 건 아닐까.

갑자기 고요한 정적이 주위에 깔렸다. 웬일로 집 밖의 큰길을 달리는 자동차 소리가 들린 뒤에는 쥐 죽은 듯 고요했다. 평소 같으면 동네 아이들이 노는 소리나 행상인이 부는 나팔 소리 같은 게 멀리서 들려올 법도 한데, 아무 소리도 들리지 않는다.

그것은…….

이미 포기하고 떠난 것일까 생각했지만, 문 두드리기를 멈춘 뒤에 그 자리에서 떠나가는 기척은 전혀 없었다.

아직, 있는 건가?

그녀는 개수대 앞에 선 채로 부엌문 쪽을 바라보았다. 그러자 밖에 멈춰 서 있는 **저것**도 문 너머에서 이쪽을 응시하고 있다는, 그런 기분이 들기 시작했다.

양쪽 다 아무런 소리도 내지 않고 그저 가만히 서로를 응시할 뿐이었다. 그녀는 저것으로 하여금 집 안에 아무도 없다고 판단하게 만들기 위해서, 저것은 그녀가 자신이 떠나갔다고 믿게 만들기 위해서 숨을 죽이고 있다.

그럼에도 불구하고 서로가 서로의 존재를 분명히 인식하고 있었다. 그렇게 우스꽝스러우면서도 기묘한 상황이 그 자리에서 벌어지고 있었다. 먼저 움직인 쪽이 지는 거라고 말하는 것처럼.

이내 그녀는 가만히 서 있는 것이 괴로워지기 시작했다. 조금 의식한 것만으로도 두 다리가 후들거리기 시작했다. 일단은 거실로 몰래 이동하자…… 라고 생각하고 발꿈치를 들고 걷기 시작하려 했을 때였다.

끼익…… 하고 거실 바닥이 울렸다.

그 순간, 부엌문 너머의 분위기가 명백히 바뀌었다. 술렁, 하는 움직임이 확실히 느껴졌다.

……콩, 콩.

다시 노크 소리가 들리기 시작했다.

이제 그만해…….

……콩, 콩, 콩.

부탁이니까, 이제 그만 돌아가…….

……콩, 콩, 콩, 콩.

그러나 문을 두드리는 소리는 집요하게 이어졌다.

소리는 남편이 귀가해서 아마노가의 어르신과 서서 이야기를 나누는 듯한 소리가 들려오기 전까지 쉬지 않고 계속되었다고 한다.

부인이 이야기를 마치자 남편이 뒤를 이었다.

"같은 일이 그 뒤에도 반복돼서 결국 이사하기로 결정한 겁니다."

"그건 정말, 어쩔 수 없겠군요."

그렇게 대답하면서도 아버지는 아내의 체험을 남편도 믿는지 어떤지가 신경 쓰인 모양이었다. 그러나 당사자인 다케카와 부인 앞에서 노골적으로 물어볼 수도 없는 노릇이었다.

"저녁에 저 집 안에 있으면 정체 모를 무언가가 살며시 찾아오는 거예요. 저 집에 살고 있는 사람을, 무슨 이유에서인지 부르러 오는 거죠."

두 사람이 자기 집을 포기할 정도니, 아버지는 그런 다케카와 부인의 말을 받아들이지 않을 수 없었다고 한다.

이 이야기를 기억해낸 것은, 이제부터 소개할 체험을 모처에서 어느 여성으로부터 들었기 때문이다. 이야기를 듣고서 금방, 비슷한 에피소드가 있었던 것 같은데…… 라는 감각에 사로잡혔다. 그것이 무엇이었는지 전혀 감이 잡히지 않아서 한동안 끙끙거렸는데, 이렇게 그녀의 체험담을 글로 쓰는 단계가 되자 문득 아버지와의 대화가 되살아났던 것이다.

언제, 어디서, 누구에게, 왜 그 이야기를 듣게 되었는가. 그런 정보는 전부 체험자의 요청으로 감추기로 한다. 그 약속만 지킨다면 이 이야기를 소설로 써도 좋다고 본인에게 승낙을 받은 까닭이다.

어째서 그렇게까지 감추는가.

독자는 궁금하게 여길지도 모르지만, 본편을 끝까지 읽으면 분명 납득할 수 있을 것이다. 그렇다고 해도 이해할 수 있는 것은 감추는 이유뿐이고, 그 밖의 많은 것들이 여전히 수수께끼임을 시작하기 전에 미리 말해두고 싶다. 가장 커다란 문제조차 전혀 영문을 알 수 없기 때문에…….

대체 무엇이 그녀를 부르러 왔던 것일까.

간토 지방의 모 대학에 다니고 있던 아이다 나나오(가명)는, 매년 오봉*과 연말연시에는 간사이 지방에 있는 본가에 오려고 최대한 노력했다. 부모님에게 "오봉 연휴하

* お盆. 양력 8월 15일에 지내는 일본의 명절로, 한국의 추석에 해당한다.

고 정월 정도는 집에 와서 보내라"라는 말을 들었던 것도 있지만, 할머니와 친하게 지냈던 그녀는 무엇보다 할머니를 보고 싶었다.

데릴사위였다고 들은 친할아버지는 나나오가 태어나고 며칠 뒤에 세상을 떠났다. 외할아버지와 외할머니는 어머니가 결혼한 뒤에 잇따라 병으로 숨을 거두었다고 한다. 그래서 더더욱 친할머니의 존재가 크게 느껴졌다.

특히 그해 여름에는 할머니의 건강이 좋지 않다는 연락을 받았던 터라, 고대하던 친구들과의 여행도 포기하고 즉시 본가로 돌아갔다.

그래서 어두운 다다미방에 설치된 모기장 안에서,

"너한테 말이야, 부탁하고 싶은 것이 있단다."

이불을 덮고 자리에 누운 할머니에게 그런 말을 들었을 때, 귀성하기를 정말 잘했다며 나나오는 기뻐했다.

"뭐든지 할게요."

"대단한 일은 아니야. 나메라에 있는 오이노쇼 씨네 집에 가서 향전을 바치고 왔으면 좋겠구나."

그러고 보니 나나오가 어릴 때부터, 할머니는 오봉이 되면 반드시 어디론가 외출을 했었다.

"할머니, 어디 가요?"

그때마다 나나오는 물었지만,

"오랜 지인의 집에 법사法事*가 있거든. 나나오가 가봤자 하나도 재미없을 거야."

할머니의 대답은 언제나 똑같았다. 손녀와의 외출을 몹시 좋아했을 텐데, 1년에 한 번뿐인 이 외출에는 절대 데려가지 않았다.

"할머니의 지인이라는 분은 어떤 사람이에요?"

부모님에게 물어봐도 요령부득이었다. 저쪽 집에 대해서는 전혀 아는 것이 없는 듯했다. 애초에 할머니가 저쪽 집에 대해 백중날이나 연말연시를 챙기거나, 무더위 문안 인사나 연하장을 보내지도 않았기 때문에 그리 깊은 관계는 아니라고 생각하고 별 신경을 쓰지 않았기 때문이라고 한다.

다만 아버지는 좀 묘한 이야기를 한 번 했었다.

"할머니의 어머니, 그러니까 네 증조할머니께서도 매년 오봉이 되면 그 집의 법사에 가셨던 모양이더라. 아무래도 그걸 할머니가 물려받으신 게 아닐까 싶구나."

"에엑? 그럼 의미가 깊은 일이잖아."

나나오는 놀랐지만 아버지의 반응이 시큰둥해서,

"그러면 다음은 엄마 차례가 되는 건가?"

곧바로 떠오른 의문을 말해보았다. 하지만 아버지는 자

* 불교에서 치르는 행사.

신 없다는 얼굴을 하면서도, 어째서인지 고개를 저으면서
말했다.

"엄마는 며느리니까, 아마도 아니겠지."

"어, 무슨 소리야?"

그러나 아버지는 더 이상 아무런 설명도 하지 못했다.
할머니에게서 어머니로 이어지는 게 아니라고 당신이 느
낀 것도, 어디까지나 직감에 지나지 않는 듯했다.

그런 수수께끼의 방문지가 '나메라'라는 기묘한 지명의
'오이노쇼' 씨네 집이라고 간신히 판명된 것이다.

할머니의 말에 의하면 나메라는 본가와 같은 현 안에 있
다고 했다. 다만 옛날 이름이라서, 지금도 이 명칭으로 부
르는 것은 노인들뿐이라고 한다. 전철 환승을 두 번 한 뒤
에 버스를 타고 가야 하는 곳이었다. 그래도 오이노쇼가까
지 약 두 시간 반이면 갈 수 있다는 계산이 나왔다.

할머니는 그곳까지 가는 방법을 전한 뒤,

"향전은 여기에 있단다. 이 비단 보자기에, 이런 식으로
싸서……."

법사에서의 예의를 나나오에게 세세하게 알려주더니,

"알겠니? 향전을 바치면 오래 머무르지 말고 곧바로 돌
아와야 한다."

"참배는?"

"안 해도 괜찮아."

그렇게 너무나도 의외의 말을 해서, 나나오는 눈을 동그랗게 떴다.

"향전만 바치고 나면 정말로 아무것도 하지 않아도 돼. 그걸로 끝이야. 정말로 끝……"

그리고 할머니는 먼 곳을 보는 듯한 시선을 한 채 가만히 중얼거리는 것이었다.

"드디어 끝인데, 내가 못 가게 될 줄이야."

그것은 아쉬워한다기보다는, 마치 오랜 세월에 걸친 사명을 자기 손으로 완수할 수 없는 것에 분해하는 것처럼 보였다.

"그래도 나나오가 있어서 정말 다행이야."

그 말에서 진심으로 안도하는 느낌이 전해져왔다.

나나오는 할머니와 오이노쇼가의 관계를 자세히 물어보고 싶었다. 하지만 할머니의 몸 상태가 좋지 않았기 때문에 나중에 건강을 되찾은 뒤에 물어보자며 참았다.

집에서 점심을 먹고 나서 출발했다. 장남인 아버지와는 나이 차가 꽤 나는 작은아버지 쪽도 와 있어서 다섯 살 난 사촌동생인 도시오가 같이 가겠다며 떼를 쓰는 바람에 애를 먹었지만, 어떻게든 얼버무려 집을 나설 수 있었다. 참고로 아버지는 4형제 중 장남이고, 사촌동생들도 전부 남자라 여자는 나나오 한 명뿐이었다.

본가에서 걸어서 18분 정도 걸리는 가장 가까운 역과 두 개의 환승역은 나나오에게도 낯익은 곳들이었다. 하지만 그다음 목적지는 특별한 명승고적이 있는 곳도 아니라서, 한 번도 타본 적 없는 노선에 있었다. 근처에 친구라도 살고 있었다면 이용해봤겠지만, 중학교도 고등학교도 집에서 걸어서 갈 수 있는 거리에 있었다. 그 근방에 아는 사람이라곤 한 명도 없다. 아마도 부모님과 작은아버지들도 마찬가지가 아닐까.

요컨대 아이다가에서도 이쪽 방면의 전철을 탄 경험이 있는 사람은 할머니뿐인지도 모른다. 그것도 1년에 한 번, 지금 같은 오봉 때만.

차창 밖으로 흐르는 경치가 시골 마을의 풍경으로 변해간다. 그에 따라 도로를 달리는 자동차도, 걸어 다니는 사람도 줄어들기 시작한다. 애초에 건물이 셀 수 있을 정도밖에 눈에 들어오지 않는다. 어디를 둘러봐도 넓게 펼쳐진 논밭과 높다란 산만 눈에 들어올 뿐이고 민가조차 찾아보기 힘들었다.

환승할 때 실수한 건 아니겠지?

나나오의 불안이 최고조에 달하기 직전, 내려야 할 역 이름을 알리는 안내 방송이 패기 없는 차장의 목소리로 열차 안에 울려 퍼졌다.

…… 다행이다.

그러나 안도할 수 있었던 건 역 앞에 내려설 때까지였다.

어, 정말로 여기 맞아?

살풍경한 플랫폼과 아주 작은 무인 역사를 빠져나오자, 1차선 포장도로가 좌우로 뻗어 있을 뿐이고 울창하게 우거진 숲이 코앞까지 육박해 있었다. 상점은 고사하고 민가 한 채 보이지 않는다.

왜 이런 곳에 전철역을…….

물론 선로를 놓다 보니 어쩌다 이렇게 된 것이겠지만, 그렇다고 해도 이 정도면 주위에 뭐가 없어도 너무 없는 게 아닐까.

앗, 버스 정류장은?

여기서부터는 버스를 타고 갈 예정이다. 하지만 그 중요한 버스 정류장은 대체 어디에 있는 걸까.

오른쪽으로 뻗은 길을 잠시 걸어보았지만 아무것도 나오지 않았다. 돌아와서 왼쪽 길로 나아가자, 나무들 사이에 숨듯이 위치한 정류장이 있었다. 표지만 세워진 초라한 곳이겠거니 했는데, 의외로 지붕과 벤치가 제대로 설치된 정류장이었다. 다만 나무로 만든 구조물들이 상당히 낡아 있었다. 쇠락한 정도가 조금 전의 역사보다도 심해서, 전

철이 놓이기 이전부터 버스 노선이 있었는지도 모르겠다
는 생각이 들 정도였다.

하지만 그 두 번째 안도도 역시나 잠깐뿐이었다.

…… 거짓말이지?

정류장 표지에 적힌 시간표를 보니, 다음 버스까지 한
시간 40분이나 기다려야 했다. 하루 운행 편수가 믿기지
않을 정도로 적었다.

기다릴까, 걸을까.

이런 곳에서 한 시간 40분 동안 모기에게 시달리면서
계속 앉아 있을 수 있을까. 어떻게 생각해도 견딜 수 있을
것 같지 않았다. 그렇다고 해서 걸어가려 해도, 오이노쇼
가까지 가는 길을 모른다.

버스 정류장을 하나하나 따라가다 보면 어느 정도까지
는 갈 수 있을 듯도 했다. 하지만 갈림길과 맞닥뜨리면 어
떻게 해야 하나. 쭉 뻗은 길 저 멀리에 다음 정류장이 보이
면 좋겠지만, 세상일이 그렇게 잘 풀릴 리가 없다. 분명 길
을 잃게 될 것이다.

요즘이라면 휴대전화로 본가의 할머니에게 연락해 물
어보면 될 일이다. 하지만 당시에는 휴대전화 같은 건 없
었다. 혹시 몰라 무인 역사 안쪽도 살펴봤지만 공중전화는
보이지 않았다.

벤치에 앉아서 망연자실하고 있을 때였다. 길 오른편에서 엔진 소리가 들려와 고개를 들어 보니 이쪽을 향해서 달려오는 하얀 경트럭이 시야에 들어왔다.

반사적으로 정류장을 나와 곧바로 오른손을 치켜든 것에 그녀 자신도 놀랐다. 이런 적극성이 자신에게 있었다니, 이제껏 생각도 못 했다. 이 기회를 놓치면 다음 기회는 없을지도 모른다. 경트럭을 본 순간 그렇게 판단한 것이겠지. 그래서 충동적으로 히치하이크를 시도한 모양이다.

손을 든 직후, 갑자기 부끄러워졌다. 그러나 이제 와서는 어쩔 도리가 없다. 더구나 경트럭이 나나오의 눈앞에서 딱 정차하기까지 했다.

"죄송합니다."

나나오가 꾸벅하고 고개를 숙이자,

"못 보던 얼굴이구먼."

일흔 전후로 보이는 운전석의 노인이 그렇게 말하며 흥미롭다는 시선으로 바라보았다.

"여긴 처음 왔거든요."

"너무 깡촌이라서 놀라고 있었나?"

"아뇨……?"

힘없이 부정하는 그녀에게 노인은 씩 웃으면서 말했다.

"여기가 상상을 초월하는 시골이라, 아가씨도 보고 아

마 깜짝 놀랐겠지. 거기 적힌 버스 편수만 봐도 감이 딱 왔을 테고."

"저기, 그래서……."

나나오가 뻔뻔스럽게 히치하이크를 부탁할 것도 없이,

"어디까지 가는지는 모르겠지만, 타는 게 좋을 거야."

목적지도 확인하지 않고 노인은 경트럭의 조수석을 권했다.

"감사합니다."

나나오가 감사 인사를 하며 올라타자, 노인은 경트럭을 몰면서 이 일대가 얼마나 시골인지를 손짓 발짓을 섞어가며 소리 높여 이야기하기 시작했다. 아무리 이 경트럭 외에 도로를 달리는 차가 보이지 않는다지만, 그녀는 사고라도 날까 봐 상당히 조마조마한 마음이었다.

그 수다스러운 말에—자학적인 내용임에도 불구하고 본질은 자기 동네 자랑이었다—맞장구를 치면서도 아직 목적지를 이야기하지 않은 것에 나나오가 초조함을 느끼기 시작할 즈음,

"어라? 그러고 보니 어디로 가는지 내가 물어봤던가?"

"아뇨, 아직이요."

노인이 한바탕 웃더니 물었다.

"그래서, 어디까지 가시나?"

"오이노쇼 씨라는 분의 집인데요, 알고 계시나요?"

차 안이 갑자기 고요해졌다. 그때까지의 수다가 거짓말이었던 것처럼, 노인은 입을 다문 채 가만히 앞만 보면서 운전하고 있었다.

"많이 먼가요?"

걱정이 돼서 묻자, 노인은 살짝 고개를 저었다. 하지만 여전히 입은 다문 상태였다.

이 할아버지와 오이노쇼가 사이에 뭔가 문제라도 있는 걸까?

그런 상상을 했지만, 그렇다고 확인해볼 수도 없었다. 게다가 차는 멈추지 않고 계속 달리고 있다. 요컨대 목적지까지 이대로 데려다줄 생각일 것이다.

그렇다면 쓸데없는 말은 하지 말고…….

이대로 입을 다물고 있자고, 나나오가 생각했을 때였다.

"깊이 물을 생각은 없는데, 그 집에는 뭐 하러 가는 거요?"

별안간 노인이 질문을 던졌다.

"그 집이 지금 법사 중이라는 거, 알고는 있어?"

나나오가 할머니에게 부탁받아서 가는 것이라고 사정을 설명하자,

"뭐, 그렇다면……."

괜찮을까…… 라고 말하는 듯한 반응을 노인이 보이기는 했지만,

"할머님께서 부탁하신 일을 마치면, 거기 오래 머물지말고 얼른 돌아가는 편이 좋을 거야."

그렇게 덧붙여서 그녀는 조금 흠칫했다. 할머니도 완전히 똑같은 이야기를 하지 않았던가.

"어째서인가요?"

자기도 모르게 그렇게 묻자, 갑자기 노인은 난처하다는얼굴을 했다.

"아니, 그 뭐랄까. 그냥 그런 생각이 들어서……."

얼버무리고 있는 게 아니라, 제대로 설명할 수는 없지만하여간 그 집과는 관계하지 않는 편이 좋다…… 라고 말하고 있다는 느낌을 받았다.

"저기, 할머니께도 그런 주의를 받고 와서, 들어갔다가금방 나올 생각이에요."

"그런가. 그렇다면 다행이구먼."

노인이 눈에 보일 정도로 안도해서 그녀는 가슴을 쓸어내리는 한편으로, 어쩐지 그곳을 방문하기가 싫어졌다.

경트럭은 논밭을 가로지르듯 나 있는 길을 한동안 이리저리 달렸다. 이윽고 좁은 길의 왼편으로, 기와를 얹어 상당히 높지막하게 쌓은 흙벽이 나타났다.

어마어마하게 넓은 집인 것 같다며 깜짝 놀라고 있는데,

"여기가 오이노쇼가야."

그렇게 말하며 노인이 길 중간에 경트럭을 세웠다.

"사실은 정문 앞까지 데려다주고 싶지만……."

그녀가 경트럭에서 내리는 모습을 이 집 사람에게 보이고 싶지 않은 거라고, 나나오는 본능적으로 깨달았다.

"아뇨, 여기면 충분해요. 할아버지 덕분에 살았어요. 정말 감사합니다."

그녀는 그렇게 감사 인사를 하면서 차에서 내린 뒤, 경트럭이 달리기 시작해 보이지 않게 될 때까지 그 자리에 그대로 서 있었다.

이제 괜찮을까.

충분히 공백을 둔 뒤에, 나나오는 끝없이 뻗어 있는 듯한 긴 흙벽을 따라 걷기 시작했다.

흙벽은 기와를 얹은 게 보일 뿐만 아니라, 토대를 돌로 쌓았기 때문에 높이도 상당했다. 그래서 벽을 따라 걷는 내내 옆에서 느껴지는 위압감이 무시무시했다. 분명히 벽의 두께도 상당할 것이다.

최대한 벽에서 떨어진 채 길 가장자리로만 걸어서 터벅터벅 나아가다 보니, 이내 나무 쪽문 같은 것이 나왔다. 엇…… 하고 고개를 갸웃하면서 계속 이어지는 흙벽 저편

으로 눈길을 주었지만, 문이라고 생각되는 것은 전혀 보이지 않았다.

여기는 오이노쇼가의 뒤편일까?

그래서 노인도, 사실은 정문 앞까지 데려다주고 싶었다고 일부러 말했던 게 아닐까. 그러나 실제로 나나오를 내려준 곳은 집 뒤편의 흙벽 쪽이었다.

보통의 경우라면 손님을 뒷문으로 들어가게 하다니, 라며 화를 내야 할 상황이겠지만 당연히 나나오는 그렇게 생각하지 않았다. 할머니와 노인의 충고로 미루어볼 때, 여기서는 눈에 띄지 않게 들어가는 편이 좋을 것 같았다.

나무 쪽문에 손을 대자 아무런 저항도 없이 스르르 열렸다. 살며시 들어가서 주위를 둘러보니, 뒷마당 같은 장소였다. 어두컴컴하고 축축해서 음침한 느낌이었다.

귀를 기울여보았지만 경을 외는 소리 같은 건 들려오지 않았다. 이미 법사가 끝난 것일까. 설마 아직 시작하지 않은 건 아니겠지.

어찌되었든, 향전을 놓고 돌아가기만 하면 된다.

나나오는 오이노쇼가의 본채로 향하던 도중 문득 고민에 빠졌다. 이대로 현관을 통해 방문하게 되면 무엇을 위해 굳이 뒷문으로 들어왔는지 알 수 없게 된다. 그렇다고 남의 집 부엌 쪽문 같은 곳을 통해 갑자기 집 안에 들어가는 것도, 생각해볼 문제다.

…… 어떡하지?

그녀가 마당에 멈춰 서 있는데,

"너, 어느 집 애니?"

갑자기 부르는 목소리에 당황하며 소리가 난 쪽을 돌아보자 수수한 빛깔의 기모노에 검은 띠를 두른, 나나오의 할머니와 비슷한 나이로 보이는 노부인이 유리문을 열고 툇마루에 서 있었다.

"아, 저기……"

수상한 사람은 아니에요, 라고 무심코 핑계를 댈 뻔했다.

"아, 혹시……"

그때 노부인이 할머니의 이름을 대서 나나오는 당황하고 말았다.

"저, 저는, 손녀예요."

"역시나! 눈매랑 입가가 할머니를 쏙 빼닮았네."

노부인은 그렇게 감탄하며 미소를 지었지만, 나나오의 표정이 갑자기 어두워지는 것을 보고 이내 할머니의 안부를 물어왔다.

잠시 자리에 누워 있다는 것, 그래서 자신이 대신해서 왔다는 것…… 을 간단히 설명하자,

"그렇다면 얼른 불단에 향전을 바치고 바로 돌아가렴."

할머니와 경트럭의 노인, 그 두 사람과 똑같은 충고를
했다.

"나도 이제 돌아가려던 참이야."

"이 집분들께 인사를 하지 않아도……."

"그런 거, 필요 없어."

노부인은 그렇게 말하고는 손짓을 해서 나나오를 툇마
루로 올라오게 한 뒤에, 본채 부쓰마의 위치를 알려주면서
말했다.

"누구와 만나더라도 고개를 숙이고 지나가는 거야. 딱
히 이야기를 나눌 필요는 없어. 애초에 말을 걸어오는 사
람 따윈 아무도 없을 테니까."

그리고 다짐을 받듯이 덧붙였다.

"불단에 향전을 바치고 나면 이 툇마루로 돌아와서, 곧
장 집으로 가는 거야. 그것뿐이야."

그렇게 말하면서 노부인은 복도 중간까지 와주었지만
거기서 현관으로 방향을 틀고, 나나오만 불단이 있는 부쓰
마로 향하게 되었다.

그때 노부인은 어쩐지 의미심장해 보이는 말을 가만히
중얼거렸는데, 나나오는 그것이 할머니를 향한 말 같다고
생각했다. 하지만 제대로 확인할 새도 없이 노부인은 총총
히 떠나버렸다.

쫓아가서 다시 물어보고 싶었다. 그러나 그랬다가는 이 집으로 다시 돌아오는 일이 아주 성가시게 느껴질 것 같았다. 일단 볼일부터 마치고 바로 노부인의 뒤를 쫓아가자고 생각했다.

그대로 복도를 나아갔다. 여름이기 때문인지 거의 모든 다다미방의 장지문이 활짝 열려 있었다. 그곳에는 어딘가 어수선한 눈치로, 나나오의 할머니보다 조금 연하로 보이는 노부인이 몇 명이나 앉아 있었다. 어머니와 동년배로 보이는 여성의 모습도 있었지만, 그보다 높은 연배인 사람 쪽이 압도적으로 많았다.

어머니 세대보다 젊은 사람은 아무도 없네.

그 사실에 나나오가 불안을 느끼기 시작하는데, 그 순간 방 안 여성들의 시선이 단숨에 그녀에게로 쏠렸다. 하지만 말을 걸어오는 사람은 한 사람도 없었다. 한동안 그녀를 바라보다 살며시 시선을 돌리든가, 아니면 마냥 눈으로 좇든가 둘 중 하나였다.

나나오는 모두에게 흘끗 눈길을 한번 향했을 뿐, 이후로는 보지 않으려고 노력했다. 이 바늘방석 같은 상황에서 한시라도 빨리 벗어나고 싶다는 생각밖에 없었다.

다다미방의 장지문이 활짝 열려 있어서 시야가 훤히 트여 있다고는 해도, 상당히 넓은 집이라 복도의 구조도 복잡했다. 덕분에 몇 번 정도는, 골목을 도는 동안 여성들의 시선으로부터 도망칠 수가 있었다.

그런데 그렇게 안도함과 동시에, 나나오는 자신이 묘한 위화감을 느끼고 있었다는 걸 비로소 깨달았다. 다다미방 여기저기에 앉아 있던 여성들을 보았을 때부터 지금 여기에 이를 때까지 계속 존재해온 위화감…….

곧바로 멈춰 서서 대체 이 위화감이 무엇일까 생각하다가 그 정체를 깨닫는 순간, 오싹한 한기가 엄습했다.

…… 아무도 말을 하고 있지 않았어.

그만 한 인원의 여성들이 있는데도 이야기를 나누는 소리가 조금도 들리지 않았다. 남성이라면 몰라도 여자가 두 명 이상―그것도 대부분이 중노년―저렇게나 많이 모여 있는데 대화가 전혀 이루어지지 않고 있다는 것은 너무나도 부자연스럽지 않은가.

저 사람들은…….

전부 할머니의 지인일까. 서로 얼굴을 아는 사이일까. 그렇다면 어째서 서로 이야기를 나누지 않는 것일까. 역시 향전을 바치러 온 것일까. 그렇다면 조금 전의 노부인처럼 빨리 돌아가지 않는 건 어째서일까.

계속해서 의문이 떠올랐지만 아무리 생각해도 답은 나오지 않았고 어쩐지 무서워지기 시작했다.

황급히 앞으로 나아가다가 금세 부쓰마로 보이는 방을 발견했다. 닫혀 있는 장지문을 열고 안을 들여다보자, 크고 화려한 불단이 자리해 있었다. 이곳은 다른 다다미방과 달리 사방이 닫혀 있고, 전등도 백열전구만 설치돼 있어서 상당히 어둡게 느껴졌다.

그런 방에 들어가는 것은 싫었지만, 가지고 온 향전을 바치기 위해서는 그 불단 앞까지 갈 수밖에 없었다. 천장에 매달린 전등의 끈을 잡아당겨 제대로 불을 켤까 생각하다가, 문득 주저했다. 이 방은 일부러 어둡게 해놓은 것이 아닐까. 그렇다면 외부인이 멋대로 그런 짓을 해도 과연 괜찮은 걸까.

나나오는 단단히 각오하고 조심조심 방 안으로 발을 들였다. 그리고 다다미 위를 빠른 걸음으로 나아가 불단 앞까지 갔다. 그렇게 되자 역시 자연스럽게 바닥에 앉게 되었다. 사실은 선 채로 끝마치고 싶었지만 그건 너무 실례일 것 같았다.

비단 보자기에 싼 향전을 꺼내 불단에 바치고 나서, 그녀는 "히익" 하고 숨을 삼켰다.

불단에서 가늘고 검은 것이, 축…… 늘어져 있다.

배, 뱀이잖아…….

반사적으로 몸을 젖히긴 했지만, 가만히 보니 밧줄처럼

보였다. 다만 아주 새까만, 지금까지 본 적 없는 빛깔의 밧줄이다.

…… 뭐지, 이건?

검은 밧줄은 방바닥까지 늘어뜨려진 채고, 거기서부터 다시 불단 오른편으로 뻗어가고 있다. 그 너머는 어두컴컴해서 전혀 보이지 않는다.

어쩐지 기분 나빠…….

향전을 바친 뒤에 두 손을 마주하고 기도를 올리는 정도는 하자고 생각했었지만, 이미 그런 마음은 사라졌다. 이런 곳에 오래 머물러봤자 소용없다는 양 서둘러 일어서려고 하는데,

"어디서 오신 분인가요……."

뒤에서 누군가가 말을 걸어와서 "히약!" 하고 작은 비명을 질렀다.

"그, 그게요……."

허둥지둥하며 앉은 채로 천천히 뒤로 돌자, 다다미방 왼편 구석에 사람의 모습이 있었다. 이곳에 들어올 때는 조금도 깨닫지 못했지만, 아무래도 처음부터 그곳에 앉아 있었던 모양이다.

목소리의 느낌으로 보아 나나오의 할머니나 툇마루의 노부인과 같은 연배로 생각되었다. 그 다다미방의 구석은

특히 어두워서 용모는 거의 알아볼 수 없었다. 알 수 있는 것은 그저 기모노 차림으로 방석도 깔지 않은 채 무릎을 꿇고 앉아 있는 자세뿐이었다.

다만 툇마루에서 만난 노부인과 달리, 그 사람은 '노파'라는 말이 가장 잘 어울리는 존재로 느껴졌다. 할머니를 노파로 칭하고 싶은 것은 절대 아니지만, 그 사람을 표현하는 데는 노파 외의 다른 호칭은 떠오르지 않았다.

나나오가 더듬거리면서도 어떻게든 할머니의 심부름을 왔다고 고하자,

"어머나, 아직 젊은데 정말 장하네요!"

노파는 감정이 담긴 어조로 치하하면서,

"이왕 오신 김에, 라고 하면 정말 죄송하지만 저의 부탁도 잠깐 들어주실 수 있을까요?"

묘한 말을 꺼냈다.

"엑······."

나나오는 대답을 망설였지만, 상대는 상관없다는 듯이 멋대로 부탁하기 시작했다.

"집 뒤편의 창고로 가서 그곳 2층에 있는 사람을 이곳으로 불러와줬으면 해요."

그러면서 창고는 총 네 개가 있는데 그중 오른편 끝의 창고라고 알려주었다.

"문이 잠겨 있지는 않을 테니 그대로 안에 들어가서 2층에 대고 부르면 될 거예요."

"그리고 그분과 함께 여기로 돌아오는 건가요?"

그렇다면 오이노쇼가의 누군가의 할 일이 아닐까, 하고 그녀는 수상쩍게 생각했지만,

"만약 대답이 없더라도, 아무도 2층에서 내려오지 않더라도 딱히 신경 쓸 필요는 전혀 없으니까요."

그런 묘한 대답을 듣자, 대체 무슨 영문인지 알 수 없게 되었다.

"여기로 그분을 데리고 오지 않아도……"

"네, 상관없답니다. 말만 걸어주면 그걸로 충분해요."

나머지는 본인 문제다…… 라고 말하는 듯한 어조에 나나오가 더욱 당황하여 어찌해야 좋을까 하고 그 자리에서 우물쭈물하고 있자,

"뻔뻔스러운 부탁이라 정말 미안하지만 이렇게 부탁드릴게요."

거의 이마가 방바닥에 붙을 정도로 사람의 형체가 깊이 고개를 숙였다.

"…… 아, 알겠습니다."

나나오가 승낙한 것은 상대가 노인이라는 점도 있었지만 어쨌든 이 부쓰마에서 나가고 싶어서 견딜 수 없었기

때문이다.

인사를 하고 재빨리 방을 뒤로한다. 아까 걸어왔던 복도를 따라 돌아가는 도중에 또다시 다다미방에 모인 여성들의 시선을 받았다. 여전히 아무도 입을 열지 않는 가운데 모두의 시선이 쫓아와서, 나나오는 온몸의 털이 곤두서는 듯한 혐오감을 느꼈다.

간신히 툇마루로 나왔을 때는 자연스럽게 한숨이 흘러나왔다. 섬돌에서 신발을 신고 마당으로 내려와 서둘러 뒷마당으로 향했다. 그런데 같은 뒷마당이라도 나무 쪽문이 있던 곳과는 다른 방향인 듯했다. 그러니 창고를 보지 못했던 것이다.

울창하게 우거진 대나무 숲을 지난 곳에 번듯한 창고 네 개가 있었다. 어느 것이나 비슷한 만듦새인데, 어째서인지 가장 오른쪽 창고만이 음산하게 느껴졌다.

어째서일까.

그녀는 의문을 느끼면서도 문가까지 나아가다가, 어떤 것이 눈에 들어와서 "앗!" 하고 멈춰 섰다.

그 검은 밧줄이 땅바닥에 죽 늘어져 있다.

그리고 네 번째 창고 안으로, 마치 뱀처럼 들어가 있는 무언가가 또렷하게 보였다. 요컨대 부쓰마에 있는 불단부터 눈앞에 있는 창고까지, 아무래도 본채의 복도를 지나고 뒷마당을 가로지르며 그 검은 밧줄이 이어져 있는 듯했다.

…… 무엇을 위해서?

영문을 알 수 없다. 그저 기분 나쁘고, 어떻게 표현해야 좋을지 당황스러울 정도로 소름 끼치는 감각만이 있을 뿐이다.

저 창고에 들어가는 건가…….

…… 진짜 싫다…….

대나무 숲에서 나온 지 얼마 되지도 않아 나오는 뒷걸음질을 쳤지만, 어째서인지 이대로 부탁받은 것을 포기하고 돌아간다는 선택지를 떠올릴 수 없었다. 아마도 아직 젊은 까닭에, 타인을 의심해본 경험이 적기 때문일 것이다.

무거운 발걸음으로 창고로 다가가 활짝 열린 문을 통해 슬쩍 내부를 엿본다. 하지만 너무 어두워서 아무것도 보이지 않는다. 어쩔 수 없이 조금 앞으로 나아간다. 그래도 보이지 않는다. 조금 더 가까이 가서…… 를 반복하는 중에 드디어 흐릿하게 창고 안쪽이 보이기 시작했지만, 거기서 그녀는 커다란 당혹감에 빠졌다.

창고 안은 텅 비어 있었다.

믿기지 않는 광경에 자기도 모르게 창고 안으로 얼굴을 쑥 들이밀었다. 그러나 역시 아무것도 없었다. 완전히 텅 빈 공간이 있을 뿐이다. 눈에 들어오는 것이라곤 1층의 천장과 벽, 바닥 그리고 중앙에 설치된 계단의 뒷면이 전부였다.

불러와줄 것을 부탁받은 상대는 창고 2층에서 물건 정리라도 하는 것이겠거니, 하고 나나오는 상상하고 있었다. 하지만 이런 분위기로 봐서는 아닐지도 모른다. 혹시 1층과는 달리 2층에는 가치 있는 물건이 잔뜩 있는 것일까.

"저기…… 죄송합니다아아!"

문에서 고개만 들이민 상태로, 나나오는 2층을 향해 불러보았다.

"본채에 있는 부쓰마로 와달라고, 그곳에 계신 할머님께서, 그렇게 말씀하시는데요."

한동안 기다려보았지만 아무런 대답도 없다.

계단은 문 쪽이 아닌 안쪽 벽을 향하고 있다. 그래서 목소리가 2층까지 전달되지 않는 건지도 모른다.

결국 저 아래까지 갈 수밖에 없나.

창고에 들어가는 것은 여전히 내키지 않았지만, 한편으론 얼른 끝마치고 돌아가자는 마음이 강했다.

나나오는 신발을 벗고 창고로 들어가 어두운 바닥 위를 조용히 걷기 시작했다. 그러고 있으니 마치 그 새까만 밧줄에 이끌려 그 뒤를 더듬어 가고 있는 것만 같아서 불안해졌다. 말도 못할 정도로 음산한 느낌에 기분이 나빴다.

그래서 밧줄에서 되도록 시선을 떼려고 애쓰는 중이었는데,

어……?

계단 뒤편으로 돌아가자마자, 눈앞의 광경을 보고 혼란스러워졌다. 그것이 무엇인지는 물론 이해하고 있었지만, 어째서 계단을 오르내리는 승강구 앞에 흡사 길을 막듯이 놓여 있는지 전혀 영문을 알 수 없었기 때문이다.

이런 곳에 이런 제단 장식이…….

임종을 맞은 자에게 흰 수의를 입히고, 베개를 북향으로 놓은 이부자리에 몸을 눕히고, 얼굴 위에 하얀 천을 덮고, 이불 위에는 집안의 문장^{紋章}이 그려진 예복을 역방향으로 얹고, 가슴 위에 칼을 놓는다…… 라는 장송 의례를, 나나오는 어릴 적에 할머니를 따라간 장례식장에서 몇 번이나 보았다. 그때 시신의 머리맡에 있던 것이 제단 장식이다.

공물대^{供物臺} 위에 향로, 향꽂이, 방울, 촛대, 조화, 쌀밥, 경단, 물 등을 바친다. 지방에 따라 차이는 있지만 그 의미에 차이는 없다.

그런 제단 장식이, 하필이면 계단 앞에 놓여 있었다. 어떻게 보아도 오르내리는 것을 방해하는 것처럼.

게다가 공물대 중앙에는 부쓰마의 불단에서 뻗어온 그 검은 밧줄이 칭칭 똬리를 틀고 있었다. 아니, 그게 아니다.

아마도 반대일 것이다. 이 모습은, 이 창고 안 공물대 위에 똬리를 틀고 있는 검은 밧줄이 본채의 부쓰마까지 뻗어 있는 것으로 간주해야 할 터다.

어느 쪽이 됐든 너무나 이상했다. 모든 것에 의미가 있음은 틀림없었지만, 그것들은 그녀의 이해 수준을 아득히 뛰어넘고 있었다.

얼른 돌아가자.

나나오는 계단 앞에서 벗어나려다가 문득 2층을 올려다보고 주저했다. 모처럼 창고 안까지 들어왔으니 다시 한번 목소리를 내서 불러봐야 하지 않을까, 하는 생각이 들었던 것이다.

사각형으로 도려내진—아래쪽에서 올려다보면 1층 천장이고 위에서 내려다보면 2층의 바닥이 되는—구멍 안은 상당히 어둡다. 그래도 창문에서 햇살이 비쳐들고 있는지 1층에 비하면 희미하게 밝게 느껴진다.

그 사각형 공간을 향해서, 나나오는 목소리를 냈다.

"저, 저기요……."

처음에는 모깃소리처럼 작게 시작했지만,

"본채의 부쓰마에 있는 할머님께서……."

그 뒤엔 평범하게 소리 내어 부를 수 있게 되었다.

"창고에 있는 분을 잠깐 불러왔으면 좋겠다고, 그렇게

부탁받고 온 사람인데요……"

결코 큰 목소리는 아니었지만 창고 안이 쥐 죽은 듯 고요했기 때문에 위층까지 충분히 전해졌을 것이다.

그 증거로 2층에서, 사삭…… 하고 무언가 다다미 위를 움직인 듯한 기척 같은 게 전해져왔다. 아무래도 1층의 마룻바닥과 달리 2층에는 다다미가 깔려 있는 듯했다.

하지만 한동안 기다려도 대답은 들려오지 않았고 계단 위에서 누가 모습을 보이지도 않았다. 그저 이따금씩 사삭, 사사삭…… 하는 소리만 흐릿하게 들려올 뿐이다.

"저기, 들리시나요?"

참다못해 나나오가 다시 말을 걸었을 때였다.

"네에에에."

의외로 어린 여자아이의 것 같은 목소리가 돌아왔다.

대체 몇 살짜리 아이가…….

나나오는 고개를 갸웃했지만, 그 목소리에서 뭐라 말할 수 없는 위화감을 느꼈다.

치매가 너무 심해져서 어린애로 돌아가버렸다…….

혹은, 고령의 여성이 일부러 어린아이 목소리를 내고 있다…….

그런 속사정이, 2층에서 들려오는 목소리에 감추어져 있는 것은 아닐까…… 라는 생각이 갑자기 들었다.

그 순간, 이 정도로 기묘한 상황 속에 이 창고의 2층에 있는 인물이란 대체 누구인가, 저곳에서 대체 무엇을 하고 있는 것인가, 어째서 자신은 부르러 오게 되었는가…… 라는 생각이 들기 시작하자 걷잡을 수 없이 무서워지기 시작했다.

"네에에에."

그런 와중에 신경을 거스르는 달콤한 목소리가 다시 2층에서 들려왔다. 그뿐만이 아니었다.

사삭…… 스으윽…….

계단의 승강구를 향해 뭔가가 다가온다. 그런 기척이, 또다시 농후하게 전해져왔다.

여기서 벗어나야 해…… 지금 당장 도망쳐야 해…… 이대로 있다간 말도 안 되는 걸 보게 될 거야…… 라고 생각은 했지만, 두 다리가 전혀 움직이지 않았다. 도망은 고사하고, 계단을 올려다보는 자세 그대로 완전히 굳어버렸다.

슥, 슥, 스으으윽.

계속해서 다다미 위를 기는 듯한 소리가 들린 뒤, 직사각형 구멍의 어두운 공간에 쑤욱 하고 얼굴 같은 것이 내밀어지고…….

결국 그것이 노인이었는지, 혹은 어린아이였는지, 아니면 다른 무엇이었는지 나오는 알지 못한 채로 끝이 났다. 왜냐하면 얼굴 같은 것을 보자마자 그 자리에서 쏜살같이 도망치고 있었기 때문이다.

…… 저것은 보아서는 안 되는 존재야.

나나오는 어마어마하게 강렬한 공포에 휩싸였고, 그래서 창고 밖으로 냅다 도망쳤던 것이다.

대나무 숲을 지나는 동안, 창고로 갈 때는 전혀 보이지 않았던 검은 밧줄이 이번엔 묘하게 자꾸만 눈에 띄었다. 하지만 나나오는 툇마루를 향해 가고 있었기 때문에 도중에 그것과 갈라지게 되어서, 밧줄이 본채의 어디를 통해 밖으로 뻗어 나오고 있는지는 여전히 알 수 없었다.

섬돌에서 신발을 벗고 툇마루로 올라가 부쓰마를 향해 복도를 서둘러 나아가다가, 별안간 정신을 차렸다.

왜 부쓰마로 돌아가야 하지?

어떻게 생각해봐도, 곧장 집으로 돌아가는 게 맞지 않을까.

부쓰마에 있는 그 노파와는 절대 다시 만나고 싶지 않다. 게다가 창고의 2층에는 부탁받은 대로 확실히 말을 전했다. 요컨대, 심부름은 마친 것이다.

복도 중간에서 그대로 몸을 돌려 툇마루로 돌아가려 하는데, '어?' 하고 어떤 사실을 깨달은 그녀는 그 자리에 우뚝 멈춰 섰다.

다다미방에 잔뜩 있던 여성들이, 한 명도 없다.

나나오가 창고에 갔다가 돌아올 때까지 아마 5분 이상은 걸리지 않았을 것이다. 그사이에 그렇게 많던 여성들이 전부, 한꺼번에 돌아가버린 모양이다. 단순히 우연일 수도 있겠지만 참으로 께름칙한 기분이 들었다.

어쩌면 부쓰마의 그 노파도 이미 모습을 감춘 게 아닐까.

그것을 확인할 생각은, 물론 나나오에게는 없었다. 오히려 툇마루까지 가는 도중에 이 집의 누군가와 마주쳐서 대화를 하게 되고 또 뭔가를 부탁받는 건 아닐까 싶어서 걱정이 이만저만이 아니었다. 빨리 도망치고 싶은데도, 소리를 내는 것은 위험하다고 생각해서 살금살금 걸었다. 그 덕에 툇마루까지 돌아왔을 때는 식은땀을 잔뜩 흘리고 있었다.

서둘러 신발을 신고, 종종걸음으로 집 뒤편 흙벽의 나무 쪽문으로 향했다. 이동하는 도중에 창고 2층에서 내려온 뭔가와 마주칠지도 모른다는 두려움을 나나오는 계속 느끼고 있었다. 특히 대나무 숲 옆을 지나는 동안 그 공포는 절정에 이르렀다.

흘끗흘끗 대나무들 사이로 그 창고가 흐릿하게 보인다. 그 틈새를 가르며, 스르스륵하고 무언가 정체 모를 것이 이쪽으로 다가온다. 그녀를 향해 꿈틀꿈틀하며 육박해온다. 그런 소름 끼치는 광경이 금방이라도 현실이 될 것 같아서 몇 번이나 창고 쪽을 돌아보았다.

간신히 나무 쪽문을 지나 밖으로 나왔을 때, 우선 공기부터 전혀 달라졌음을 깨달았다. 여름 해 질 녘의 습하고 후끈한 미풍이 불고 있을 뿐인데도 어쩐지 상쾌하게 느껴졌다. 공기가 맛있다고 생각될 정도였다.

하지만 그것도 잠깐뿐이었다. 해가 지고 있다는 예상 밖의 사실이 나나오를 겁먹게 만들었다. 이미 오이노쇼가에서 나오기는 했지만 이런 곳에서 밤을 맞고 싶지는 않았다.

당황하며 오이노쇼가의 정문이 접한 길로 향하자, 다행히도 버스 정류장이 있었다. 게다가 때마침 버스가 오고 있었다. 차에 올라타기 전에 기사에게서 이것이 역으로 가는 오늘의 마지막 버스라는 말을 듣고, 나나오는 가슴을 쓸어내리는 동시에 등줄기가 부르르 떨리는 전율에 휩싸였다.

역에서도 잠깐 기다렸을 뿐, 완전히 밤의 장막이 드리우기 전에 열차에 탈 수 있었다. 귀갓길의 환승이 순조로웠던 것도 큰 위안이 되었다.

어쨌든 지금은 한시라도 빨리 집에 돌아가 안심하고 싶다. 자신이 안전한 곳에 있다고, 그렇게 스스로 확인하고 싶다. 그런 뒤에 할머니에게 오늘 있었던 일을 보고한다. 그렇다고 해도 오이노쇼가에서 겪은 기괴한 체험까지 솔직하게 이야기할 생각은 없었다. 틀림없이 할머니는 몹시 걱정하면서 안타까워할 것이기 때문이다. 그러니까 무사히 향전을 바치고 왔다고만 말하자.

그래도 툇마루에서 만났던 노부인에 대해서는 제대로 이야기하는 편이 좋을지 모른다. 하지만 그 사람의 이름을 몰랐다. 생김새를 설명한다 해도, 과연 그것만 가지고 할머니가 알 수 있을까?

집 근처의 역에 도착해 거기서부터 본가까지 이어지는 밤길을 걸으며, 나나오는 할머니에게 어디까지 이야기해야 좋을까…… 를 진지하게 고민했다. 계속 생각했다. 그러나 그 행위는 유감스럽게도 완전히 헛수고가 되었다.

본가에 돌아와보니, 할머니는 이미 이 세상 사람이 아니었다.

잠시 그 죽음을 받아들이지 못할 정도로 무시무시한 충격을 받았다. 믿기지 않는다기보다, 거짓말을 듣고 있다는 기분이었다.

"…… 언제였어?"

어머니에게 물어보았더니, 정확히는 알 수 없지만 저녁이 되어 상태를 보러 갔을 때는 벌써 숨을 거두신 뒤였다는 대답이 돌아와서 섬뜩한 느낌이 들었다.

그 시간은 나나오가 창고에 들어가 2층을 향해 말을 걸고 조금 뒤…… 딱 그 정도였다.

…… 관계없는 일이야.

당연히 그렇다고 생각했다. 그 두 가지 사실에는 아무런 연관성도 없었다. 그저 연속된 것처럼 보일 뿐이다. 거기에 의미 같은 게 있을 리 없었다.

그날 밤은 아직 장례 전날이었는데도, 먼 곳에 사는 친척들까지 계속 찾아왔다. 부모님은 손님 응대로 몹시 바빠서, 나나오는 자연스레 사촌동생인 도시오를 돌보는 역할을 맡게 되었다.

"할머니는 왜 저렇게 하고 자는 거야?"

그런데 도시오에게 그런 질문을 듣고 그녀는 금세 난처해졌다. 아직 '죽음'의 개념을 확실히 알지 못하는 다섯 살 아이에게 대체 어떻게 설명해야 좋을까.

나나오는 크게 당황했지만 뒤이은 사촌동생의 중얼거림을 듣고 새로운 곤혹을 느꼈다.

"하지만 할머니, 친구가 와서 다행이네."

무슨 이야기인지 묻자, 도시오는 다음과 같은 이야기를 했다.

오늘 저녁에 도시오는 현관에 접한 거실에서 혼자 놀고 있었다. 그런데 집 앞쪽에서 "안녕하세요!" 하는 목소리가 들렸다.

어린 여자애의 목소리처럼 들려서 호기심에 현관으로 가자, 유리문에 사람의 형체가 비치고 있었다. 그런데 어떻게 보아도 어른이었다. 실망하긴 했지만 곧바로 어머니 흉내를 내서 "누구신가요?"라고 물었다.

그러자 이번에는 명백히 어른 여성의 것인 목소리가 이렇게 말했다.

"…… 부르러 왔습니다."

이때 도시오가 "누구를요?"라고 묻지 않았던 것은, 방문객이 나이 든 할머니처럼 보여서 할머니의 친구일 거라고 생각했기 때문이라고 한다.

"잠깐만 기다려주세요."

이번에도 마찬가지로 어머니 흉내를 내며 대답하고, 신발 벗는 곳으로 내려가 현관문을 열었다.

…… 아무도 없어.

깜짝 놀란 도시오가 밖으로 나가 주위를 둘러보았지만, 할머니의 모습은 고사하고 사람 한 명 보이지 않았다.

이상하네…… 라고 생각하면서도, 친구가 찾아온 것을 할머니에게 알리려고 집 안쪽에 있는 다다미방으로 갔다.

그러자 방 안에서 누군가가 소곤소곤 이야기를 하고 있었다.

분명 자신이 현관문을 열기 전에 그 할머니가 툇마루 같은 곳을 통해 안으로 들어온 것이리라 생각한 도시오는 다시 혼자서 놀기 시작했다.

그런 뒤에 얼마 안 있어 큰엄마—나나오의 어머니—가 갑자기 당황하기 시작했다고 한다.

도시오의 이야기를 들은 나나오의 얼굴에서 핏기가 싹 가셨다.

설마…….

도시오가 들은 목소리와 눈으로 본 사람 형체 간의 언밸런스함에 대한 부분은, 나나오가 오이노쇼가의 창고에서 느꼈던 위화감의 이유와 너무도 흡사하지 않은가.

시간의 흐름도…….

그녀가 창고에서 겪은 체험 → 본가에 온 수수께끼의 방문자 → 할머니의 죽음까지…… 전부 연속된 일처럼 생각되는 것이었다.

창고의 2층에 있던 **그것**이, 우리 집으로 왔다…….

할머니를 부르러, 찾아왔다…….

이때 나나오의 뇌리에 할머니의 말이 되살아났다.

"알겠니? 향전을 바치면 오래 머무르지 말고 곧바로 돌아와야 한다."

그와 동시에, 경트럭을 몰던 노인과 오이노쇼가의 툇마루에서 만났던 노부인의 말도 머릿속에 재생되었다.

"할머님께서 부탁하신 일을 마치면, 거기 오래 머물지 말고 얼른 돌아가는 편이 좋을 거야."

"그렇다면 얼른 불단에 향전을 바치고 바로 돌아가렴."

세 사람의 충고를 자신이 무시해버린 게 아닐까…….

그 때문에 할머니가 있는 곳에, 원래대로라면 오지 않았을 그것이 부르러 온 것이라고 한다면…….

나나오는 고개를 강하게 저으며, 단순한 망상에 지나지 않는다고 스스로에게 말했다. 하지만 다시 할머니의 말과 함께, 그때 툇마루에서 들었던 노부인의 중얼거림이 또렷하게 되살아났다.

"향전만 바치고 나면 정말로 아무것도 하지 않아도 돼. 그걸로 끝이야. 정말로 끝……."

"드디어 끝인데, 내가 못 가게 될 줄이야."

이번 방문으로 끝이라고, 할머니는 말하고 있었다. 그리고 노부인은 확실히 이렇게 말했었다.

"……씨도, 잘 도망치셨네."

틀림없이, 할머니를 향한 말이었다.

요컨대 나나오가 오이노쇼가에 향전을 가지고 간 것이, 할머니에게는 그 집에 대한 마지막 방문이었다. 그것은 바꿔 말하면, '그것'으로부터 무사히 도망쳐서 안전해짐을 의미하고 있었다.

하지만 본인 대신 손녀가 왔다는 걸 알자마자 부쓰마의 노파가 심술로 방해를 했다. 아니, 결코 심술 정도의 수준이 아니다. 그것을 부르러 간 탓에 할머니는 목숨을 잃은 게 아닐까.

하지만…….

오이노쇼가와 할머니 사이에 어떠한 관계가 있었던 것일까. 애초에 원인은 무엇일까. 툇마루의 노부인과 다다미 방에 앉아 있던 여성들도 할머니와 같은 입장이었던 걸까. 매년 오봉 때마다 되풀이되는 방문에는 어떤 의미가 있었던 것일까. 언제부터 시작되었던 것일까.

잠깐 생각한 것만으로 계속해서 의문이 떠오른다.

나나오는 장례식 전날부터 장례가 끝날 때까지, 친척 거의 모두에게 물어보며 이 문제의 답을 찾으려 했다. 하지만 유감스럽게도 수확은 없었다. 수확은 고사하고 "할머니가 그렇게나 귀여워하셨는데, 넌 어떻게 된 애가 슬퍼하는 기색이 없니"라며 몇 사람이나 되는 이들에게 질책만 들었다.

그리고 그 반동은, 장례와 초칠일初七日*을—먼 곳에 사는 친척을 배려해서—같은 날에 마친 뒤 갑자기 찾아왔다.

장례 전날부터 초칠일까지 계속 탐정 흉내를 내고 있었

* (일본에서) 장례가 끝나고 공양을 올리는, 죽은 지 일곱째 되는 날. 칠일재.

음에도 불구하고 결국 알아낸 것은 아무것도 없었다. 이럴 바에야 차라리 제대로 할머니를 보내드렸어야 했다.

그런 후회의 마음을 느끼자마자 갑자기 가슴이 찢어질 듯한 슬픔에 사로잡혔다. 그 무겁고 답답한 감정은 여름방학이 끝나고 대학 강의가 시작될 무렵까지 계속해서 나나오를 옭아맸다. 완전히 마음의 정리가 된 것은 그해 연말에 귀성할 무렵이었는지도 모른다.

다음 해 여름, 나나오는 취업 활동으로 애를 먹고 있었다. 물론 할머니의 일주기에는 참석할 생각이었지만, 도저히 일정을 맞출 수가 없었다.

어쩔 수 없이 그녀는 오봉이 끝나고 며칠이 지난 뒤에야 본가에 갔다. 가보니 어머니가 자리에 누워 있어서 깜짝 놀랐다.

"조금 과로를 한 모양이야. 너무 걱정 말렴."

머리맡에서 걱정하는 나나오에게 어머니는 약한 미소를 지어 보였다. 그 분위기가 묘하게, 돌아가시기 전의 할머니를 떠올리게 해서 그녀는 섬뜩한 오한을 느꼈다.

"뭔가 맛있고 기운이 날 만한 걸 만들게요."

나나오가 억지로 웃어 보이자 어머니의 미소도 조금 밝아졌지만 그 뒤에 갑자기 당황한 듯한 표정으로,

"그러고 보니 할머니 일주기 날에 우리 집에 누군가가

나를 찾아왔다고 하던데……"

"엑? 무슨 소리야?"

어째서 상대가 누구인지 몰랐는가, 하고 나나오가 이상
하게 생각하는데,

"그때 손님이 온 걸 알아차리고 현관으로 나간 게, 도시
였어."

어머니가 말한 '도시'는 올해 여섯 살이 된 사촌동생인
도시오였다.

"그리고 도시가 말하기로는 그 손님이 나를 찾아온 것
같았다는데, 그게 맞는지 어떤지 상대도 잘 모르는 것 같
더라고……"

"그러니까 자기가 이 집에 사는 누구를 만나야 하는지,
찾아온 본인도 모르고 있었다…… 라는 소리야?"

"어디까지나 도시가 그렇게 느꼈다는 얘기긴 한데……"

"상대는 어떤 사람이었대?"

"그게 말이지, 유리문 너머로 이야기를 나눈 거라 얼굴
은 못 봤대. 그런데 도시 말로는, 그 사람이 작년에도 할머
니를 찾아왔다…… 라더구나."

나나오의 팔뚝에 소름이 쫙 돋았다.

…… 그것이 올해도 왔어.

그렇게 확신하는 동시에 무슨 일이 일어나려고 하는지

깨닫고 그녀는 절망적인 기분이 되었다.

작년에는 할머니를 데려갔다.

올해는 어머니 차례가 아닐까.

그래서 이렇게 자리에 눕게 되고 말았다. 할머니처럼 곧바로 세상을 뜨지 않았던 것은, 나이 차이 때문일지도 모른다. 할머니는 몸이 약해져 있는 상태에서, 말하자면 치명타를 맞은 것이다. 어머니는 다행히도 목숨은 건졌다. 하지만 매년 그것이 찾아오게 된다면, 언젠가는 분명히……

자신이 도쿄에 취직해서 어머니를 그쪽으로 불러오는 것 말고는 구할 방법이 없는 게 아닐까…… 라고 생각하는데, 불현듯 한 가지 의문이 떠올랐다.

어째서 할머니는 오이노쇼가를 방문하는 심부름을, 어머니에게 맡기지 않았던 걸까.

어째서 손녀인 자신에게 그 일을 맡긴 것일까.

몇 번이나 머릿속으로 반복해서 자문하던 중, 그 대답이 자연스럽게 생각난 듯한 기분이 들었다.

어머니는 핏줄이 이어지지 않은 며느리지만, 나는 아이다 가문의 핏줄이니까……

게다가 집안에서 할머니의 피를 이은 여자는, 나밖에 없으니까……

그 추리가 옳다면, 그것은 어머니를 찾아온 것이 아니었다는 이야기가 된다. 그렇기에 어머니는 잠시 앓아누운 것만으로 끝난 게 아닐까. 더 이상 걱정할 필요는 없을지도 모른다.

그것은 분명 나를 부르러 왔던 거야.

이 생각이 맞았는지, 어머니는 다음 날 아침이 되자 아무 일도 없었다는 듯이 일어났다. 어제의 쇠약해진 모습이 거짓말이었던 것처럼 완전히 건강을 되찾았다.

나나오는 자신의 추리를 마음속에 감춘 채 도쿄로 돌아왔다. 현실주의자인 아버지에게 말해봤자 전혀 믿어주지 않을 것이다. 미신을 잘 믿는 어머니에게 밝혔다가는 그야말로 마음의 병을 얻어 몸져누울 것이다.

다음 해 봄, 나나오는 도쿄에서 직장인이 되었다. 그해 여름은 입사 첫해라는 점도 있어서 오봉 기간밖에 휴가를 얻을 수 없었다. 그래서 할머니의 삼회기三回忌*에 참석하는 것이나 귀성은 처음부터 포기했지만, 어머니에게 전화를 거는 것은 잊지 않았다.

그랬더니 아니나 다를까, 또 수수께끼의 방문자가 왔었다고 한다. 게다가 이번에는 아버지가 응대했다. 다만 유리문 너머로 이야기를 나눈 것뿐이고, 아버지가 밖으로 나

---

* 사람이 죽은 지 만 2년이 되는 날.

가자 그 방문자는 이미 돌아가 아무도 없었다고 한다.

방금 전까지 유리문 너머에 형체가 비치고 있었는데 문을 열자마자 사라진 것은 아닌가…… 라고 그녀는 묻고 싶었다. 하지만 실제로 그 말대로였다고 해도, 아버지가 그런 현상을 인정할 리 없다.

그러나 나나오에게는 확신이 있었다. 왜냐하면 어머니가 앓아누웠기 때문이다. 그리고 다음 날에는 씻은 듯이 회복했다. 작년과 마찬가지다.

어머니가 나 대신 피해를 입고 있다.

어머니에 대해 미안한 마음이 가득했지만, 그렇다고 해서 나나오가 귀성했을 때 그것이 본가를 찾아온다면 그녀가 할머니처럼 끌려가버릴지도 모른다. 그런 위험은, 어떻게 생각해도 절대 감수하고 싶지 않다.

사회인 2년 차의 여름에도 나나오는 귀성하지 않았다.

이번에는 어머니가 응대하러 나섰다고 듣고서 나나오는 흠칫했지만, 현관문을 열기도 전에 돌아간 모양이었다. 그리고 어머니도 더 이상 앓아눕지 않았다는 이야기를 듣고 나나오는 기뻐했다. 하지만 곧바로 안 좋은 예감을 느꼈다.

그것이 알아차린 게 아닐까.

찾던 여자는 이 집에 없다…… 라고.

그때부터 그녀는 자신의 상상 때문에 몹시 겁에 질렸다. 그런 일은 일어나지 않는다, 라고 스스로에게 말했지만 무서워서 견딜 수가 없었다.

그것이 나나오를 찾아서, 내년 오봉에는 여기까지 오는 게 아닐까…….

여름이 끝나고 나서도 이런 망상에 시달렸다. 겨울이 와도 같은 강박관념에 시달렸다. 연말에 귀성해서 정월에 모인 친척들과 화기애애한 시간을 보내고 나서야 가까스로 공포가 조금 엷어진 듯했다.

하지만 겨울이 끝나고 점차 날이 따스해지자 다시 원래대로 돌아갔다.

그해의 오봉에, 그녀는 회사 동료들과 여행을 갔다. 예전부터 동료 중 한 사람이 계획했던 일이었고, 나나오도 줄곧 권유받았다. 그런 의미에서는 자연스러운 참가였다. 그렇다고는 해도 그녀가 사는 집합주택에 그것이 찾아올지도 모른다…… 라는 두려움에서 벗어나기 위해 그 계획을 이용한 듯한 기분이 마음 한구석에 있었던 것 또한 틀림없다.

사회인 4년째의 여름, 이번에는 나나오가 학생 시절의 친구들에게 제안해서 오봉 여행을 계획했다. 물론 '그것'에 대한 대책이었다.

그런데 다음 해 여름에는 회사 동료도, 학생 시절의 친구도 그녀와 휴가 일정이 맞지 않았다. 어쩔 수 없이 그녀는 혼자서 여행을 했다. 처음에는 불안했지만, 막상 해보니 즐거웠다. 이후로도 혼자서 여행을 할 수 있을 듯했다.

오봉이 끝나기를 기다린 뒤 집합주택의 자취방으로 돌아와보니, 현관의 신발 벗는 곳 부근에 어머니가 죽어 있었다. 문 앞에 엎드린 듯한 모습으로…….

나중에 안 사실이지만 지바에 사는, 어머니의 학창 시절 친구가 갑자기 죽었다고 한다. 그래서 그 장례식에 참석하는 김에 어머니는 나나오가 사는 집을 방문했던 모양이다. 딸이 여행을 떠난 것은 알고 있었지만, 그동안 청소나 빨래를 해두고 집안 정리를 할 생각이었을 것이다.

사인은 심장기능상실이었다.

그러나 나나오는 죽음의 진짜 원인을 알고 있었다.

이 집에 어머니가 있었을 때, 그것이 부르러 왔던 것이다. 그리고 나나오로 착각해서 어머니를 데리고 갔다.

어머니의 장례가 끝난 뒤, 나나오는 이사했다. 원래 살던 장소에서 꽤 떨어진 곳을 골랐기 때문에 통근 시간이 전보다 길어졌지만 그녀는 신경 쓰지 않았다. 멀어지면 멀어질수록 안전해진다고 생각했기 때문이다.

나 대신 어머니가…….

어머니에 대한 그 마음을, 나나오는 이후로 오랫동안 가슴에 두게 된다.

다시 해가 바뀌고 여름이 가까워짐에 따라 나나오는 몹시 고민이 되었다. 할머니와 어머니의 법사가 겹쳐서 귀성하지 않을 수가 없었다.

하지만 섣불리 돌아갔다가 할머니와 어머니를 뒤따르는 꼴이 된다면…….

그렇게 생각하니 무서워서 견딜 수가 없었다. 유일한 희망이 있다면 본가에 나나오가 없다고, 그것이 인식하고 있는 듯하다는 점이다. 그 생각이 맞는다면 오히려 본가야말로 안전한 장소일지도 모른다.

하지만 그것에 도박을 걸어도 과연 괜찮은 걸까…….

어쨌든 걸게 되는 것은 나 자신의 목숨이니까…….

나나오의 이런 걱정은 의외의 형태로 결론이 났다. 아슬아슬할 때까지 망설이고 있었는데, 공교롭게도 오봉 연휴 직전에 감기에 걸려 회사를 쉬게 된 것이다. 그것도 열이 심하게 나서 거의 쓰러져 있다시피 하게 되었다.

죽을 만들어 먹고, 감기약을 복용할 때 외에는 대부분 침대에 누워 있었다. 그렇게 하루를 꼬박 누워 있었던 덕분에 어떻게든 열은 내렸다. 하지만 잠시라도 일어나 있으면 콧물과 기침이 심하게 나와 멈추지 않았다.

어쩔 수 없이 침대로 돌아와, 그렇게나 잤는데도 또다시 꾸벅꾸벅 졸기 시작했을 때였다.

인터폰이 울렸다.

잠에서 덜 깬 상태라, 회사 동료가 걱정해서 문병을 와 주었다…… 라고 생각한 나나오는 침대에서 일어나 인터 폰 수화기를 드는 것도 잊은 채 현관을 향해 비틀거리는 발걸음을 옮겼다.

네…… 라는 대답과 함께 문을 열려고 하다가, 아직 상 대가 누구인지 확인하지 않았다는 걸 문득 깨달았다.

만일을 위해서.

도어스코프를 들여다보자, 잿빛의 뭔가가 보였다. 복도 의 벽만 보일 뿐이고 방문자의 모습이 없다…… 라고 고개 를 갸웃하다가, 순간 엄청난 위화감을 느꼈다.

…… 벽이 아니야.

그 잿빛의 무언가는, 좀 더 부드러운 재질처럼 보였다.

게다가 벽보다 상당히 가까웠다.

부드러운 잿빛 덩어리 여기저기에 검고 가느다란 줄기 같은 선이 세로로 흐르고 있었다.

이건…….

영문을 모른 채로 찬찬히 살펴보다가, 이내 그것이 백발 이라는 것을 깨닫자 정수리부터 발끝까지 찬물을 끼얹은 듯한 한기가 훑고 지나갔다.

누군가가 뒤를 돈 상태로 문 앞에 서 있다.

아니, 누군가가 아니다. 틀림없이 '그것'이…….

열은 내려갔지만 아직 흐리멍덩한 머리로, 지금이 오봉
기간이라는 걸 그녀는 가까스로 떠올렸다.

…… 아아, 어떡하지.

강한 후회에 사로잡혔지만 이제 와서 뾰족한 방법이 없
었다. 이 상황에서는 아무도 없는 척하고 조용히 지내는
수밖에 없다.

그렇게 생각하고 가만히 문에서 멀어지려고 할 때였다.

스스스스, 하며 백발의 머리가 도어스코프 너머에서 회
전하기 시작했다. 천천히 반시계 방향으로 돌면서, 그것이
정면을 향하려 하고 있다.

보면 안 돼!

곧바로 마음속으로 절규했음에도 불구하고,

한 번만, 조금만 확인해보고 싶다.

그런 마음도 솔직히 있어서, 그 자리에서 움직일 수 없
었다. 크게 뜬 오른쪽 눈도 도어스코프에 붙인 채다.

그러는 동안에도 백발의 머리는 조금씩 돌고 있다. 그런
데도 눈에 들어오는 것은, 아무리 시간이 지나도 똑같은
광경뿐이었다. 가늘고 검은 머리카락이 아주 조금 섞인,

흰 머리카락이 대부분인 머리가 옆으로 흘러간다. 귀는 머리카락에 가려져 있다고 해도 얼굴이 전혀 보이지 않는 것은 명백히 이상했다.

이미 한 바퀴 돌 만한 시간이 지났다. 하지만 여전히 보이는 것은 검은 머리카락이 조금 섞인 백발이다. 백발의 머리가, 계속 돌고 있다.

부들부들 떨리는 두 무릎을 손으로 짚고, 그녀는 낑낑거리며 침대로 돌아갔다. 그 순간, 인터폰이 울렸다.

이때부터 오봉이 끝날 때까지 나오는 방에 꼼짝 않고 틀어박혔다. 다행히 식료품은 사둔 것이 있어서 식사에 곤란을 겪지는 않았다.

다만 저것이 집 안으로 침입해오지 않을까…… 하는 걱정에, 누워 있어도 마음의 여유가 없었다. 그래도 대답을 하며 문을 열지 않으면 괜찮다…… 라고 자기 자신에게 계속해서 들려주었다.

그러나 이따금 기억났다는 듯이 딩동, 하고 울리는 인터폰 소리는 정말이지 고통스러웠다. 금방이라도 머리가 이상해지는 게 아닐까, 오봉이 끝난 뒤에 나는 미쳐버린 상태로 이 집 안 어딘가에서 발견되는 건 아닐까, 하는 걱정에 나오는 몸을 떨었다.

꿈인지 현실인지 망상인지 모를 시간을 보내다가 문득

정신이 들었을 때는, '그것'과 오봉 연휴와 회사 휴가가 전부 사라져버린 뒤였다. 하지만 출근할 기력이 전혀 없어서, 휴가가 끝났는데도 회사에 갈 수 없었다.

이사했는데 들켜버렸어…….

간신히 회복해서 출근하고 평소의 일상을 되찾은 뒤에도 그녀는 계속 공포에 시달렸다. 만약 또 다른 주거지로 옮긴다 해도 그것이 간단히 위치를 알아내 나를 부르러 온다…… 도망칠 수 없다.

적어도 내년 오봉까지는 괜찮다는 것을 아는데도 매일이 두려웠다. 무서워서 견딜 수가 없었다.

구석에 꼼짝없이 몰린 듯한 그녀에게 한 줄기 광명의 빛이 비친 것은 그해 초겨울이었다.

회사 선배로부터 "결혼을 전제로 교제했으면 한다"라고 고백을 받은 것이다. 그녀도 전부터 남몰래 호감을 품고 있던 사람이었던 데다, 당시에는 누군가에게 의지하고 싶은 마음도 마침 있었다. 두 사람의 사이는 급속도로 가까워졌다.

그리고 다음 해 봄, 나오는 결혼과 동시에 퇴사했다. 사실은 맞벌이를 할 예정이었지만, 결혼식 전에 임신한 것을 알게 되었고 남편의 권유도 있어서 그만두기로 했다.

신혼집은 도쿄 교외에 임대한 것이긴 해도, 어쨌든 단독

주택에 마련했다.

이윽고 여름이 되었다. 그녀의 출산이 가까워진 것도 있어서, 오봉에 어느 쪽 집에도 가지 않기로 남편과 이야기를 해두었다.

그때 나오는, 학창 시절부터 작년까지 겪은 기괴한 체험을 전부 남편에게 말해주었다. 아마 믿어주지 않을 거라고 생각했지만 그래도 감추지 않고 설명한 다음, 오봉 동안에 누가 찾아오더라도 집에 사람이 없는 것처럼 꾸며달라고 부탁했다. 이 상황을 납득하지 못할지도 모르지만 어쨌든 자신의 말대로 해달라고 부탁했다.

남편은 부정도 긍정도 하지 않은 채 그녀의 생각대로 하게 해주었다.

드디어 오봉이 찾아왔다.

이웃의 가족 대부분이 귀성하거나 가족 여행을 떠난 터라 근처 집들이 대부분 비어 있어서 주택가는 아주 고요했다. 학교가 여름방학을 시작한 뒤로는 밖에서 씩씩하게 뛰놀던 어린아이들의 환성도 전혀 들을 수 없었다.

딩동.

무서울 정도의 정적 속에서, 지금이라도 인터폰이 울리지는 않을까…… 라고 걱정하면서 그녀는 불러오는 배를 끌어안았다. 그런데 실은 어떤 생각 한 가지를 품고 있었다. 그 생각이 맞는다면, 그 불길한 소리는 이 집에 울리지 않을 것이다.

그리고 조용히 오봉이 지나갔다. 인터폰은 한 번도 울리지 않았고, 아무도 찾아오지 않았으며, 그것이 부르러 오지 않은 채로 오봉이 끝났다.

"이렇게 될 걸 조금은 예상하고 있던 눈치던데?"

지금까지 들은 나나오의 체험담에 반신반의하기보다 강한 의심을 품고 있었을지 모르는 남편이 조심스럽게 말을 꺼내자, 그녀는 안도의 한숨을 내쉬면서 대답했다.

"결혼하면서 성씨가 바뀌었으니까 혹시나…… 하고 생각했어."

"과연, 그거 말 되네."

남편이 간단히 납득한 것을 보고 나나오는 자신의 해석에 자신감을 얻었다. 이런 쪽 이야기를 믿을 것 같지 않은 남편이, 일단은 인정해준 것이다.

다음 해에도 그것이 찾아오는 일은 없었다. 나나오가 오봉 때 친정인 아이다가에 가 있었음에도 마찬가지였다.

다만 딱 한 가지, 나나오가 불안을 느끼는 것이 있었다. 자신의 자식이 여자아이기 때문에, 만에 하나라도 그것과의 인연이 부활할 경우 그 재앙이 딸에게 미치는 건 아닐까 하는 우려가 바로 그것이었다.

예를 들면 자신이 이혼해서 옛 성씨로 돌아간다면…….

그것은 또다시 자신을 데리러 오는 게 아닐까…….

그다음에는, 마찬가지로 딸까지 데려간다…….

나나오는 상상하는 것만으로도 몸이 찢기는 듯한 고통을 느꼈다. 다행히 남편과는 사이가 좋고 부모 자식 간의 관계도 원만하다. 그러니까 그런 사태가 일어나지는 않을 것이다. 하지만 그녀는 항상 주의를 게을리하지 않았다.

그것과의 인연은 자신의 대에서 확실히 끊겠다.

무엇보다도 딸을 위해서 그렇게 하겠다고, 나나오는 강하게 결심했다. 그것을 본가의 불단에서 할머니와 어머니에게 맹세했다.

그녀는 그런 말로 이 이상한 체험담을 마무리했다.

아버지에게서 들은 유령의 집 이야기는, 실은 좀 더 이어진다.

"우리 집 근처에, 그런 집이 있었던가요?"

그런 이야기를 아버지의 입을 통해 들은 것에 놀라면서 내가 감탄하자,

"아니, 그건 아니겠지."

갑자기 부정해서 깜짝 놀랐다.

"뭐가요?"

"이사하게 돼서 인사를 하러 온 건 뭐, 이해할 만해. 일단은 얼굴을 아는 사이니까. 하지만 가까운 사이도 아닌데 그런 이야기를 하는 건 좀 수상하잖냐."

"그렇다면……."

"그건 거짓말이야."

아버지가 단호히 잘라 말했다.

"두 사람 다 학교 선생이라서 나도 깜빡 속을 뻔했지만 말이다."

"교사는 거짓말을 하지 않는다…… 라는 말 자체가 거짓말이니까요."

내 말에 아버지는 고개를 끄덕이면서 말했다.

"일부러 인사를 하러 온 것도 그 이야기를 하기 위해서 였겠지."

"어째서?"

"화풀이가 아닐까?"

"누구에 대한?"

"아마노 씨네 영감님일까."

그 말을 듣고서야 나는 눈치챌 수 있었다.

"방문자라는 건, 아마노 씨네 어르신이었나."

"은퇴한 참견쟁이 노인에게 자기네 임대주택에 세 들어 사는 젊은 다케카와 부인은 어떻게든 말을 붙여보고 싶은 상대였겠지. 부인도 처음에는 그런 영감님에게 친절하게 대했을 테고."

"하지만 주인집 영감님이 놀러오는 일이 점차 늘었다. 너무 빈번하게 찾아오게 돼서, 다케카와 부인은 집에 없는 척하기 시작했다."

"그것을 영감님이 눈치채고 현관의 초인종을 누르는 것뿐만 아니라, 이윽고 주방의 부엌문까지 노크하게 된 거야."

"남편과 의논해봐도 상대는 집주인 가족이니 뭐라 하기도 어렵겠고. 그렇지만 결국 참을 수 없게 돼서 끝내 이사하기로 결정했다⋯⋯."

"하지만 그 사람들은 아무 잘못도 하지 않았어. 이대로 묵묵히 이사하는 건 억울해서 울화통 터지는 일이겠지."

"그래서 아마노 씨네 집과 친하게 지내는, 게다가 경찰관인 아버지를 통해 그 셋집에 유령이 나온다는 소문을 퍼뜨리려고 했던 건가요."

"집주인에 대한 직접적인 험담은, 나중을 생각하면 역시 문제의 소지가 있다고 생각했겠지."

다케카와 부부는 지방공무원이기 때문에 언제 어디서

아마노가와 관계하게 될지 알 수 없다. 두 사람은 그것을 염려한 것일 테다.

"그래서 유령의 집 이야기를 꾸며낸 건가."

"만약 문제가 되더라도 전부 부인의 착각이었다…… 라는 식으로 얼마든지 얼버무릴 수 있으니까."

"유령 이야기라는 건, 그런 역할을 하는 경우도 있다는 얘기네요."

나로서는 괴담의 효용을 이 일과 엮어서 설명할 생각이었지만,

"말하자면, 역시 세상에 유령 같은 건 없다는 얘기야."

아버지는 그렇게 말하고, 재빨리 유령의 집 이야기를 마무리 지어버렸다.

그건 그렇고, 이런 아버지의 해석을 덧붙였다고 해서 아이다 나나오의 체험담에도 같은 수수께끼 풀이를 적용할 수 있다고 생각하면 곤란하다. 기대에 부응하지 못해 미안하지만 그런 보충은 없다.

다만 나나오의 이야기를 들은 뒤, 나는 간사이의 친구에게 메일로 어떤 일을 부탁했다. 그 친구는 직업상 간사이 지방 이곳저곳을 돌아다니고 있다. 그래서 나메라라는 지역에 갈 기회가 있으면 꼭 오이노쇼가를 방문해서 뒷마당에 있는 창고를 확인해줬으면 한다고 부탁했다.

그 결과가 바로 며칠 전에 도착했다. 참고로 이 부탁을 하고 답장을 받을 때까지, 몇 년이 걸렸다.

'네 메일에 적혀 있던 대로 뒷마당에는 창고가 세워져 있었어. 하지만 네 개가 아니라 세 개였어. 맨 오른쪽 창고 옆에는 작은 사당이 있었고. 물론 뭐가 모셔져 있는지는 몰라. 별 도움이 못 돼서 미안하지만 보고는 여기까지.'

그것이 창고를 나갔기 때문에 서둘러 헐어버린 것일까. 다시 오이노쇼가로 돌아오지 않도록. 그렇지만 아이다 나나오는 결혼하면서 성씨가 바뀌었다. 그렇게 되면 그것은 갈 곳을 잃은 것이 되지 않는가.

그것은 지금, 어디서, 무엇을 하고 있을까.

어딘가의 누군가를, 역시 부르러 가려고 하고 있을까.

이 이상한 사건을 소설로 쓴 작가, 혹은 이 작품을 본 편집자나 독자가 있는 곳으로 그것이 찾아가는 일은 없을까.

아니, 아무래도 과한 생각일 것이다. 우리는 오이노쇼가와도 아이다가와도 아무런 관계가 없으니까…….

그렇지만 '관계'라고 하면, 애초에 무엇 때문에 연결되는지도 알 수 없는 법이다. 어떤 인연이 있었는지는 전혀 불명이다. 그러한 답답한 마음을 분명 아이다 나나오도 품었을 것이다.

그래서 나는, 적어도 오봉 시기에 손님이나 택배원이 올

예정이 없는데도 인터폰이 울릴 때는 되도록 집 안에 사람이 없는 척하려고 하고 있다. 지금까지도 비슷한 경험이 있으므로, 앞으로 더더욱 그렇게 할 생각이다.

雨中怪談

우 중 괴

담

逢 魔 宿 り

올해 2월 초순, 〈소설 야성시대〉 3월호가 나온 직후에 KADOKAWA의 담당 편집자 S로부터 메일이 도착했다.

오사카 지역에 사는 마쓰오(가명)라는 장정가裝丁家*가 내게 연락을 취하고 싶어 한다, 벌써 30년 넘게 지난 일이지만 나와 함께 작업을 했었다, 그렇게 말하면 분명 기억하지 않을까 한다, 라는 이야기였다.

다시 말해, 과거에 편집자였던 내가 장정가인 그 사람에게 도서 디자인을 의뢰해서 당시 우리 사이에 업무상의 관계가 있었다는 이야기다. 그렇지만 공교롭게도 마쓰오라

* 북디자이너를 말한다.

는 이름을 들어도 기억나는 것이 없었다. 그저 깜빡 잊은 것인지도 모르지만, 정작 중요한 용건이 불명인 것도 신경 쓰였다.

어쩐지 수상하니 거절할까.

한때는 그렇게 생각했다. 실제로 지금까지 이상한 사람들이 내 앞으로, 출판사에 전화나 편지나 메일로 연락을 취해온 일이 꽤 있다. 메타성이 강한 호러 소설을 쓰고 있기 때문일 것이다.

그러나 정말로 옛날에 신세를 졌던 사람이었다면……이라는 생각이 들어서 쉽게 내칠 수도 없었다.

그래서 내가 업무를 의뢰했던 책의 제목을 말해달라고, S를 통해서 저쪽에 부탁하기로 했다. 상대에게 조금도 잘못이 없을 경우에는 상당히 실례되는 대응이 되고 말겠지만, 주의해서 나쁠 것은 없다.

그것을 나는 과거의 쓰라린 경험을 통해 배웠다.

그러자 마쓰오는 S의 메일로 여러 권의 책 이름을 보내왔다. 전송된 그 제목들을 본 순간, 그 사람의 사무실 안 풍경이 어렴풋하게나마 머릿속에 떠올라서 깜짝 놀랐다. 내가 편집자였을 때 담당했던 책 이름을 전부 기억해 써내는 것은 과연 지금은 무리다. 그러나 구체적인 제목을 듣게 되면 과연 기억이 자극을 받는 모양이다.

당시에 나는 교토에 있는 D출판사의 신참 편집자였다. 분명 베테랑 디자이너인 그로부터 이것저것 배웠을 것이다. 그렇게 생각한 나는 바로 S에게 마쓰오의 메일 주소를 알려달라고 해서, 큰 실례를 했습니다…… 라고 진심으로 사과하는 메일을 보냈다. 그러자 마쓰오는, 직업상 그런 주의는 필요하지요…… 라는 답장을 해왔다.

답장 안에는 내가 〈소설 야성시대〉 2019년 6월호부터 거의 석 달에 한 번꼴로 발표하고 있는 연작 괴기 단편을 읽고 있다는 내용이 적혀 있고, 앞으로의 작품에 관해서 가능하면 한번 만나 이야기하고 싶다는 취지의 말이 적혀 있었다.

당연히 나는, 어떤 이야기입니까…… 라고 물었다. 하지만 메일이나 전화로는 제대로 전할 수 없을 거라는 답신이 돌아왔다.

다행히 2월 하순에 고향인 나라에서 사호 초등학교 동창회가 열릴 예정이었다. 그다음 날 오사카로 간다면 마쓰오와 만날 수 있었다. 동창회는 토요일이니, 다음 날인 일요일이라면 그 사람도 쉬는 날이 아닐까.

그런 제안을 하자, 마쓰오도 시간을 낼 수 있다고 했다. 그래서 디자인 사무소로 가는 길을 알려달라고 하고, 방문할 시간을 잡았다.

갑작스러운 전개였음에도 내가 마쓰오와 만나기로 결심한 데는 동창회와 겸한 일석이조의 일정이었던 것, 내 작품에 관한 이야기가 무엇인지 몹시 신경 쓰였던 것, 그 사람과의 면담이 이야기 소재가 될지도 모른다고 예상한 것, 그리고 2월 초순에 예정되어 있던 타이베이 국제 북페어가 연기된 것 등이 크게 관여하고 있었다.

대만의 출판사인 독보문화로부터, 나와 홍콩 및 대만의 작가 다섯 명의 작품을 묶은《쾌: 젓가락 괴담 경연》이 올 2월에 간행되었다. 나 또한 그 책의 프로모션에 참가할 예정이었으므로, 원래대로라면 오사카에 갈 생각을 할 여유는 없었을 것이다. 그런데 중국에서 발생한 신종 코로나바이러스 감염증 때문에 북페어가 5월로 연기되었다.

덕분에 마쓰오와 만날 약속을 잡을 수 있게 되었으니, 세상일이란 게 정말 새옹지마다. 다만 독보문화 측에서도 같은 이야기를 할 수 있을 텐데, 원래는 3월에 출간 예정이었던 대만판《파령처럼 모시는 것》을 5월로 늦춰서 그것의 프로모션도 동시에 진행하겠다는 연락이 있었기 때문이다. 서로 손해만 본 것은 아닌 셈이다.

참고로 외출을 싫어하는 나로서는 생각할 수 없을 정도로 올해는 이곳저곳의 이벤트에 초대받고 있다. 3월 하순에는 아마미오시마의 도서관에서 도리카이 히우*, 시바타 요시키**와 함께 북토크 행사를 할 예정이다. 그리고 앞서 이야기한 것처럼 2월에는 대만에서, 또 6월에는 한국에서, 이어서 8월에는 중국에서 열릴 각 국제 북페어에 초청받고 있었다.

흔히 이야기하는 '일이 생길 때는 겹치기 마련'이라는 말은 주로 나쁜 일이 일어났을 때 쓰이는 말인 듯하지만, 이 경우에는 달랐다. 다만 신형 코로나 바이러스라는 복병이 숨어 있으니 그리 낙관만 할 수는 없을지도 모른다.

하던 이야기로 돌아가자. 〈소설 야성시대〉의 3월호까지 발표했던 연작 괴기 단편은 아래의 네 편이다.

2019년 6월호 〈은거의 집〉
2019년 9월호 〈예고화〉
2019년 10월호 〈모 시설의 야간 경비〉
2020년 3월호 〈부르러 오는 것〉

만일을 위해 말해두는데, 이 네 편의 작품에는 아무런 관련도 없다. 공통된다고 말할 수 있는 게 있다면, 내가 다

* 한국에도 번역 출간된 《죽음과 모래시계》의 작가.
** 국내에 번역 출간된 최근작으로 《성스러운 검은 밤》이 있다.

른 사람에게서 들은 체험담을 소설화한 것이라는 형식뿐이다.

그렇기 때문에 마쓰오가 한 작품만을 콕 집어서 그 내용에 관한 이야기를 할 생각이라면 이해가 안 가는 것도 아니다. 실은 체험자와 면식이 있다든가, 혹은 체험담에 관련된 뭔가를 알고 있을 가능성도 고려할 수 있기 때문이다. 하지만 그런 것은 아닌 듯했다. 어디까지나 그는 네 편의 작품 전부를 대상으로 하고 있는 듯했다.

대체 무슨 이야기를 할 생각일까.

기대와 불안이 반반이었다. 전자는 어떤 괴이한 것에 관한 이야기를 들을 수 있지 않을까…… 하는 희망이다. 그리고 후자는, 그 괴담이 뜻밖의 앙화를 초래하는 것은 아닐까…… 라는 두려움이었다. 모순되는 말로 들릴지 모르겠지만, 이 또한 호러 미스터리 작가이기에 느끼는 심리인 걸까.

1월 하순에 '유령의 집' 시리즈의 신작《그곳에 없는 집에 불린다》(중앙공론신사)를 탈고한 참이었고, 게다가 타이베이 국제 북페어도 연기되었기 때문에 2월은 조금 느긋하게 지내고 있었다. 하는 일이라곤 문고판《일부러 흉가를 세우고 산다》(중공문고) 재교의 저자 교정을 하는 정도였고, 그 외에는 독서나 호러영화 DVD의 감상을 즐기고 있었다. 따라서 동창회와 마쓰오의 디자인 사무소 방문은 정말로 고대하던 일정이었다.

동창회에는 열네 명이 참석했다. 2차에 간 것은 여섯 명이었는데, 거기에 나도 끼어 있었다. 요컨대, 과음을 하는 바람에 다음 날 아침에 머리가 조금 무거웠다.

이대로 집에 돌아가고 싶네.

금세 마쓰오와의 약속을 후회하는 마음이 싹텄다. 왜냐하면 괴담을 접할 때는 몸 상태가 완벽하지 않으면 위험하다…… 라는 것을, 지금까지의 경험을 통해 알고 있었던 까닭이다.

미약하나마 다행스러웠던 점은 호텔 조식 메뉴로 일본식 차죽을 고른 것인지도 모르겠다. 그걸 먹은 뒤에는 체크아웃할 때까지 방에서 쉬었다.

오전 중에는 시간이 남아돌았기 때문에, 테이크아웃한 커피를 들고 나라 공원을 산책했다. 공교롭게도 흐린 날씨라 공기가 조금 싸늘했지만, 빈둥빈둥 걷는 것은 머리의 무거움을 털어내는 데 도움이 되었다. 점심 무렵에는 공복감이 느껴져서 감잎 초밥과 소면을 먹었다.

긴테쓰나라역에서 특급을 타고 오사카난바역을 향해 출발했다. 10대와 20대에 걸쳐 자주 놀러 갔던 지역이지만, 정말 오랜만이었기 때문에 조금 당황했다. 역내 안내

표지에 의지해 지하철 환승하는 곳을 찾고, 해당 역에서 내려 JR의 기존 노선으로 갈아탔다.

당시에는 교토에서 이동했기 때문에, 지금까지 이동하면서 기억이 자극받는다거나 하는 일은 예상대로 없었다. 기존 노선을 이용하면 뭔가 떠오르겠거니 기대했지만, 차창에 흐르는 풍경을 바라보고 있어도 달라지는 건 아쉽게도 없었다.

얼마 후 지노의 가와나가역에 도착했다. 역사 밖으로 나가 주위를 둘러봤지만 아무것도 떠오르는 것이 없었다. 오히려 그 역만의 특징을 찾아내는 데 애를 먹었을 정도로, 어디에나 있을 법한 역 앞 풍경이었다.

역을 착각하고 잘못 내린 건 아니겠지?

불안을 느끼면서 걷기 시작한 나는 역에서 상당히 떨어진 곳에 가서야 비로소 약간의 기시감을 느꼈다.

전에 와본 적이 있는 곳이야…….

아마도 역 주변은 개발이 진행된 탓에 당시의 모습을 더 이상 갖고 있지 않은 것인지도 모른다. 그러나 10여 분 정도 걸어가면 옛날 그대로인 풍경이 아직도 남아 있다. 그런 느낌이었다.

그렇다고 해도, 역에서부터 가는 길은 말로만 설명을 들었기 때문에 조금 헤맸다. 주택가에 들어선 뒤에 들어가야 할 골목을 잘못 선택한 모양이었다. 가와나가역에서 20여 분 정도 걸린다고 했으므로 시간상으로는 슬슬 도착해야 할 무렵인데, 설명으로 들은 것과 같은 건물의 모습이 전혀 보이지 않았다. 큰길까지 되돌아갈까 고민하는데, 앞쪽에 고양이의 모습이 보였다. 길고양이인 듯한 하얀 털의 고양이였다.

고양이 애호가로서 가만있을 수 없어 잠깐 뒤를 쫓아가 보았다. 그러자 우연히도 마쓰오의 디자인 사무소 앞으로 나오게 되었다.

주택가 한복판에 있는 곳이었지만 주위에 초목도 많고 차가 들어갈 수 없는 산책로도 연결돼 있어서 상당히 좋은 환경으로 보였다. 다만 빈집인 듯 보이는 집들이 조금 눈에 띄긴 했는데, 최근엔 어느 지방 도시에 가더라도 볼 수 있는 광경이었다.

디자인 사무소를 봤을 때도 특별히 무언가 느껴지진 않았지만, 인터폰의 응답에 응해 밖으로 나온 마쓰오의 모습에는 조금 반가움을 느꼈다.

"안녕하세요. 오랜만에 뵙습니다."

"아뇨, 정말 유명한 작가가 되셔서⋯⋯. 많이 활약하시더군요. 바쁘신 중에 먼 걸음 하시게 해서 죄송합니다."

"아뇨, 저야말로 무리한 이야기를 해서⋯⋯. 쉬셔야 하는데 이렇게 시간을 내주셔서 정말 감사합니다."

현관 앞에서 인사를 나누고, 나는 안내받은 자리에 앉은 뒤 나라의 상점가에서 사두었던 선물을 건넸다.

"휴일이라 직원도 없고, 대접할 것도 마땅히 없습니다 만……."

당시에는 마쓰오의 조수인 여성 디자이너, 그리고 접객이나 전화를 담당하는 여성 스태프까지 두 명 정도가 있었을 것이다.

"너무 신경 쓰지 마세요. 오늘의 목적은 마쓰오 씨의 이야기를 듣는 것이니까요."

그와 이야기를 나누는 동안에 디자이너의 이름이 우노, 스태프의 이름이 나카다였다는 것을 알았지만, 공교롭게도 양쪽 모두 기억나지 않았다. 업무로 대면했던 사람이 대부분 마쓰오였기 때문일 것이다.

그에 비해서 실내는 어렴풋이 기억이 나는 듯한 기분이 들었다. 그래서 구석구석까지 차분하게 둘러보고 있는데,

"그 무렵과 별로 변한 게 없지요?"

"그렇습니까? 역시나 기억이 좀 가물가물해서……. 하지만 왠지 모르게 본 기억도 나고……. 어쩐지 신기한 기분이군요."

창문이 있는 벽을 제외한 세 곳을 점유한 것은 책장이

아니라 측면과 뒷면이 없는 철제 선반이었는데, 그곳에 책들이 수평으로 눕혀진 채 쌓여 있었다. 그 모습을 바라보는 동안,

아아, 확실히 이런 느낌이었지.

그런 감각이 되살아나기 시작했다. 처음 만났을 때, 일부러 책장을 놓지 않고 책을 옆으로 돌려 표지가 보이게 놓는 스타일이 참으로 디자인 관련 업무를 하는 사람답다고 생각했던 게 기억났던 것이다.

하지만 동시에, 묘하게 마음에 걸리는 것도 있었다. 그게 뭘까 하고 둘러보았지만 전혀 알 수 없었다.

당시와 다른 점?

그때로부터 30년 이상이나 지났으니 이상한 부분이 있는 것이 당연하다. 그럼에도 불구하고 내가 느낀 것은, 뭐라 말할 수 없이 마음이 술렁이는 감각이었다.

…… 위화감?

그렇게 말해야 할 만한 뭔가가 이곳에 있다는 기분이 들었다. 눈에 띄는 것이라곤 책 정도밖에 없는데도 말이다.

"옛날 생각이 나는군요."

그런 내 모습을 보고, 아무래도 마쓰오는 단단히 착각한 듯싶었다.

"네. 책을 이렇게 늘어놓은 모습을 보니, 역시 마쓰오

씨의 사무소라고……"

곧바로 말을 맞춰서 잠시 동안 옛날 추억을 서로에게 이야기했지만,

"시간도 많이 없으실 테니……"

마쓰오가 배려해주어 거기서부터 바로 본론으로 들어갔다.

나는 만일을 위해 신오사카발 신칸센의 막차 표를 사두었다. 그러나 마쓰오의 이야기를 듣는 데 얼마나 시간이 걸릴지 알 수 없었다. 되도록 빨리 이야기해줄 수 있다면, 그것이 제일 바람직할 것이다.

"작가가 되셨다는 건 서점에서 작품을 보고서야 알았습니다. 그러고 보니 호러나 미스터리를 좋아했었지, 하고 당시를 그리운 기분으로 떠올리긴 했지만 설마 정말로 작가가 됐을 줄이야……. 이거 참, 놀라움과 함께 정말로 기쁘다는 느낌이 들더군요."

그러더니 마쓰오는 진심으로 미안하다는 듯이 말을 이었다.

"그런데 작품은 별로 읽어보지 못했습니다. 그래서 〈야성시대〉에 실린 단편도, 모 출판사의 편집자가 우리 사무실에 깜빡 놓고 가지 않았다면 아마 보지 못했을 겁니다."

"그렇다는 말씀은, 그 잡지의 표지에 실린 제 이름을 우

연히 보셨다는 거군요."

"그렇죠. 그래서 저도 모르게 읽었습니다. 그 뒤로는 다음 호가 나올 때마다 서점에서 체크하고, 작품이 실려 있으면 사서 읽었는데……"

"매달 게재되는 소설이 아니었는데, 괜한 수고를……?"

"아니, 그건 문제가 아닙니다. 다만 세 번째 작품까지 읽었을 때 왠지 묘한 불안감을 느껴서 말이죠. 단순한 우연이라고 생각했는데, 네 번째 이야기를 읽은 뒤에는 이거 한번 만나보는 편이 좋겠다고, 그런 생각이 들어서……"

이렇게 마쓰오가 이야기한, 30년도 전에 체험한 이야기를 정리해서 재구성한 것이 이하의 이야기다. 처음에는 그의 이야기를 재현하려고 생각했지만, 중간에 내가 질문을 던지기도 해서 그대로 기록하면 아주 읽기 복잡해질 것 같아 포기했다. 따라서 마쓰오를 주인공으로 한 3인칭 시점 서술이 되어버렸다. 여기까지의 글도 포함해서 인명, 그리고 나라나 난바 등을 제외한 지명은 전부 가명으로 했다. 또한 지금은 사용하지 않는 '용무원用務員'이나 '부랑자' 같은 단어도 나오지만, 시대를 고려해서 그대로 사용하기로 했다. 이와 같은 점을 양해해주기 바란다.

마쓰오는 해 질 녘에 산책하는 것을 일과로 삼고 있었다.

디자인 업무는 그야말로 '사무 작업'기 때문에 운동 부족이 되는 것을 피하기 어렵다. 의뢰주가 대기업일 경우, 마쓰오가 저쪽으로 찾아가는 일은 드물지 않다. 하지만 그런 고객은 적었고, 대부분은 출판사를 상대로 하고 있다. 요컨대 책의 디자인이다. 그것도 본문의 레이아웃부터 외부 장정까지, 서적 한 권의 디자인 관련 작업 전부를 담당하게 되는 일이 많았다.

이럴 때 업계에서는 기본적으로 담당 편집자가 디자인 사무소를 방문한다. 원고 교정지를 가지고 가서 작가의 희망 사항이나 편집자의 생각을 디자이너에게 전하고 여러 가지 협의를 한다.

이때 디자이너는 두 가지 부류로 나뉜다. 직접 교정지를 읽는 사람과 전혀 읽지 않는 사람. 원고의 내용도 모르고 작업이 가능한가, 라고 독자들은 생각할지 모르겠다. 하지만 후자는 편집자로부터 원고가 어떤 내용인지 상세하게 듣기 때문에 별 문제는 없다. 이 방법은 시간을 절약할 수 있는 데다, 원고가 전문적인 학술서일 경우에는 디자이너가 어설프게 읽고 이해하는 것보다 편집자에게서 요점만

듣는 편이 이후의 작업을 보다 신속하게 진행할 수 있다. 그래서 "교정지는 읽지 않는다"라고 말하는 사람도 꽤 있다. 같은 내용을, 커버의 장정에 들어가는 그림을 그리는 일러스트레이터에게도 적용할 수 있다.

한편으로, '교정지는 읽는다'파도 적지 않다. 역시 '직접 읽지 않으면 이해할 수 없지 않을까'라는 의식이 있기 때문일 것이다. 그리고 마쓰오의 경우는 교정지를 읽는 부류였다. 다만 사무소의 책상에 계속 앉아 있으면 마쓰오를 찾는 전화가 걸려오고, 스태프가 말을 걸어오고, 진행 중인 다른 업무도 신경 쓰인다. 그래서 되도록이면 교정지를 가지고 밖으로 나가려고 하고 있었다. 일과인 산책의 목적은 운동 부족의 해소에 있었지만, 실은 야외에서 교정지를 읽는 것도 포함되어 있었다.

그날도 마쓰오는 책 한 권 분량의 교정지를 들고 평소처럼 산책을 했다. 약속은 오전과 오후에 잡고, 밤에는 디자인 작업을 한다. 그것이 기본이었다. 그래서 산책 시간은 자연스럽게 해 질 녘 전이 되었지만, 동절기 같은 때는 해가 떠 있는 낮 동안에 했다. 다시 말해, 계절과 날씨에 따라 바뀌는 것이다.

다만 지금은 여름의 끝자락이라, 해가 기울기 시작한 해질 녘이 가장 알맞았다. 물론 푹푹 찌는 더위는 있었지만,

산책 코스의 반환점에 있는 정자 부근은 숲이 우거진 덕분에 그늘이 져서 한여름에도 앉아 있기 좋았다. 그 덕분인지 이따금 길고양이의 모습도 볼 수 있었다. 모기에 시달리기는 했지만 휴대용 모기향이 있으면 어떻게든 버틸 수 있었다. 스태프에게 "요즘엔 모기 쫓는 스프레이가 있어요"라는 말을 듣기는 했어도, 사실 그는 모기향 냄새를 좋아했다.

그러나 한겨울에는 꽁꽁 얼어붙을 것만 같아서 도저히 정자에 앉아 있을 수 없었다. 그래서 대개는 봄부터 가을에 걸쳐 이용하고 있었다. 정말로 마쓰오만을 위해 준비된, 상당히 이상적인 교정지 읽기의 장소라고나 할까.

실제로 그곳에서 다른 사람의 모습을 본 적은 거의 없었다. 가와나가의 주택지에 있는 공원부터 시모토바역 근처의 녹지대까지 이어지는 산책로에는 도중에 몇 개의 분기가 있다. 대부분은 다른 주택지로 빠지는 루트인데, 몇 개는 원래의 길로 돌아가고 있다. 작은 우회로라고 할 수 있다. 이곳을 이용하는 사람 대부분은 마쓰오처럼 산책을 하거나, 아니면 조깅을 하거나, 개를 산책시키는 사람 중 하나라고 생각된다. 그러므로 조금 멀리 우회한다고 해도 전혀 문제가 되지 않는다. 오히려 운동이 돼서 좋을 것 같은데도, 원래의 길로 돌아가는 샛길에 들어서는 사람을 지금까

지 본 기억이 없다. 일부러 산책로에서 벗어나는 행동을 '소용없는 짓'으로 느끼는 것일까. 인간의 심리란 재미있다.

다만 정자로 이어지는 길은 다른 곳에 비하면 조금 경사가 급한 비탈길이었다. 그래서 이용하는 사람이 거의 없었는지도 모른다.

덕분에 정자는 거의 마쓰오 전용처럼 되었다. 아주 가끔씩 개를 데리고 다니는 사람이 나타나는 경우도 있었지만, 마쓰오의 모습을 보면 그대로 지나가버렸다. 일을 하고 있는 것으로 비치기 때문일까. 시야에 들어오는 것은 하얀 길고양이 정도였고, 그것도 결코 다가오는 일은 없었다. 분명 경계하고 있는 것일 테다.

그래서 그날, 정자에 먼저 온 손님이 있는 것을 보고 마쓰오는 깜짝 놀랐다. 그것도 일흔이 넘어 보이는 노인이었다. 이 언덕을 용케 올라왔다고 생각했지만, 의문은 노인이 입을 열자 간단히 해소되었다.

"아니, 그게, 지금이라도 내릴 것 같아서 말일세."

사무소를 나왔을 때는 조금 흐린 하늘이었는데, 이 언덕에 들어서기 조금 전부터 시커먼 비구름이 하늘 전체를 덮기 시작하더니 언제 빗방울이 툭툭 떨어질지 알 수 없는 날씨가 되어 있었다.

"자네도 나처럼 이곳에 정자가 있는 게 기억나서 미리 비를 피하려고 온 거구먼, 그렇지?"

굳이 그렇지 않다고 말하는 것도 귀찮아서, 마쓰오는 일단 "네"라고 대답했다. 한데 난처하게도 이 노인이 있으면 교정지 읽기는 불가능할 것 같았다. 그냥 비가 내리기 전에 돌아갈까 생각하고 있는데, 공교롭게도 투두둑 빗방울이 떨어지기 시작했다.

어쩔 수 없이 마쓰오도 정자 안으로 들어가자, 다시 노인이 말을 걸어왔다. 이야기 상대가 되는 것은 별 상관 없었지만 한 가지 걱정이 들었다.

이곳에 오면 내 이야기를 들어주는 사람이 있을지도 모른다.

노인이 그렇게 멋대로 생각하고 이 정자에 계속 들르기 시작해서, 앞으로 교정지를 읽을 수 없게 되지 않을까 하는 우려였다.

그래서 노인이 자신의 가족을 화제로 꺼내도 마쓰오는 성의 없는 맞장구를 칠 뿐이었다.

이 사람은 이야기 상대가 되어주지 않는다.

그렇게 여기고 포기해주기를 바랐건만, 노인은 전혀 신경 쓰는 기색이 없었다. 오히려 친근하게 이야기를 계속하고 있다. 노인이란 어쨌든 이야기를 나눌 상대가 있다는 것만으로 만족해서, 그 사람이 자신의 이야기를 들어주고 있든 말든 신경 쓰지 않는지도 모른다.

난처하게 됐네.

얼른 도망쳐야 하나.

가랑비가 내리는 길을 뛰어서 사무소로 돌아갈까……라고 마쓰오가 생각하고 있을 때였다. 노인의 이야기에 '어라?' 하고 그는 별안간 흥미를 느꼈다.

우리 집과 가족구성이 똑같아.

마쓰오의 본가에 살고 있는 사람은 아버지, 나이 차이가 나는 누나, 마쓰오의 아내, 아내와의 사이에서 늦게 태어난 초등학생 딸 이렇게 다섯 명이다. 그리고 눈앞에 있는 노인의 가족도 미혼인 장녀와 장남 부부, 그리고 그 딸까지 다섯 명이라고 한다.

말하자면 마쓰오의 입장에서 노인은 아버지고, 노인의 입장에서 마쓰오는 장남에 해당한다.

"우리 집하고 똑같네요."

거기서 자기도 모르게 반응해버리고 곧바로 후회했다. 그런 대답을 하면 노인이 한층 수다스러워지지 않을까 해서였다.

그런데 노인이 갑자기 입을 다물고 깜짝 놀란 듯한 표정으로 잠시 마쓰오를 바라보더니,

"그런가……."

하고 중얼거리며 감개 깊은 얼굴을 해서 마쓰오는 의외라고 생각했다.

"옛날에는 이렇게 같이 사는 게 당연한 일이었지만, 지금은 그런 집이 적어졌으니 말이야."

노인의 말은 며느리의 시누이에 해당하는, 미혼인 장녀와 동거하는 상황에 대한 것이 틀림없을 터였다. 최근에는 부모와 동거하는 경우도 드물어졌기 때문에 더 그렇게 생각되는 것이겠지.

"그렇지요. 저희 쪽은 아내와 누나의 사이가 좋아서 딱히 문제는 없습니다만……."

"호오, 그거 다행이구먼."

노인이 빙그레 미소를 지었다.

"우리 가족도, 역시 사이가 좋아서 말이야."

여기서 마쓰오는 다시 후회했다. 이제부터 가족 자랑이 시작될 게 틀림없다고 생각했기 때문이다. 지금의 마쓰오에게 그런 이야기는 피하고 싶은 화제였다.

누나와 아내의 사이가 나쁘지 않은 것은 사실이지만, 문제는 마쓰오가 본가를 나와 사무소에서 살고 있다는 점이었다. 원인은 마쓰오의 외도였다. 누나는 상처 입고 화난 아내를 전면적으로 편들고 있다. 아버지는 마쓰오의 편이라기보다는 아들 부부의 가정이 깨지지 않기를 바라고 있었다. 따라서 냉각기간을 두기 위해 일시적인 별거도 어쩔 수 없다고 생각하고 지금은 방관하는 듯 보였다.

"그래도 이런 우연이 다 있구먼."

계속 기뻐하는 노인에게 거기까지 설명할 생각은 당연히 없었다. 다만 이대로 가족 자랑을 들을 바에야 "실은 저, 아내하고 별거 중이라⋯⋯"라고 밝히는 편이 그나마 나을지도 모른다는 생각이 들었다.

그런데 또다시 노인이 의외의 발언을 했다.

"자네, 옛날이야기는 좋아하나?"

갑자기 마쓰오를 향해 그렇게 물었던 것이다.

"⋯⋯ 예에, 뭐, 그렇죠."

애매한 태도를 취하면서도 긍정하는 대답을 한 것은, 이유는 모르겠지만 어쩐지 노인이 말한 '옛날이야기'가 불가사의한 내용을 포함하고 있을 것 같았고 그래서 나를 곧바로 떠올렸기 때문이다…… 라고 마쓰오는 말하면서 웃었다.

확실히 당시의 나는 괴담 수집을 취미로 삼고 있었다. 그것이 작가가 되어서 도움이 될 것이라고는, 당연하지만 그때는 알 방법도 없었다. 그저 좋아하는 것이라서, 업무 관계로 알게 된 사람에게 "뭔가 알고 계신 무서운 이야기 같은 거 없습니까?"라고 천진난만하게 묻곤 했던 것이다.

그것을 마쓰오도 알고 있었다. 그래서 노인에게 흥미로운 이야기를 들으면 꼭 내게 알려줘야겠다고 생각했던 모양이다.

"그거 잘됐구먼."

노인은 호들갑스러울 정도로 좋아하더니, 다음과 같은 체험을 이야기하기 시작했다.

내가 어릴 적…… 그러니까 지금으로부터 70년은 되지 않았을까. 하지만 이렇게까지 나이를 먹어버리면 4, 5년 차이 같은 건 별로 상관이 없게 돼서.

할아버지는 사냥꾼이셨어. 사냥 방법에는 여러 가지가

있었는데, 할아버지는 동료인 도모 씨와 둘이서 산에 들어가는 게 보통이었지.

그런데 그날은 혼자였어. 도모 씨네 색시가 전날에 애를 낳았거든. 산신님은 어쨌든 부정한 걸 싫어하셔. 집안사람이 죽었을 때는 상이 끝날 때까지 산에 들어가선 안 돼. 그 규칙을 깨면 반드시 앙화가 내렸지. 산에서 다치거나, 그대로 돌아오지 못하게 돼. 만약 무사히 돌아왔다고 해도 사냥감은 절대 잡을 수 없었지. 그러니까 부정할 때는 아무도 산에 들어가지 않았어.

애를 낳았을 경우에는 산욕기가 지나갈 때까지를 부정한 시기로 여겨. 그때까지 도모 씨는 집에서 얌전히 지낼수밖에 없었지. 원래대로라면 할아버지도 같이 쉬어야 했는데, 그날은 무슨 일이 있어도 산에 가겠다고 하셨던 거야. 할머니가 계속 뜯어말렸는데도 결국엔 혼자서 산에 가버리셨어.

하지만 할아버지는 역시 좀 당황했던 모양이야. 도시락을 가지고 가는 걸 잊으셨더라고. 그래서 내가 전해주러 가게 되었지.

할아버지와 도모 씨는 산 중턱에 오두막을 지어놓았어. 계절과 사냥감에 따라 산속에서 잠을 자야 하는 경우가 있었거든. 조만간 할아버지는 도시락을 안 가져갔다는 사실을 깨닫겠지. 그렇다면 내가 오두막까지 가져다주자고 생각했어. 요컨대 오두막에서 기다리고 있으면 되는 거야.

도시락을 놓고 돌아오면 되는 거 아니냐고?

그건 안 돼. 사냥 때만 쓰는 작고 볼품없는 오두막이라, 제대로 된 문 같은 건 달려 있지도 않아. 출입구에 볏짚을 엮은 발을 쳐놓았을 뿐이니까, 도시락만 덜렁 놔뒀다가는 여우나 너구리, 족제비 같은 놈들이 들어와서 깨끗하게 먹어치울 게 안 봐도 뻔하지.

게다가 오두막까지 갔다가 돌아오는 데는 시간이 많이 걸려. 할머니는 내가 먹을 도시락도 만들어서, 오두막에서 할아버지와 함께 먹을 수 있도록 준비를 해주셨지.

나는 도시락이 든 보퉁이를 어깨에 메고 호기롭게 집을 나섰어. 도시락을 전해주는 것뿐이지만 어쩐지 큰 임무를 맡은 듯한 기분이었지.

그런데 할머니가 큰 소리로 부르면서 몹시 당황한 얼굴로 따라오시는 거야. 황급히 할머니한테 돌아간 나는, 할아버지가 아주 중요한 물건을 놓고 가셨다는 걸 깨달았어.

평소에는 불단에 모셔두고 있는 '막탄'이야.

막탄이란 오래 쓴 쇠솥으로 만든 총알인데, 사냥꾼이 평생에 딱 한 번 자기 몸을 지키기 위해 사용하는 총알을 말해. 이걸 쏜다는 건, 그 순간 사냥꾼을 그만둔다는 걸 뜻하지. 그 정도로 귀한 총알이야.

이 막탄을 부적 주머니에 넣고, 평소에는 불단에 놓아두고 있다가 사냥을 하러 갈 때 가지고 가는 거야. 지금까지 몇백 번이나 같은 일을 해왔을 할아버지가 그걸 그만 깜빡했다는 거지.

갑자기 엄청나게 불길한 기분이 들었어. 도시락을 깜빡한 거라면 웃으며 넘길 수도 있어. 하지만 막탄을 잊었다는 건 정말 보통 일이 아니거든. 조심성 많은 할아버지에게 전혀 어울리지 않는 실수였으니까. 할머니도 그걸 깨닫고 엄청 당황하셨던 게지.

"할아버지한테 오늘은 사냥을 그만두고 바로 집에 돌아오시라고 해야 한다."

그렇게 몇 번이나 다짐을 받고 나는 집을 나섰어.

뛰지는 않았지만 상당히 빠른 걸음으로 걸었어. 아무리 빨리 산에 들어가봤자 할아버지와 만나는 건 낮이나 되어야 해. 그때까지는 오두막에서 기다리는 수밖에 없어. 그렇게 알고 있는데도 역시 마음이 급해지더라고.

막탄과 도시락을 깜빡한 사실을 할아버지가 깨달으면 곧바로 사냥을 멈추고 돌아올 게 틀림없어. 그것만은 확실했지만 분명 할아버지는 깨닫지 못할 거라고, 그때 나는 느꼈어.

왜냐하면, 이미 할아버지는 홀렸기 때문이야.

무엇에…… 라고 하면, 역시 마물이라고 해야 할까. 도모 씨가 부정 때문에 산에 들어갈 수 없게 되었을 때, 원래대로라면 할아버지도 산에 들어가지 말았어야 했어. 아니, 그때까지의 할아버지였다면 분명히 그렇게 하셨을 테지.

그런데 무슨 일이 있어도 혼자서 산에 들어가겠다고 고집을 부렸던 거야. 심지어 평소의 할아버지라면 있을 수없는, 소중한 막탄과 도시락까지 잊어버리는 일이 생겼고.

이건 마물에게 홀렸다고밖에는 생각할 수 없는 일이야.

상당히 빠른 속도로 걸었으니, 산기슭에 도착했을 때는 숨이 목까지 차오를 정도가 되어 있었지. 그래도 쉬지 않고 올라간 건 빨리 산신님의 사당에 참배를 드리고 싶었기 때문이야. 사당에 들르기만 하면 일단 안심할 수 있다는 생각이 있었던 거겠지.

그런데 5, 6분 정도 험한 산길을 오른 끝에 마침내 사당이 보이기 시작했을 때는 뭐라 말할 수 없을 정도로 안 좋은 예감에 휩싸였어.

사당 앞에 있어야 할 공물이 보이지 않았던 거야.

말하자면, 할아버지가 산신님께 참배하지 않고 산에 들어갔다는 얘기야. 당연히 일부러 그런 건 아니겠지. 이 중요한 의례도 할아버지는 잊어버렸던 거야.

아이고, 이거 정말 큰일 났구나 싶어서 나는 떨기 시작했어. 산에 대해 잘 모르면 감이 안 올지도 모르겠는데, 이건 정말 말도 안 되는 사건이거든. 산신님께 허락도 받지 않고 산에 들어가다니, 결코 해서는 안 되는 짓이었지. 할아버지는 누구보다도 그걸 잘 알고 있었을 텐데 말이야.

나는 할아버지를 대신하는 심정으로, 도시락으로 가져온 주먹밥을 산신님께 바치고 평소보다 열심히 기도를 올렸어. 아주 열심히 기도했지. 부디 할아버지를 무사히 데리고 돌아가게 해주세요, 라고 말이야.

그런 뒤에 오두막을 향해 이동했는데, 가는 도중에 주변이 갑자기 어두워져서 깜짝 놀랐어. 숲속에 들어간 탓인가 하고 하늘을 올려다보았더니, 산기슭에 도착했을 때는 맑았던 하늘이 어느새 어두워진 게 아니겠어? 금방이라도 비가 쏟아질 것 같은 날씨였어. 산의 날씨는 쉽게 변한다고들 하는데, 그렇게까지 극단적인 건 나도 처음이었지.

비가 오기 전에 오두막에 도착하지 않으면 큰일 나겠다.

나는 지친 두 다리를 채찍질해서 경사가 급한 산길을 올랐어. 산에서 비가 내리면 흙바닥이 금세 진창처럼 변해버려. 그러면 걷는 게 더 힘들어져서 그야말로 엎친 데 덮친 격이 되니까.

산길이 조금 평탄해지고 급한 각도로 굽어지는 지점을

지났을 즈음, 길 앞쪽 수풀에서 부스럭부스럭하는 소리가 나서 나도 모르게 멈춰 섰어. 내가 살던 지방에 곰은 없었지만, 아직 어린애일 때니까 야생동물이란 것만으로도 무서운 존재였지. 그래서 가만히 있었더니, 수풀에서 불쑥 하얀 게 고개를 내밀더라고.

그게 말이지, 새하얀 고양이였어.

평소 같으면 김이 샜겠지만, 그때는 달랐어. 등줄기가 부르르 떨렸지. 왜냐하면 아무리 들고양이라고 해도 산속에서 살지는 않아. 가령 산다고 해도 기슭 부근이겠지. 이렇게 위쪽까지 올라오다니, 생각할 수 없는 일이야.

산신님 사당에 참배를 한 뒤에 평소와 다른 것을 보았다면 곧바로 산에서 내려가라.

할아버지가 평소부터 하셨던 충고를 나는 불현듯 떠올렸어. 저 앞에서 이쪽을 바라보는 고양이가 그야말로 딱 그것이 아닐까.

고양이는 시선을 돌리지 않고 가만히 나를 응시하고 있었어. 나도 고양이에게서 눈을 떼지 않았는데, 왜냐하면 무서웠기 때문이야.

고양이는 잠시 그러고 있더니, 무서워하는 나를 바보 취급하는 듯한 얼굴을 하고 쓱 수풀 속으로 들어가버렸어. 그렇지만 전혀 소리가 나지 않아서 왠지 아직 그곳에서 덤불 너머로 이쪽을 감시하는 것 같은 기분이 들더라고.

원래대로라면 그대로 뒤도 안 돌아보고 산을 내려갔을 거야. 그렇게 하지 않았던 건 할아버지 때문이었지.

평소와 다른 것이란 꼭 눈에 보이는 것만을 가리키는 게 아니야. 자신의 몸 상태를 포함한 전부지. 그렇게 생각하면 그날의 할아버지야말로 평소와 전혀 다른 모습이었다는 소리가 돼.

나는 무서워서 견딜 수 없었지만 가진 모든 용기를 쥐어짜서 다시 산길을 오르기 시작했어. 이대로 내가 산을 내려가버리면 할아버지는 다시는 집에 돌아오지 못할 거라는 기분이 들었거든.

하얀 고양이가 고개를 내밀었던 덤불과는 되도록 거리를 두면서 지나갔어. 그 직후에 바스락바스락하고 덤불에서 소리가 났지만, 나는 돌아보지 않았어. 아니, 도저히 돌아볼 수가 없었지.

등 뒤로 기분 나쁜 시선을 느끼면서도 나는 산길을 서둘러 걸었어. 아니, 그게 아니야. 그 기분 나쁜 시선을 뿌리치고 싶었기에 필사적으로 두 다리를 내딛었던 거라고 생각해.

거기서부터 오두막까지 한 번도 멈춰 서지 않았어. 덕분에 예상보다 빨리 오두막이 보이기 시작했는데, 그때의 기쁨이란 정말······ 지옥에서 부처를 만난 심경이었지.

그리고 그 순간 쏴아아, 하고 비가 퍼붓기 시작했어.

나는 급히 오두막으로 뛰어 들어갔어. 오두막이라고 해도 간신히 비바람을 막는 정도고, 넓이도 어른 세 명이 비좁게 잘 수 있을 정도밖에 안 돼. 게다가 비가 내렸기 때문에 한낮인데도 상당히 어두웠지. 그렇지만 나는 안도할 수 있었어.

물론 할아버지의 모습은 없었어. 다만 비가 내리기 시작했으니 평소보다 빨리 오두막에 돌아올지도 몰랐어. 게다가 도시락을 잊은 걸 깨달으면, 분명 내가 도시락을 가지고 올 거라고 생각하시겠지. 귀여운 손자가 이런 오두막에서 혼자 기다리고 있다고 생각하면 할아버지는 황급히 돌아올 게 틀림없었어. 그 전에 막탄을 가지고 있지 않은 걸 알면 그 자리에서 사냥을 멈추겠지만.

어쨌든 할아버지와는 곧 만날 수 있어.

그렇게 안심하는 마음이 내게는 있었던 거야. 그래서 아무것도 없는, 살풍경하고 어두컴컴한 오두막 안에 있어도 별로 무섭지 않았어.

나는 구색 맞추는 수준으로 만들어놓은 화로에 불을 지피고, 항아리 안의 물을 주전자에 담아 불 위에 올렸어. 할아버지가 돌아올 무렵에 뜨거운 물이 끓도록 준비한 거지.

그런데 "슈우슈우" 하고 주전자에서 김이 피어올라도 할아버지는 여전히 모습을 보이지 않았어. 전혀 돌아올 생각을 안 해. 어딘가에서 비를 피하고 있는 거라면 빗발이 좀 더 약해지기 전에는 돌아오지 않겠지.

그렇게 생각하니 어쩐지 불안해지기 시작하더라고. 도시락과 막탄만 두고 집에 돌아가려고 해도, 빗줄기가 좀 더 가늘어지지 않으면 산을 내려가는 건 위험해. 하지만 비가 더 많이 내린다면 조만간 할아버지도 돌아오겠지. 결국 오두막 안에서 가만히 기다리고 있을 수밖에 없었어. 도시락을 짐승에게 빼앗기는 것도 피하고 싶었고.

…… 혼자니?

그때 오두막 밖에서 참으로 요염한 목소리가 들려왔어.

흠칫하며 화로에서 시선을 들어 올렸더니, 출입구에 매달린 발 오른편이 조금 걷혀 있고 그곳으로 하얀 얼굴이 보였어.

목소리와 오른쪽 옆얼굴로 젊은 여자라는 걸 알았지. 그렇지만 마을 사람은 아닌 것 같더라고. 한 번도 본적이 없다는 점도 있었지만, 말씨가 누구와도 달랐거든. 숯막에 누가 와 있었다면 할아버지가 미리 이야기를 했을 거야. 애초에 숯막은 여기서 많이 떨어져 있어. 일부러 여자 혼자서 이 오두막을 찾아오는 것도 좀처럼 생각할 수 없는 일이고 말이야. 숯꾼의 부인이나 딸이라고 하기엔 얼굴도 너무 깨끗했어.

곧바로 떠오른 것은 '여행자'라는 말이었어. 다만 여행자가 어디서 오든, 이 산을 지나간다는 이야기는 들은 적이 없어. 마을과 외부를 오가는 산길은 따로 있었기 때문이야.

들어가도 되니?

내가 여자의 정체를 의심하고 있자, 교태를 부리는 듯한 목소리가 들려왔어.

밖에선 세찬 비가 내렸어. 바람도 불었고. 상당히 추웠지. 젊은 여자를 밖에 혼자 내버려둘 수는 없었어. 평소 할아버지에게 "다른 사람에게는 친절히 대해야 한다"라는 말을 들은 것도 있었고. 그렇지만 그때의 내 솔직한 심정은 전혀 달랐어.

저것을 안에 들이고 싶지 않다.

그런 짓을 했다간 말도 안 되는 일이 벌어질 거다. 그렇게 생각하기는 했지만, 무슨 일이 벌어질지는 조금도 알 수 없었어. 어쨌든 위험하다…… 라는 느낌만이 강하게 들었을 뿐이었지.

저기, 부탁이야.

그렇지만 요염한 목소리로 그렇게 부탁을 받으니 마음

이 흔들렸어. 아직 어린애였으니 여자의 색향에 미혹된 거라고는 생각되지 않지만, 도저히 저항하기 어려운 뭔가가 그것의 목소리에 있었던 것만은 틀림없어.

"좋아요."

그렇게 고개를 끄덕이고 내가 얼마나 후회했는지 몰라.

그런데도 여자는 조금도 들어오지 않았어. 입구에 늘어뜨려진 발의 틈새로 오른쪽 옆얼굴만 보이는 채로 그곳에서 움직이려고 하지 않았지.

뭘 하고 있는 걸까 하고 내가 미심쩍게 생각하는데, 여자가 묘한 말을 꺼냈어.

불을 꺼주겠니?

세상에, 모처럼 피워놓은 화로의 불을 꺼달라는 거야. 어떻게 생각해도 오두막 안보다 밖이 훨씬 더 추워. 원래대로라면 따스한 오두막 안에 좋아라 하며 들어와야 할 텐데 말이야.

그런데도 그 여자는 불을 꺼달라고 말하고 있었어.

나는 말로는 잘 부정할 수 없어서 고개를 휘휘 저었어. 할아버지가 돌아왔을 때 화롯불이 필요하다고 생각한 것 이상으로, 이 화로의 불만 계속 피우고 있으면 저 여자는 들어올 수 없는 게 아닐까…… 하고 어린아이 나름대로 눈치를 챘기 때문이야.

이런 상황에서 일부러 불을 꺼달라니, 아무래도 너무 이상해.

그 여자에 대한 의심이 가슴속에 점점 솟아났어. 할아버지 대신에 오두막을 지켜야만 한다는 사명감 같은 것도, 어쩌면 그때 싹트고 있었던 건지도 몰라.

어머, 똑똑하구나.

그러자 여자는 웃었어. 아주 즐거운 듯이 킥킥 소리를 내면서.

게다가 부드러워 보여.

무엇을 말하는 것인지는 알 수 없었지만, 목덜미의 털이 주뼛 곤두서게 만드는 말투였지.

그렇게나 똑똑하고 부드러워 보이는 아이라면 우리 아이들하고 놀아줬으면 좋겠네.

그 말에 나는 무심코 반응해버렸어. 마을에서 같이 노는 아이들이 있었지만, 위로도 아래로도 조금씩 나이 차이가 났거든. 동갑내기는 여자애밖에 없었어. 내가 태어난 해는 그런 운수의 해였던 거지.

"남자예요?"

그래서 나도 모르게 그만 그렇게 묻고 말았어. 역시 어린애였지.

물론 남자아이란다.

여자는 자랑스러운 듯이 대답하더니, 이어서 내가 기뻐할 만한 말을 했어.

많이 있단다.

이때 나는 이 여자의 정체를 안 것 같은 기분이 들었어.

산신님이 아닐까?

할아버지가 예전에, 산신님은 여성이라고 말한 적이 있었어. 그래서 사냥감을 잡지 못했을 땐 고추를 보여주면 기뻐하며 사냥감을 내려주신다는 거야. 게다가 산신님께는 아이가 많다는 이야기도 들었고. 이렇게 불을 싫어하는 것도 산불이 나면 큰일이기 때문일지도 몰라.

여자의 정체를 상상한 나는 다른 의미에서 무서워졌어. 태어나서 처음으로 품은 그건, 아마 경외의 감정이었을 거야.

하지만 여자는 자상한 목소리로 내게 계속 말을 걸어왔어. 산신님은 여자를 싫어하고 남자를 좋아한다, 라고 할아버지도 말씀하셨으니까 딱히 무서워할 필요는 없지 않을까.

그래서 나는 조심조심 물었어.

"남자애들은, 어디에…… 아, 아니, 이 산에 있나요?"

내 말을 들은 여자는 밝게 웃더니,

똑똑하네, 똑똑해.

그렇게 계속 나를 칭찬하면서 또 묘한 소리를 하는 거야.

여기에는 없어. 그러니까 나하고 같이 가자. 그 애들이 있는 곳에 금방 데려가줄 테니까.

산신님의 자식이라면 이 산에 있을 것 아냐? 다른 장소에 있다니, 그건 이상하잖아.

"어, 어디에, 있는 건가요?"

나는 호기심에 물었지만, 대답을 듣고는 깜짝 놀랐어.

고모리산이란다.

그곳은 마을 외곽에 있는, 봉긋 솟아오른 작은 산이었어. 흉한 산이라 불리고, 아무도 그곳에 발을 들이지 않아. 가령 들어갔다고 해도 사냥은 고사하고 산나물조차 찾아볼 수 없다는 모양이야. 오히려 앙화가 내려서 변변치 못한 꼴을 당한다는 소문이 있었지.

그런 흉한 산에 산신님의 아이가 있겠어?

아무리 그래도 그건 이상하잖아.

혹시 이 여자는 산신님이 아닌 것 아니야?

나는 영문을 알 수 없게 됐어. 여자에게 느끼던 경외심이 눈 깜짝할 사이에 무시무시한 공포로 바뀌었지.

자, 같이 가자.

여자는 당연하다는 듯이 유혹해왔어. 그렇지만 나는 더 이상 얼굴을 들 수 없었어. 그저 고개를 푹 숙인 채로 금방이라도 터져 나올 것 같은 울음을 참고 있었어.

어떡하지? 어떡하지? 어떡하지?

초조해지기만 할 뿐 아무 생각도 떠오르지 않았어. 처음부터 여자를 완전히 무시했더라면 지금쯤은 포기하고 어딘가로 가버렸을지도 모르는데. 하지만 그렇게 후회해도 이미 늦었어.

어떡하지?

여자는 여전히 자상한 목소리로 말을 걸고 있어.

우리 아이들과 놀고 싶지?

그런 생각은 당연히 한참 전에 사라졌고, 오히려 고모리산 같은 데는 절대 가지 않겠다고 강하게 마음먹고 있었지.

후후.

그때 갑자기, 여자가 웃음소리를 내더라고. 신경이 쓰인 나는 곧바로 고개를 들었어. 그랬더니 여자가 히죽히죽 웃고 있는 거야. 그렇게 기분 나쁜 미소를 지은 채로, 오싹해지는 말을 했어.

불이 꺼질 것 같네.

'앗!' 하고 몸을 돌려서 봤더니, 화롯불은 거의 바람 앞의 등불 같은 꼴이 되어 있었어. 여자가 내게 계속 말을 걸어왔던 것은 내가 화로에 신경 쓰지 못하게 만들기 위함이었다는 걸 비로소 깨달았지만, 물론 행차 뒤에 나팔 부는 격이었지.

그래도 나는 필사적으로 불을 어떻게든 되살려보려고 했어. 하지만 한번 기세가 약해진 불을 원래대로 회복시키기란 상당히 어려운 일이야.

차가운 바람이 횡 하고 불어 들어왔어. 상당히 약해져 있던 불을 더 약하게 만들어버렸지.

내가 고개를 들자, 오두막 입구의 절반 정도까지 걷혀 올라간 발이 보였어.

하지만 말이지, 이상한 거야. 여자는 여전히 입구에 걸린 발 오른편 가장자리에서 오른쪽 옆얼굴을 보이고 있었어. 그러니까 몸통은 발에 가려져 있는 거라고, 나는 계속 무의식중에 생각했던 거야.

그런데 걷힌 발 너머에 아무것도 없더라고. 그런데도 여자의 옆얼굴은, 역시 발의 오른편 가장자리에서 이쪽을 들여다보고 있어. 어떤 자세를 해야 저렇게 부자연스러운 모습을 보일 수 있는 걸까…….

입구의 발이 원래대로 내려오고 여자가 쓱 정면을 향하더니,

후웃.

조용히 촛불을 끄는 듯한 시늉을 하자 화로 안에 남아 있던 약한 숯불이 완전히 꺼졌어.

아핫핫핫!

그때까지와는 딴판인 천박한 웃음소리가, 갑자기 오두막 안에 메아리쳤지.

…… 이제는 끝장이야.

너무나도 강한 절망감에 얼굴에서 핏기가 가시는 것을 느끼고 있는데,

그래, 끝이야.

내 속마음을 읽은 것처럼 여자가 그렇게 말했어.

휘릭.

그런 뒤에 발이 휙 젖혀지고 정체를 알 수 없는 뭔가가 오두막 안으로 밀고 들어오려 하는데,

꽝!

하고 주위를 쩌렁쩌렁하게 울리는 소리가 나자마자 곧바로 발이 원래대로 바닥으로 내려오더니, 이내 쥐 죽은 듯 조용해졌어.

대체 무슨 일이 일어난 건지 전혀 알 수가 없었어. 나는 꼼짝도 못 한 채 숨을 죽이고 있었지.

그런데 잠시 시간이 흐른 뒤에 스륵스륵 발이 걷혀 올라가더니, 무시무시하게 커다란 검은 형체가 쑥 하고 소리도 내지 않고 오두막 안으로 들어오는 게 아니겠어?

"와아악!"

나는 큰 소리를 질렀어. 거의 울부짖었다고 생각해.

"괜찮으냐"

할아버지였어. 평소보다 크게 보였던 것은 분명 공포심 때문이었겠지.

"숨통을 끊지 못했어."

분한 듯 중얼거리는 소리를 듣고 나서야, 할아버지가 오두막 밖에 있던 뭔가를 엽총으로 쏜 것 같다고 나는 겨우 깨달았어.

"…… 그건, 뭐였어요?"

그렇게 묻자, 오히려 할아버지가 되물어왔어.

"오두막에 올 때까지 뭔가 이상한 일이 있지 않았냐?"

할아버지가 막탄과 도시락을 잊은 것부터 산신님의 사당과 하얀 고양이에 대한 것까지 내가 남김없이 말했더니, 할아버지는 몹시 침울해하셨지.

그런 뒤에 둘이서 곧바로 산에서 내려왔어.

다음 날부터 할아버지는 산에 들어가지 않게 되었어. 부정한 기간이 끝난 도모 씨가 같이 가자고 청해도, 당분간은 근신한다면서 말이야.

그로부터 한 달 정도 지났을 무렵, 문득 할아버지의 모습이 보이지 않게 되었어. 처음에는 가족끼리 찾아봤지만 어디에도 보이지 않았어. 그러다 도모 씨와 사냥꾼 동료들의 협력을 받아 수색한 끝에, 그 산의 오두막에서 할아버지를 발견할 수 있었지.

막탄이 장전된 엽총을 든 채로 숨이 끊어져 있었다지.

할아버지의 입 주변은 피투성이였고, 혀가 뽑혀 있었다고 하더라고.

노인이 이야기를 마쳤을 때, 비는 이미 그쳤지만 슬슬 땅거미가 지고 있었다. 정자 부근에는 외등이 없어서 주위에 어둠이 깔리는 중이었다.

할아버지의 죽음이라는 예상밖의 결말에 마쓰오는 당혹감을 느꼈다. 처음에는 옛날이야기나 들어보자 하는 가벼운 마음이었는데, 다 듣고 보니 묘하게 뒷맛이 개운치 않았다. 그렇다고 해도 할아버지가 어릴 적에 들었던 이야기다. 위로의 말을 건네는 것도 이상할 것이다.

마쓰오가 어떻게 반응해야 좋을지 난처해하고 있는데,

"이걸로 끝이야."

그때까지의 친밀했던 태도가 거짓말이었던 것처럼 노인은 더 할 말이 없다는 듯한 태도를 보여서,

"귀중한 이야기를 들려주셔서 감사합니다. 비도 그쳤으니 이만 돌아가보겠습니다."

재빨리 인사를 하고 재빨리 정자를 뒤로했다.

이상한 할아버지였네.

그런 마음이 남아 있긴 했지만, 곧 교정지를 한 페이지도 읽지 못했다는 사실을 기억해내고 마쓰오는 크게 한숨을 쉬었다.

다음 날 저녁, 마쓰오는 조심조심 정자로 향했다. 그 노인이 기다고 있다가 또다시 옛날이야기를 하는 게 아닐까 몹시 걱정됐기 때문이다.

그러나 평소대로 정자에는 아무도 없었다. 마쓰오가 교정지를 딱 좋은 부분까지 읽고 정자에서 일어날 때까지 아무도 모습을 보이지 않았다. 그다음 날도 마찬가지여서, 노인에 대한 생각은 기우였나 하고 일단 안심했다.

다시 이틀이 지난 후 마쓰오가 정자에서 교정지를 다 읽고 돌아오는데, 디자인 사무소의 오른편에 있는 무카와 씨네 집 앞에 여러 명의 주민이 몰려 있는 데다 어쩐지 소란스러웠다. 얼굴을 아는 이웃에게 물어보자, 무카와가의 아이가 행방불명되었다고 한다. 초등학교 1학년인 마키라는 아이가 친구들과 논 뒤에 집에 돌아오지 않은 모양이었다.

아직 해가 지기 전이라고는 해도, 친구들과 헤어졌는데 집에 돌아오지 않는 것은 이상하므로 이웃 사람들이 합심해 부근을 찾아보고 있다고 했다. 그 말을 듣고 마쓰오도 합세해서, 주로 산책로 주변을 맡아서 찾아보았지만 역시 발견할 수 없었다.

끝내는 경찰이 출동해 대규모 수색이 이루어졌다. 그러나 밤이 되어도 아이의 행방은 여전히 오리무중이었다.

다음 날 오후, 무카와 마키가 발견되었다는 것을 긴급 회람판으로 알게 되었다. 정말 다행이라고 마쓰오도 기뻐했지만, 이후에 이웃 사람으로부터 자세한 사정을 듣게 되자 정말 뭐라 형언할 수 없는 기분이 되었다.

마키가 발견된 것은 오늘 아침으로, 나라의 다우군에 있는 도도산 기슭에 멍하니 서 있는 것을 인근 주민이 발견해 보호했다고 한다. 어젯밤 저녁부터 오늘 아침까지의 시간이라면 도도산까지 이동하는 것 자체는 가능하다. 하지만 그 애가 혼자서…… 라고 생각하면 분명 무리가 있다. 그렇다고 해서 제3자가 데려갔다고 해도, 대체 누가 무엇을 위해 그런 짓을 했는지 전혀 이유를 알 수 없다.

참고로 본인에게는 거의 기억이 없다고 한다. 친구와 헤어지고 집에 돌아가는 길에 누군가 자기를 부른 것만 기억한다고 했다. 하지만 어떤 인물이었는지—어른인지 아이인지, 젊은 사람인지 노인인지—무슨 말을 들었는지, 어떻게 이동했는지는 조금도 기억나지 않는다는 것이다.

경찰은 유괴 미수 사건으로 취급해 수사한 모양이지만, 범인은 잡히지 않았다. 요컨대 미궁에 빠진 것이다. 그와 비슷한 사건이 인근에서 일어난 것도 아니어서, 주민들은

"그건 가미카쿠시*가 틀림없어"라고 수군거렸지만 해결에 아무런 도움이 되지 않는 것은 마찬가지였다.

이 소동으로부터 3주 정도 지난 어느 해 질 녘, 마쓰오는 또 다른 교정지를 들고 정자로 향했다. 공교롭게도 그날 또한, 아침부터 날이 흐려서 금방이라도 비가 쏟아질 것 같으면서도 간신히 저녁까지 버티고 있는 듯한 상태였다.

정말로 비를 피하는 자리가 되게 생겼군.

그렇게 생각하면서 언덕길을 올라가자, 의외로 정자에 사람의 형체가 보여서 마쓰오는 흠칫했다.

그 노인인가…….

바로 마음의 준비를 했지만, 이내 그 형체의 크기가 작다는 걸 깨달았다.

뭐야, 어린애였나.

가까이 가보니 일고여덟 살 정도 돼 보이는 여자애가 정자에 앉아 두 다리를 흔들거리고 있었다.

"비가 올 것 같아서, 비를 피하러 왔니?"

전에 만났던 할아버지의 대사를 이번에는 마쓰오가 해보았지만, 순간 무카와 마키 실종 사건이 떠올라서 금세 걱정이 되었다.

---

* 神隱し. (어린이 등이) 갑자기 행방불명되는 것을 가리키는 말. 옛날에는 신이나, 덴구 같은 요괴의 소행으로 믿었다.

"집에 돌아가지 않아도 괜찮겠니? 엄마가 분명 걱정하실 거야."

그러자 아이는 똘망똘망한 눈으로 한동안 마쓰오를 찬찬히 응시하더니, 묘한 소리를 했다.

"이야기를 할 때까지 돌아가면 안 된대요."

"누구한테, 무슨 이야기를 할 건데?"

이상하게 생각하며 물어보자 여자애는 마쓰오를 가리키면서,

"할아버지한테 그렇게 들었어요."

머릿속에 물음표가 떠오른 것은 아주 잠깐이었다. 그 노인의 얼굴과 목소리가 곧바로 뇌리에 떠올랐던 것이다.

설마…….

그래도 마쓰오는 반신반의했지만,

"여기서 할아버지한테 산 이야기를 들었죠?"

여자아이의 왠지 어른스러운 말투를 듣자마자, 그는 딸이 떠올라서 자기도 모르게 입가에 미소를 짓고 말았다.

"그래서 다음에는, 내 차례예요."

아무래도 할아버지와 마찬가지로, 마쓰오에게 뭔가 이야기를 들려줄 생각인 듯했다. 심지어 할아버지에게서 그렇게 하라는 말을 듣고 왔다고 한다.

…… 난처하게 됐군.

상대가 그 노인이었다면 교정지를 보여주며 "오늘은 할 일이 있어서요"라고 넌지시 거절할 수도 있었겠지만, 이런 어린애를 상대로는 어려울 것이다. 게다가 마쓰오는 그 여자아이에게서 자기 딸의 모습을 보았기 때문에, 너무 매정하게 대할 수도 없었다.

"무슨 이야기일까?"

어쩔 수 없다며 각오하고 마쓰오가 재촉하자, 여자아이는 아주 당연하다는 듯이 다음과 같은 이야기를 하기 시작했다. 그와 동시에 빗방울이 톡톡 떨어지기 시작했다.

아빠는, 집에서 자고 있어요. 학교에 하룻밤 있다 와서 어쩐지 몸 상태가 안 좋대요.

그러니까 집 밖에서 앗짱 쪽 애들하고 놀았어요. 하지만 해가 지기 시작해서, 집에서 그림자놀이를 하게 되었어요.

나는 아빠가 자고 있으니까 안 된다고 말했지만, 천장에 전등이 매달려 있는 건 우리 집밖에 없어요. 친구네 집은 다들 예쁜 형광등이니까.

살금살금 집에 들어갔는데, 금방 난처해졌어요. 전등이 매달려 있는 곳은 아빠가 자고 있는 방이에요. 하지만 깨우면 엄마한테 혼나요. 엄마는 장을 보러 가서 아직 돌아오지 않았지만…….

옆방에서 어떻게 해야 좋을지 의논하고 있는데, 아빠가 일어났어요.

내가 아무 말도 않고 잠자코 있었더니 앗짱이 "그림자놀이 해도 돼요?"라고 말해서, 아빠도 같이 하게 되었어요.

부엌에서 받침대를 가져와서, 아빠가 자던 방의 전등을 내리고 거기에 끈을 묶었어요. 그러면 손에 전등 불빛을 비출 수 있으니까요.

처음에는 내가 했어요.

앗짱하고 아빠는 옆방에서 장지문에 비치는 그림자를 보는 거예요. 그리고 무슨 그림자인지 제대로 맞히는 사람이 이겨요.

내가 한 건 비둘기하고 게하고 여우였는데, 금방 다 맞혀버렸어요.

앗짱은 집오리, 코끼리, 토끼, 앵무새를 능숙하게 만들었어요. 다 알아맞히긴 했지만, 걔는 그림자를 정말 잘 만들어내요.

다음 아이는 좀 별로였어요. 잘했나 못했나로 말하면, 잘 못했어요.

그리고 아빠 차례가 되었어요. 아빠는 정말 굉장했어요. 부엌에서 접시를 가져와서 달팽이를 만들거나, 뒤집은 밥그릇과 젓가락으로 옛날 무사를 만들거나, 솔잎을 수염 삼아 고양이를 만들어서 정말 재미있었어요.

솔직히 이건 좀 반칙이 아닌가 생각했지만요. 그리고 접시나 밥그릇이나 젓가락을 가지고 놀면 엄마한테 혼나잖아요. 하지만 놀러온 애들이 기뻐해서 나도 기뻤어요.

하지만 아빠는 이상한 데서 고집을 부렸어요. 솔잎을 수염처럼 꾸며 고양이를 만들었을 때, 나도 앗짱도 "고양이예요"라고 말했더니 "아니야"라고 하는 거예요. 그래서 "개요!" "여우요!" "호랑이요!"라고 다들 말했는데, 전부 "아니야"라고 하는 거예요. "그럼 답이 뭐예요?"라고 물었더니 "하얀 고양이야"라고 말했어요. 그림자는 까마니까 색깔은 알 수 없는데, 정말 이상하죠?

그러다가 해가 지기 시작해서 앗짱하고 애들은 돌아갔어요. 내가 밖까지 바래다주고 집 안으로 돌아왔더니, 장지문에 아빠의 그림자가 비치고 있었어요. 방바닥에 앉아서, 두 손은 펼쳐서 머리 옆에 대고요. 이런 모습으로, 토끼 귀처럼.

그래서 "토끼!"라고 했는데, "아니야"라고 말했어요.

"그러면 고양이"라고 말했다가, 곧바로 "하얀 고양이!"라고 고쳐 말했더니, "핫핫핫" 하는 웃음소리가 났어요. 그게 좀 이상했어요. 조금도 우습지 않은데 억지로 웃는 것 같아서 어쩐지 기분 나빴어요.

"아빠, 이상하게 웃지 마요"라고 말하면서 장지문 너머를 들여다봤더니, 이미 원래대로 돌아간 이부자리 안에서 아빠가 자고 있었어요. 바닥으로 내렸던 전등도, 천장으로 돌아가 있었어요.

방금 전까지 고양이 그림자가 장지문에 비치고 있었는데…….

그때 엄마가 돌아와서 지금까지 있었던 일을 말했는데, "아빠 주무시는데 깨워서 같이 놀자고 하면 어떡하니!"라고 몹시 혼났어요. 장지문의 그림자에 대해서는 조금도 믿어주지 않았어요.

내 이야기는 이걸로 끝.

할아버지에 이어서 여자아이의 이야기도 괴담 같았기 때문에, 마쓰오는 뭐라 말하기 어려운 찜찜함을 느꼈다. 비는 이미 그쳤지만 주위가 어두컴컴해진 터라 그 여자아이의 귀가가 늦어지는 것도 그 이상으로 신경 쓰였다.

"집은 어디니? 도중까지 같이 가줄게."

상황에 따라서는 집까지 바래다줄 생각이었지만,

"저쪽."

그 애가 가리킨 것은 정자 뒤편의 작게 솟은 산이었다.

산책로의 어느 것을 선택하더라도 산 너머 주택지까지

는 멀리 빙 돌아가야만 한다. 일이 귀찮아졌다고 생각했지만, 무카와 마키의 행방불명 사건도 있었기에 모르는 체할 수는 없었다.

"좋아, 그러면 이제 집에 가자."

그런데 마쓰오가 일어서도, 여자아이는 여전히 앉아 있었다.

"왜 그러니?"

"…… 아빠가, 데리러 올 거예요."

여자아이가 그렇게 말했다. 하지만 대답이 나오기까지 한순간의 공백이 있어서 아무래도 거짓말처럼 느껴졌다.

"정말로?"

여자애가 말없이 고개를 끄덕였다.

마쓰오는 난감했다. 아무리 거짓말처럼 들리더라도, 아버지가 데리러 온다고 본인이 말하고 있으니 억지로 일으켜 세워 데리고 돌아갈 수도 없다. 자칫하다간 마쓰오가 유괴범처럼 되어버린다.

그래서 아버지가 데리러 오기로 했다는 걸 몇 번이나 거듭 확인한 뒤에야 그는 정자를 뒤로했다.

덕분에 한동안은 여자아이가 행방불명되었다는 뉴스가 나오는 게 아닐까 싶어 안절부절못했다. 이렇게나 마음을 졸일 바에야 억지로라도 집에 바래다줬어야 했다고 줄곧 후회했다.

가까스로 이제는 괜찮은 것 같다고 안심하기 시작한 지 사흘째 되는 날, 마쓰오가 저녁 산책에서 돌아와보니 디자인 사무소 맞은편에 있는 오토모가 앞에 구급차가 정차해 있었다. 무슨 일인가 하고 길가로 나가서 이웃 사람들에게 물어보자, 그 집의 남편이 다쳤다는 것이다.

다락에 올라가기 위한 부착식 계단이 갑자기 머리 위로 떨어졌다고 한다. 보통은 복도의 천장에 수납되어 있고 사용할 때만 긴 철봉으로 끌어 내리는 방식인데, 서양의 주택에서는 자주 보이지만 당시의 일본에서는 드문 사양이었다.

이윽고 들것에 실려 나온 남편의 모습을 보니, 머리를 덮은 수건이 피에 푹 젖어 있었다. 출혈량이 상당했다.

마쓰오는 기분이 안 좋아져서 자기도 모르게 눈을 돌렸다. 나중에 의외로 경상이었다는 이야기를 듣고 가슴을 쓸어내렸다. 사고의 원인, 눈으로 보았던 피에 젖은 수건, 머리를 다쳤다는 상황으로 인해 중태일 거라고 당시에는 착각했던 듯하다.

다만 이때 마쓰오는 뭔가 마음에 걸리는 것을 느꼈다. 그것의 정체를 그는 확인하려 했지만, 그럴 때마다 생각이 스르륵하고 달아나버린다. 답답함을 느끼면서도 어떻게

할 수가 없었다.

한동안 늦더위가 악화되다가, 해 질 녘이 되면 좀 살 만해지는 계절이 되었다. 산책을 하기에 안성맞춤인 시기다.

그날, 마쓰오는 새로운 교정지를 들고 정자로 향하고 있었다. 그 뒤로 여자아이는 나타나지 않았다. 그 아이의 할아버지인 노인도 마찬가지다. 더 이상 두 사람과 만날 걱정은 없어 보였지만, 정자로 이어지는 언덕길을 오를 때마다 어쩐지 마음의 준비를 하게 되었다.

그날도 아침부터 음울하게 흐린 날씨여서 그 두 사람과 만났을 때와 어딘지 모르게 비슷했다. 그럴 때 굳이 그 정자로 갈 필요는…… 이라고 생각했지만, 그렇다고 해서 평소의 습관을 바꾸는 것도 싫었다. 그 두 사람에게서 그 정도의 영향을 받았다고는 도저히 인정할 수 없었기 때문일까. 아니, 역시 아무도 찾아오지 않는 정자가 교정지 읽기에 적합하기 때문일 것이다. 역 앞의 찻집에는 그 정도 환경을 바랄 수 없다.

마쓰오가 그렇게 생각하면서 언덕길을 다 올랐을 때, 정자에 앉아 있는 사람의 모습이 눈에 들어와서 반사적으로 뒤로 돌았다.

어이!

등 뒤에서 부르는 소리가 들렸지만, 마쓰오는 그대로 도망칠 생각이었다. 왜냐하면 "산에서 외칠 때는 '야호'입니다. '어이'라고 말하는 건, 그것도 한 번밖에 부르지 않는 것은 대부분 마물입니다"라는 말을 예전에 내게서 들은 적이 있었기 때문이다.

그런데 뒤이어 들려온 말을 듣고, 그는 멈춰 섰다.

저희 아버지와 딸이 신세를 졌다더군요.

조심조심 뒤를 돌아보자, 한 남성이 정자 밖에 서 있었다. 아무래도 저 남자가 그 노인의 아들이고, 그 여자아이의 아버지인 듯했다.

남자는 고개를 깊이 숙이면서,

폐를 끼쳐서 정말로 죄송합니다.

연신 사과하기 시작해 마쓰오는 당황했다.

"아뇨, 딱히……."

그러나 그 남자는 호들갑스럽게 고개를 저으면서,

혹시나 하시던 일을 방해한 게 아닐까 하고, 저도 아내도 걱정하고 있었습니다.

"뭐, 일이 있긴 했습니다만 한 번씩뿐이었으니까요."

남자는 정자를 마쓰오에게 양보하는 듯한 몸짓을 해 보이면서,

역시 그랬습니까. 죄송합니다. 아버지도 딸도 몹시 기뻐하는 터라, 저도 뭐라고 하기가 어려워서……. 그렇다고

해도 이대로 놔둘 수도 없으니, 이렇게 기다리고 있었던 겁니다.

"그건, 정말 감사……."

남자에게 유도되듯 정자 앞까지 나아간 마쓰오는 문득 여자아이의 이야기를 떠올리고 물었다.

"이제 몸은 괜찮으십니까?"

그러자 남자는 난처하다는 얼굴을 보인 뒤에,

딸이 쓸데없는 소리를 했나 보군요.

"듣기로는 학교에서 묵으시느라 몸 상태가 안 좋아지셨다고……."

저는 초등학교 교사입니다.

"아아, 그런 것이었습니까."

덕분에 납득할 수 있었지만, 그것으로 끝나지 않았다.

마침 이슬비가 부슬부슬 내리기 시작해서 두 사람 모두 자연스럽게 정자 안으로 들어가게 되었고, 그 뒤에 남자가 당연하다는 듯이 자신의 이야기를 시작했기 때문이다.

어째서 교사가 학교에서 숙직하는가―정확히는 '교원숙일직제'입니다만―그 이유를 아십니까?

태평양전쟁에서 패전을 맞이할 때까지 전국의 학교에는 진영(천황, 황후의 사진)을 안치한 봉안전이 설치돼 있었습니다. 전시 중에는 공습을 받은 학교에서 목숨을 걸고 진영을 가지고 나온 숙직 교사 이야기가 일종의 영웅담으로서 칭송받았다고 하지요.

요컨대 교사가 학교에서 묵는 것은, 원래는 진영과 칙어 등본勅語謄本을 지키기 위해서였던 겁니다. 실제로 학교 관리 규정에 그렇게 적혀 있었습니다. 말하자면 겨우 그런 사진과 종이쪼가리를 위해서 교사 한 명이 목숨을 내놓고 있었던 거죠.

전쟁 중이라면 모를까 이제는 아무런 의미도 없는 규정입니다만, 어째서 패전 후에도 이어졌을까요. 아마 학교라는 장소는 공공성이 있다든가, 방범을 위해서라든가, 긴급 시에 연락에 필요하다든가, 뭐 그럴싸하지만 아무 설명도 되지 않는 그런 이유였다고 생각합니다. 물론 여자 교사는 면제고 남자한테만 두 달에 한 번꼴로 순번이 돌아오죠.

인기 있는 젊은 독신 교사라면 학생들로부터 위문품 같은 것이 들어온다거나 여성 교사가 아침 식사를 만들어준다거나 하는 나름의 이득도 있습니다만, 굳이 말하면 부담 쪽이 훨씬 큽니다.

어차피 저는 가족이 있어서 그런 재미난 일은 전혀 없습니다. 학교에 따라서는 용무원이나 PTA* 관계자가 묵으며

* 사친회. 한국에서는 현재 학부모회로 바뀌어 운영되고 있다.

순찰도 함께해주는 모양입니다만, 우리 학교는 아니었습니다. 숙직할 차례가 된 교사가 혼자서 합니다.

학교는 낮은 구릉 위에 세워져 있는데, 듣기로는 원래 절의 묘지였고 그 전에는 고분이 있었다고 합니다. 덕분에 괴담이 끊이지 않지요. 오전 0시에 학교에 가면 학교 건물이 아니라 묘비들이 보인다든가, 외부 화장실 하나가 계속 닫혀 있는 것은 고대의 복식 차림을 한 유령이 나오기 때문이라든가 하는 이야기들이 여럿 있습니다.

학교는 목조 3층 건물로 'ㅁ'자 형태인데, 그 안쪽에 화단이 꾸며져 있습니다. 현관은 'ㅁ'자의 윗부분에—이쪽이 남쪽입니다—숙직실은 바닥 부분의 한가운데 있습니다. 물론 전부 1층입니다.

다른 학교는 현관 옆에 숙직실이 있어서 좀 부럽습니다. 현관 옆에 있으면, 여차하면 바로 도망칠 수 있잖습니까.

아뇨, 저기, 어른이, 그것도 교사가 이런 소릴 하는 것도 좀 이상하겠습니다만……. 숙직실 뒤편에는 작은 산이 바짝 붙어 있는데, 낮에도 음산한 기운이 느껴지는 게—북쪽이기 때문이겠죠—가장 큰 원인일지도 모릅니다.

하지만 실제로 밤에 순찰을 돌 때 숙직실에서 현관으로 향할 때는 마음이 편한데, 한 바퀴 돌고 숙직실로 돌아올 때는 정말이지 마음이 무겁습니다.

계단은 'ㅁ'자의 좌우편 거의 한가운데 있어서, 순찰할 때는 각 층을 완전히 한 바퀴 돌 필요가 있습니다. 나이 든 교사 중에는 가지고 온 술을 마신 뒤에 그대로 자버리고 숙직실 밖으로 한 번도 나가지 않는 사람도 있는 모양이지만, 애초에 순번이 돌아오는 건 독신이거나 젊은 교사인 경우가 많습니다. 그래서 꽤나 진지하게 순찰을 돌게 됩니다.

학교에 따라서는 밤 9시에 한 번만 돌면 끝나는 곳도 있습니다만 저희는 다릅니다. 보통은 밤 9시와 0시에 하고, 그 두 번의 순찰에서 이상이 있었을 경우에는 새벽 3시에도 순찰하라고 정해져 있습니다.

'이상'이라는 말이 뜻하는 게 뭘까 싶어 처음에는 불안해졌습니다만, 어디까지나 개인의 판단에 맡긴다고 명시되어 있어서 뭐, 유명무실한 규칙이었지요. 그래서 젊은 교사 중에도 밤 9시 순찰만 돌고 자버리는 사람이 있었던 모양입니다.

저는 그런 어중간한 행동은 하지 못하는 성격이라서 고지식하게 정해진 대로 순찰을 돌았습니다.

그날 밤에는 9시의 순찰을 돌기 전에 집에 전화를 걸었습니다. 딸아이가 감기 기운이 있어서, 아내에게 딸의 몸상태를 물어보기 위해서였습니다. 그런데 아무도 안 받더군요. 목욕 중이라고 가정해도 아버지와 누나와 아내, 세

명 모두 자리에 없다는 건 이상했습니다. 딸의 건강이 좋지 않았으니 누구 한 명은 곁에 남아 있을 텐데 말이죠.

내가 잘못 걸었나 하고 몇 번이나 다시 걸었습니다만, 호출음만 계속 울릴 뿐 역시 아무도 안 받지 뭡니까.

저는 아주 불안해졌습니다. 당장이라도 집으로 뛰어가고 싶었지만, 숙직 업무를 내팽개칠 수는 없었습니다. 융통성 있는 사람이라면 동료에게 전화를 걸어 대신 맡아달라고 부탁했겠지만 그런 쪽으로 머리가 잘 돌아가지 않는 제게는 무리였습니다.

시간을 두고 계속 걸었던 몇 번째인가의 전화에서, 찰칵하고 수화기 드는 소리가 나더니 겨우 전화가 연결되었습니다.

"여보세요, 나야."

내가 서둘러 말하자,

"아아, 아빠."

자고 있었을 딸의 목소리가 들려서 우선 마음을 놓았습니다.

하지만 바로 이상하다는 생각이 들어서,

"엄마는 어디 갔니?"

그렇게 물었더니 딸의 반응이 좀 이상했습니다.

"잠깐."

"뭐야, 잠깐이라니. 할아버지나 고모한테 전화 좀 바꿔볼래?"

그러나 딸의 대답은, 역시나 마찬가지였습니다.

"잠깐."

그런 뒤에 갑자기,

"나는 이제 괜찮아."

그렇게 말하는가 싶더니, 전화를 뚝 끊어버렸습니다.

어른 세 사람은 어째서 전화를 받지 않는 걸까. 불안감은 늘었지만, 기운을 차린 듯한 딸의 목소리가 유일한 위안이 되었습니다. 게다가 딸을 통해서, 전화가 왔다는 말이 전해지겠지요. 조만간 누군가가 전화를 걸어오겠지. 너무 답답했지만, 저는 그렇게 생각하기로 했습니다. 그러다 문득 정신을 차리고 보니 벌써 오후 9시가 지나고 있었습니다.

저는 서둘러 숙직실을 나와 반시계 방향으로 돌며 1층 순찰을 시작했습니다. 현관에 접어들었을 때는 이대로 집으로 뛰어서 돌아가고 싶다는 마음에 사로잡혔습니다만, 어떻게든 참았습니다. 적어도 딸이 무사하다는 것은 알았으니까요. 지금은 역시 집에서 걸려오는 전화를 기다려야 한다고 생각했던 것입니다.

1층을 한 바퀴 돌고 나서, 숙직실을 지나 서쪽 복도의 계단을 통해 2층으로 올라갑니다. 마찬가지로 반시계 방향으로 순찰하며 동쪽 복도까지 왔을 때였습니다.

시야 한구석을 하얀 뭔가가 스쳤습니다. 반사적으로 1층의 서남쪽 모퉁이를 보자, 그 하얀 것이 쓱 하고 사라지는 참이었습니다.

저는 당황하며 복도를 뛰어가서 1층의 남쪽 복도 전체가 보이는 곳까지 이동했습니다. 하지만 이미 아무것도 보이지 않았습니다. 서남쪽 모퉁이를 현관 쪽이 아니라 계단 쪽으로 돌아갔나 하고 서둘러 돌아갔지만, 1층 서쪽 복도에서도 그것은 보이지 않았습니다.

······ 내가 잘못 봤나?

전화 통화를 한 것도 있어서 분명 신경이 예민해진 탓이겠지요. 저는 마음을 다잡고 2층 순찰을 마친 뒤 3층으로 올라갔습니다. 하지만 남쪽 복도에서, 이번에는 2층의 북서쪽 모퉁이에 있는 하얀 뭔가를 본 것입니다.

저는 복도를 내달리면서 끊임없이 2층으로 눈길을 향했습니다. 그러나 한 바퀴 이상을 뛰어다녔지만 어디에도, 아무것도 보이지 않았습니다.

여전히 착각이라고 생각했지만, 연속해서 보였다는 점이 신경 쓰였습니다.

한 번도 아니고 두 번이나······.

게다가 그 하얀 뭔가는, 마치 제 뒤를 쫓는 것처럼 1층에서 2층으로 이동하고 있습니다. 그런 느낌으로 비치는 것 또한 제 기분을 어둡게 만들고 있었습니다.

덕분에 서쪽 계단을 내려갈 때는 그것이 아래에서 위로 올라오는 것은 아닐까 하고 움찔움찔했습니다. 살며시 난간에서 몸을 내밀고, 층계참에서 꺾여 있는 계단 아래쪽을 보면서 천천히 내려갔습니다. 그 탓에 1층에 도착했을 무렵에는 완전히 몸이 굳어 있을 정도였습니다.

숙직실까지 돌아가 문의 간유리에 비치는 불빛을 보고 나서야 비로소 마음이 놓이더군요. 하지만 그 하얀 뭔가가 '이상'에 해당하는 것은 아닐까…… 라고 깨닫고 금세 낙심했습니다. 그렇다면 오전 0시에 더해서 새벽 3시의 순찰도 할 필요가 있으니까요.

진짜 싫다…….

그렇게 생각하며 문을 열고, 저는 절규했습니다.

실내에, 있었던 것입니다.

하얀 뭔가가…….

하지만 비명을 지른 것은 한순간뿐이었습니다.

"정말, 사람 놀라게 하지 마."

그곳에 앉아 있는 것은, 가만히 보니 아내였습니다.

"어, 어째서 여기에 있는 거야."

"아무리 전화를 해도 안 받아서……?"

시계를 바라보고 깜짝 놀랐습니다. 예상 이상으로 시간
이 많이 흘러 있었습니다. 어쩌면 그 하얀 뭔가에 휘둘려
서 각 층의 복도를 몇 번이고 빙글빙글 돌고 있었는지도
모른다고 생각하니 갑자기 식은땀이 흐르더군요.

"왜 그래, 괜찮아?"

아내가 걱정했습니다만, 오히려 저는 되물었습니다.

"그쪽이야말로 전화를 안 받았잖아. 당신뿐만 아니라
아버지도, 누나도. 다들 어디에 갔었어?"

"그게 말이지……."

어두운 얼굴을 하면서 아내는, 털어놓듯이 가만히 입을
열었습니다.

"이웃집 애가 행방불명이 됐거든. 우리도 찾는 걸 거들
어주느라 집을 비웠던 거야."

"어느 집 애야? 애는 찾았어?"

깜짝 놀라 물어보니, 우리 초등학교에 다니는 저학년 아
동으로 저도 얼굴을 아는 아이였습니다.

"응, 찾기는 찾았는데……."

말끝을 흐리기에 미심쩍어하는 표정을 짓자,

"그게, 무메 숲에 있었던 모양이야."

"뭐……."

무메 숲이란 마을에서 한참 떨어진 곳에 있는 '들어가서는 안 되는 숲'으로, 어린애가 혼자서 발을 들일 만한 장소가 아닙니다. 애초에 어린애가 일부러 그 숲까지 걸어갔다는 것도 좀처럼 생각할 수 없는 일입니다.

"그 숲은 출입을 금지하는 것처럼 주위를 철책으로 둘러쳐놓은 데다, 이상한 소문도 많잖아. 아무리 더운 날에도 그 주변에 있으면 묘한 냉기가 느껴진다든가, 숲에 들어간 부랑자가 두 번 다시 나오지 않았다든가, 숲 안에 살아 있는 것의 기척이 전혀 없다든가, 덤불 속에서 흙투성이 작은 손이 쑥 나와 '이리와, 이리와' 하고 손짓을 한다든가, 밤이 되면 숲속에서 깜빡이는 불빛이 보인다든가……."

아내가 말하는 괴담 같은 이야기는 저도 전에 들었던 것입니다만, 새삼 조금 오싹해졌습니다.

"술을 마시고 귀가 중이던 회사원 두 명이 그 숲 옆을 지나다가 어린애가 우는 소리를 들었다는 모양이야. 두 사람 다 숲에 대한 소문은 알고 있었지만, 취해서 대담해졌던 것도 있고 애 우는 소리가 진짜라고밖에 생각되지 않아서 숲속에 들어갔대. 그랬더니 정말로 어린애가 있어서……."

"술에 취한 덕을 제대로 봤네. 마침 그 사람들이 지나가지 않았으면 내일 아침이 될 때까지 그 애가 거기 있는 줄 아무도 몰랐을 것 아니야."

"맞아, 정말로 다행이야."

"당신도 고생이 많았어."

격려하는 말이 자연스럽게 제 입에서 나왔습니다.

"오늘 밤에는 나도 여기서 잘까?"

아내가 저를 움찔하게 만드는 말을 꺼내서 깜짝 놀랐습니다.

"밤에 둘만 사이좋게 있어본 적도 요즘엔 거의 없었잖아?"

결혼한 뒤로 계속 아버지와 누나하고 한집에 살았으니 아내의 말은 지당합니다만, 그렇다고 해도 너무 대담한 말이라 저는 놀랐습니다.

"하지만 아버지와 누나가……"

"이미 자고 있을 테니 괜찮아."

상대는 아내인데도 갑자기 심장이 시끄러울 정도로 고동치기 시작하고, 마치 풋풋한 학생 같은 기분이 되었습니다.

"앞으로 남은 순찰, 꼭 가야 해?"

"…… 아니, 9시 순찰 한 번만 가도 별문제는 없어."

밤 9시와 오전 0시 순찰은 의무고 이상이 있었을 경우에는 새벽 3시에도 순찰을 돌 필요가 있는데도, 저는 그렇게 대답하고 있었습니다.

　그러자 아내가 부리나케 이부자리를 펴기 시작하고…….

　그런 뒤에 옷을 벗고, 먼저 이불 속에 들어가고…….

　저도 뒤따르려고 하는 순간, 전화벨이 울렸습니다.

　어쩔 수 없이 전화를 받으며 학교 이름을 댔는데, 수화기 너머의 상대는 집에서 전화를 건 듯한 아내였습니다.

　뒤쪽으로 눈길을 주자, 이불 속에서 얼굴만 내민 아내가 이쪽을 빤히 보고 있었습니다.

　그동안에도 전화기 저쪽의 아내는 이웃집 아이가 행방불명돼서 지금까지 시아버지, 시누이와 함께 수색 작업을 거들고 있었고, 아이는 무메 숲에서 무사히 발견되었는데 어떻게 그곳까지 갔는지 정말 수수께끼라는 말을 계속 이야기하고 있었습니다.

　부부 둘만 있는 건 오랜만이잖아?

　귓가에서 목소리가 들리자 목덜미가 오싹오싹하고, 가슴이 꽉 조여들 듯 아파오고, 아랫배가 뜨거워지고, 머릿속이 멍해지는 듯한 느낌이고, 혼이 스르르 빠져나가는 듯한 기분이 들고…….

　그리고 혼이 돌아온 듯한 감각 뒤에 앗, 하고 정신이 들고 보니 이미 아침이었습니다.

　어째서인지 간밤에 창고에 불이 나서 저는 책임 추궁을

당하게 되었습니다만, 아주 작은 화재여서 질책을 듣는 정도로 끝났습니다.

얼마 후였습니다. 아내가 임신했다는 걸 안 것은…….

남자는 기쁜 듯이 말한 뒤에 갑자기 이야기를 마쳤다.

마쓰오는 이야기를 듣고 여러 가지로 물어보고 싶은 것이 있었다. 그러나 한편으로는 한시라도 빨리 이 정자에서 벗어나고 싶다는 생각이 강했다. 그리고 결국, 후자가 승리했다.

마쓰오는 가볍게 인사를 하고 재빨리 정자를 뒤로했다. 만약 그 남자가 청했다고 해도 절대 같이 돌아가지 않았을 것이다. 아니, 애초에 그 남자와 동행하고 싶지 않다. 그는 그런 강렬한 감정에 사로잡혔다.

남자로부터 오싹한 이야기를 들은 다다음 날 밤, 디자인 사무소 정면에 있는 집에서 오른쪽으로 두 집 건너 이웃한 집인 나카바야시가에 불이 나 집에 혼자 있던 임신 중인 아내가 연기에 질식해 죽을 뻔한 사건이 있었다. 다행히도 어머니와 배 속의 아이는 목숨을 건졌고, 불도 금방 꺼져서 피해는 작은 화재 정도로 끝났다.

불행 중 다행이었다며 이웃 사람들 모두 가슴을 쓸어내렸지만, 마쓰오만은 달랐다. 뭐라 말할 수 없는 공포를 마쓰오만은 느끼고 있었다.

　정자에서 노인에게 옛날이야기를 듣고 나흘 후, 디자인 사무소 오른편 옆에 있는 무카와가의 마키가 행방불명되어 믿기지 않는 장소에서 발견됐다.

　정자에서 노인의 손녀에 해당하는 여자아이에게서 아버지와의 그림자놀이에 대한 이야기를 듣고 사흘 후, 디자인 사무소 맞은편에 있는 오토모가의 남편이 머리를 다쳤다. 자칫 목숨이 위험할 뻔한 상황이었다.

　정자에서 노인의 아들이자 여자아이의 아버지인 남자에게 숙직에 관한 이야기를 듣고 이틀 후, 디자인 사무소 정면에 있는 집에서 오른쪽으로 두 집 건너 옆집인 나카바야시가에 불이 나 임신 중인 아내가 연기를 마셨다. 이쪽도 모자의 생명이 위험할 뻔했다고 생각된다.

　이 부합은 대체 무엇인가.

　이대로 가면 다음번에는, 아마도 남자의 아내가 정자에서 기다리고 있는 것은 아닐까. 그녀의 이야기에는 분명, 동거 중인 큰시누가 나올 것이다. 그 이야기를 들은 다음 날에, 이 부근에서 남자 형제 부부와 동거하는 누나나 여동생 중 어느 한쪽이 어떤 변을 당한다. 그것은 원래대로라면 목숨을 잃어도 이상하지 않은 사고지만, 다행히 생명을 건진다.

그리고 마지막에는 노인의 장녀이자 남자의 누나가 정자에서 기다리고 있다. 그녀의 이야기에는 노인이 나온다. 마찬가지로 이야기를 듣고 사무소로 돌아간 당일에, 인근에 사는 노인이 재난에 휘말린다. 그 뒤의 전개도 마찬가지다.

이런 괴현상이 일어나는 이유는 불명이지만, 그래도 멈출 수는 있지 않을까. 마쓰오가 정자에 가지 않고 나머지 인물들로부터 오싹한 이야기를 듣지 않으면, 거기서 멈추는 것이 아닐까.

그 가족과는 더 이상 얽히고 싶지 않다.

마쓰오의 선택은, 정자에서 교정지 읽기를 포기하는 것이었다. 정말로 아쉽기 짝이 없지만 어쩔 수 없다며 단념했다. 산책은 계속하겠지만, 정자로 통하는 언덕길에는 결코 발을 들이지 않을 것이다. 그는 그렇게 결심했다.

그래도 비가 내리기 시작할 것 같은 해 질 녘에 그 언덕길 앞을 지나갈 때면, 그 가족 중 누군가와 마주치지지 않을까 하고 조금 겁을 먹게 되었다. 아니, 실제로 문득 그가 시선을 던진 언덕길 위에, 사람의 형체가 멍하니 서 있는 걸 본 적이 있다.

저것은, 어쩌면……

그 뒤로 조금이라도 비가 내릴 것 같은 느낌이 드는 날에는 산책 자체를 포기했다. 그 언덕길 앞을 지나는 것이 아무래도 위험하게 느껴졌기 때문이다.

그날도 그랬다. 비는 내리지 않았지만 아침부터 우중충한 날씨였고, 저녁이 가까워짐에 따라 점점 구름의 색이 어두워졌다.

"날씨가 이래서는 오늘 산책은 취소겠네요."

이 무렵에는 사무소의 나카다도, 이런 날씨에는 마쓰오가 산책을 나가지 않는다는 걸 알게 된 듯했다.

"사무실에서 교정지 읽을 거니까 커피 좀 부탁할게. 우노 씨와 네 몫도 타서 둘이 같이 쉬면 되겠네."

마쓰오가 교정지를 읽기 시작하고 잠시 시간이 지나자, 비가 내리기 시작했다. 조수인 우노와 스태프인 나카다는 회의 공간에서 커피를 마시면서 잡담을 나누고 있었는데, 어느샌가 두 사람 모두 업무로 되돌아가 있었다.

그때 인터폰이 울렸다.

"네."

나카다가 응대하러 나갔다가 마쓰오가 있는 곳까지 와서는,

"선생님, 손님이에요."

"누구?"

"여자분이에요."

"······ 이름은?"

"어라, 들었는데······."

거기서 마쓰오는, 비로소 뭔가 이상하다고 생각했다. 평소 빠릿빠릿한 나카다가 방문객의 이름도 모르는 채로 손님이 왔다고 그에게 전할 리가 없었기 때문이다.

"잊었어?"

"······ 네. 죄송합니다. 다시 한번······."

"잠깐 기다려. 어떤 사람이었어?"

그는 현관으로 돌아가려는 나카다를 말리면서 물었다.

"그게, 이웃집 아주머니 같은 느낌의······."

엄청난 불안감에 팔뚝에 소름이 쫙 돋았다.

그 가족의 네 번째가 왔어······.

그렇게 깨닫자, 사무실에서 도망치고 싶어졌다. 그러나 이 사무소에 뒷문은 없다. 그 인물이 있을 현관을 통하지 않는 한, 밖에는 나갈 수 없다.

"나는 없다고 하고······ 아니, 그냥 내버려둬."

상당히 놀라는 나카다에게 어쨌든 아무 행동도 하지 말고 그대로 방치하라고 말한 뒤, 마쓰오는 모든 신경을 현관에 집중했다.

쿵, 쿵, 쿵!

지금이라도 문을 세차게 두드리는 것이 아닐까 마음의

준비를 했지만, 귀에 들리는 것은 빗소리뿐이고 아무런 기척도 느껴지지 않았다.

그러자 나카다가 건물 밖을 엿볼 수 있는 창문까지 재빨리 이동해서 살며시 바깥을 보았다. 그런 뒤에 마쓰오가 있는 곳까지 와서 작은 목소리로 말했다.

"돌아간 모양이에요."

"그런가. 또 찾아오면, 나는 자리에 없다고 말해줘."

"네, 알겠습니다."

나카다가 주저 없이 대답한 것은, 고용주의 지시라는 점도 있었지만 그보다도 마쓰오의 집안 사정을 알고 있었던 게 더 크기 때문일 터였다. 다시 말해 나카다는, 방문자 여성이 마쓰오의 아내 쪽 관계자라고 추측했던 것이다.

이 웃을 수 없는 오해를, 물론 마쓰오는 이용했다. 방문자와 만나지 않을 수만 있다면 다른 건 어떻든 상관없었다.

이 날부터 약 2주 뒤의 비 오는 날 저녁, 또다시 같은 여자가 찾아왔다. 나카다는 시키는 대로 "외출하셨습니다"라고 말했고, 그러자 여자는 별말 없이 돌아갔다고 한다.

이후로 그는 비 오는 날을 싫어하게 돼서, 역 앞의 찻집으로 도망치게 되었다. 정말로 '외출했습니다' 상태로 만든 것이다.

그런데 갑자기, 여자의 방문이 그쳤다. 그러나 마쓰오

는 여전히 주의를 기울이며, 비가 내리면 반드시 역 앞으로 외출했다. 이윽고 그것은 완전히 습관이 되어, 그 묘한 가족에 관한 기억이 흐려질 정도로 세월이 흐른 뒤에도 비 오는 날이면 카페에 가는 일이 계속되었던 것이다.

◈

마쓰오가 이야기를 마쳤을 무렵에는, 나의 기억도 애매하나마 되살아나 있었다.

"산의 오두막에서 있었던 일, 그림자놀이, 숙직 이야기…… 그 세 가지는 확실히 당시에 들은 기억이 있습니다."

일단 긍정하고 나서, 나는 바로 말을 이었다.

"하지만 그 이야기를 세 사람에게서 들었다는 사실이나, 그 뒤에 주위에서 일어난 오싹한 사건의 연속에 대해서는 듣지 못했다는 기분이 듭니다만……"

"응, 말하지 않았지."

"어째서입니까?"

"당시의 자네는, 천진하게 괴담을 원하고 있었으니까."

말뜻이 이해되지 않아 미심쩍은 표정을 짓고 있자, 그는 다시 입을 열었다.

"그래서 입 밖에 내는 것으로 정말로 안 좋은 뭔가가 일어날 것 같다는 생각이 들었던, 이 정자에서의 체험에 대해서는 일부러 생략했던 거라네."

"…… 그러셨습니까."

"정자에서 노인과 알게 되고 그 노인과 손녀와 아들의 체험담을 들었지만 어쩐지 무서워져 그곳에 가기를 멈췄더니 그 녀석이 사무소를 찾아왔다, 그래서 더 무서워져서 산책도 가지 않게 되었다, 라는 느낌으로 이야기하지 않았던가?"

"네, 그런 느낌이었죠."

나는 고개를 끄덕인 뒤에 말했다.

"당시에도 좀 오래된 일 같다고 생각했던 기억이 납니다. 노인의 체험은 어린 시절이니 이해가 갑니다만, 여자아이의 이야기에 나왔던 백열전구, 집에 욕실이 없어서 대중목욕탕에 다니는 듯한 서술, 남자의 학교 숙직. 대체 어느 시대 이야기일까 하는 생각이……"

"그런 전구가 쓰였던 것은 아마 1960년대부터 1970년 전후겠지. 학교 숙직이 언제까지 유지되었는지는 잘 모르겠지만……"

"1970년대 후반입니다. 전에 조사했던 적이 있습니다."

"오호, 과연 작가 선생이시구먼."

대화를 나누기 시작했을 때의 서먹한 경어도 이제는 사

라지고, 그는 완전히 옛날 말투로 돌아가 있었다.

"하지만 그렇게 되면 시대가 맞지 않아서……"

"그 녀석들은 대체 어떤 자들이었나…… 라는 수수께끼가 나오는 건가?"

당시를 떠올렸는지, 그 말투에서 흐릿한 두려움이 느껴졌다.

"세 사람 모두 처음부터 그 정자에 있었던 것이, 마치 나를 기다리고 있던 눈치였지. 게다가 이야기가 끝나도 정자 밖으로 나가려 하지 않았어. 내가 먼저 돌아간 뒤에, 그 녀석들은 어디로 사라졌을까?"

"그 정자의 뒷산일까요."

"무서운 소리 좀 하지 말게."

"무서워진 김에 한 가지 더. 이야기하셨던 기분 나쁜 부합 외에 또 한 가지의 섬뜩한 부합이 있었던 것을 물론 마쓰오 씨도 눈치채고 계시겠지요?"

어미는 의문형이었지만, 나는 확인하듯이 마쓰오를 보았다.

"노인의 가족구성과 나의 가족구성이 묘하게 일치했다…… 라는 점인가?"

"그렇습니다."

"그렇다는 얘기는 역시……"

"그것들이 노렸던 것은 마쓰오 씨의 가족이었던 거죠."

그가 큰 한숨을 내쉬었다.

"어떤 인연이 있었는지는 전혀 알 수 없습니다만, 그것들은 자기들과 같은 가족구성을 가진 자를 찾고 있었습니다. 그리고 마쓰오 씨를 발견했죠. 다만 상대는 커다란 오해를 하고 있었습니다. 마쓰오 씨가 가족과 함께 살고 있다고 생각했던 겁니다."

"뭐, 그런 시대였으니 보통은 그렇게 생각했겠지."

"그것들이 실제로 살았을 법한 시대를 고려해도 그렇게 되겠지요."

"하지만 나는 사무소에서 혼자 살고 있었지."

"그래서 원래는 마쓰오 씨의 가족이 겪어야 했을 앙화가 주위의 가장 비슷한 사람에게 내렸던 겁니다."

"나 때문에 애꿎은 사람들이 고생했군……"

"다만 본인이 아니었기 때문에 행방불명은 되지 않고, 목숨도 잃지 않고, 화재로 타 죽지도 않았습니다."

마쓰오는 듣고 싶지 않지만 그래도 역시 알고는 싶다는 듯이 물었다.

"만일 나와 가족이 그 녀석들의 생각대로 동거하고 있었다면, 대체 무슨 일이 일어났을 거라고 생각하나?"

"…… 부활일까요."

"그 녀석들의……?"

"혹은 성불일지도 모르지요."

나는 그렇게 말하면서도, 스스로도 그 의견을 믿지 않는다는 기분이 문득 드는 것을 느꼈다.

"아뇨, 사실은 그 어느 쪽도 아니고 그냥 마쓰오 씨 같은 사람의 가족을 계속 노리고 있을 뿐…… 이라는 느낌도 듭니다."

"그런 이야기를 하면서?"

"듣고서 끝…… 나는 이야기가 아니었다는 뜻이 되겠지요."

"무엇을 위해서?"

"이런 계통의 괴이에 이유를 찾으려 해봤자, 분명 의미는 없을 겁니다."

설명이 되지 않는 내 설명에 마쓰오는 뭔가 말하고 싶은 눈치였지만, 결국 납득한 듯 보였다.

"그건 그렇고……."

나는 드디어 본론으로 들어갔다.

"제 작품을 읽고 마음에 걸렸던 것은, 예를 들자면 〈은거의 집〉에 나오는 산이 저 노인의 이야기에 나왔던 산을 방불케 했으니까…… 라는 이유였습니까?"

"그 작품을 읽었을 때는 '어라?' 하고 느낀 정도였네. 아니, 그때까지는 그 정자에서의 체험에는 아직 연결되지 않앉는지도 몰라."

그는 기억을 더듬는 듯한 표정으로 말을 이었다.

"두 번째 〈예고화〉가 어린아이의 그림 이야기고, 세 번째 〈모 시설의 야간 경비〉가 밤새 경비하는 이야기였지. 지금 들으니 여자아이의 그림자놀이와 남자의 숙직 이야기를 또렷하게 떠올리게 되는군."

"마쓰오 씨가 들려주셨던 것은 그 세 가지였죠. 그런데 저의 네 번째 작품을 읽을 때까지 기다리셨던 것은 어째서입니까?"

"역시나 좀 억지스럽다고 생각했기 때문이라네. 확실히 〈은거의 집〉과 그 산 이야기는 상당히 비슷하지. 하지만 〈예고화〉와 그림자놀이, 〈모 시설의 야간 경비〉와 초등학교 숙직은 조금 미묘하지 않은가."

"그렇지요. 그러나 한편으로 어쩐지 오싹한 우연의 일치네…… 라는 감각도 조금은 느끼시지 않았습니까?"

"…… 응. 그래서 네 번째 작품을 읽을 때까지 이 일은 보류하자고 마음먹었어. 내가 들은 이야기는 세 개니까, 더 이상 마음에 걸릴 것은 없을 거라며."

"하지만……"

"그래. 〈부르러 오는 것〉을 읽자마자, 이 사무소를 찾아왔던 여자가 갑자기 떠올랐던 거야."

"…… 비슷하지요."

"물론 그건 내가 정자에서 들었던 이야기는 아니야. 그렇지만 나 자신의 체험담이라고 말할 수 있지 않을까. 그렇게 생각했더니 안절부절못하게 돼서, 자네한테 연락을 하려고 했네."

"감사합니다."

나는 다시 감사 인사를 하고 말했다.

"다만 그 작품들을 쓸 때, 마쓰오 씨한테서 들은 이야기를 소재로 썼느냐 하면 그렇지는 않습니다."

"각 체험담의 소재 제공자는 확실한 모양이더구먼."

"거기서 생각할 수 있는 것은, 첫 번째 작품으로 〈은거의 집〉을 선택한 것은 정말로 우연이었지만, 그때 마쓰오 씨에게 들었던 이야기를 제 무의식이 기억의 밑바닥에서 끌어 올려놓아 이후 작품의 소재 선택에 은근히 영향을 주었다…… 라는 해석입니다.

"말 되는군. 합리적인 추리야."

그렇게 말하면서도 그의 미소는, 왠지 모르게 빈정거리는 듯한 기색을 띠고 있었다.

"상당히 억지스럽다는 기분도 듭니다만, 일단은 설명이 되지요."

"그렇지."

"하지만 이해되지 않는 것은, 마쓰오 씨의 반응입니다."

"무슨 소린가?"

"제 작품을 읽고 지금 하신 말씀처럼 느끼셨던 것은 이해할 수 있습니다. 하지만…… 실례되는 표현일지도 모르겠습니다만, 그 정도 이야기라면 얼마든지 메일이나 전화로 할 수 있지 않았을까요?"

"일부러 얼굴을 마주할 필요는, 조금도 없다……."

"그런데도 마쓰오 씨는 저를 부르셨지요."

"어째서일까……."

어느샌가 밖은 해 질 녘이 다 되었다. 문득 정신이 들고 보니, 사무소 안도 상당히 어두워져 있었다.

"이곳을 찾아왔을 때……."

나는 다시 주위를 둘러보면서 말했다.

"위화감 같은 것을 느꼈습니다."

"호오?"

"그 정체를, 지금 간신히 깨달았습니다."

"대체 그게 뭔가?"

"새 책이 단 한 권도 없다는 점입니다. 지금도 디자인 사무소를 계속 운영 중이라면, 요즘에 나온 책이 있어야겠지요. 하지만 눈에 들어오는 것은 전부 옛날 책들뿐이고……."

마쓰오가 다시 빈정거리는 듯한 미소를 지으며 말했다.

"이런 곳에, 어째서 자네를 불렀는가."

"알려주실 수 있겠습니까?"

"작가 선생님이시니, 뭔가 생각이 있으실 것 아닌가."

나는 한순간 주저한 뒤에 말했다.

"…… 한 가지 있습니다."

"꼭 좀 듣고 싶군."

다시 주저하면서도 나는 입을 열지 않을 수 없었다.

"당신이 지금은, '그 녀석들' 측에 서 있으니까…… 라고 한다면."

"쉿."

마쓰오는 오른손 검지를 입술에 대면서 말했다.

"비가 내리고 있지 않은가."

귀를 기울이니, 정말로 보슬비 내리는 소리가 들리고 있다. 하지만 대체 언제부터 내리고 있었던 것일까…….

"자네도 상당히 만만찮은 친구로구먼."

"…… 뭐가 말입니까?"

"그런 말을 지금, 이 자리에서 입 밖에 내지 않았나."

마쓰오는 씩 하고, 기뻐서 어쩔 줄 모르겠다는 미소를 짓더니 말했다.

"괴담을 이야기하기에는 더할 나위 없는 상황이지."

"무슨 말씀을……?"

"물론 다섯 번째 이야기라네."

마쓰오가 이야기를 시작하는 것과 동시에, 나는 가방을 집어 들고 일어서서 황급히 현관으로 향했다. 막아서지 않을까 걱정했지만 등 뒤에서는 목소리만이 들려올 뿐, 그는 여전히 의자에 앉아 있는 듯했다.

그것은 그 여자의 방문이 멈추고 나서, 상당한 세월이 흘렀을 때였지…….

듣고 싶다…… 라는 마음이 곧바로 솟구쳤지만, 나는 모든 자제력을 총동원해서 디자인 사무소를 뛰쳐나왔다.

어디선가 고양이 울음소리가 들리고, 뒷머리가 잡아당겨지는 듯한 기분이 든다. 그렇지만 돌아보지 않고 가와나가역까지 서둘러 가서, 거기서 신오사카역으로 향했다. 예약해두었던 신칸센 시간까지는 아직 멀었기 때문에, 지금 바로 탈 수 있는 차편으로 변경했다. 하지만 승차하고 좌석에 앉아도, 신칸센이 교토를 지나도, 전혀 마음이 진정되지 않았다. 간신히 나아졌다고 느낀 것은 나고야역을 출발했을 무렵이었는지도 모른다.

마쓰오와 디자인 사무소에 대해서는 예전의 상사에게 연락해서 물어보면 알 수 있을 것이라 생각했지만, 일부러 조사하지 않았다. 어떤 형태로든 이 이상 관련되지 않는 편이 좋다고 판단했기 때문이다.

그렇다고 해도, 나도 작가다. 이대로 끝낼 수는 없다. 아마미오시마의 북토크 행사도 대만의 타이베이 국제 북페어도 중지되었다. 덕분에 시간은 있다.

그렇게 되어서 이번의 체험을 단편 〈우중괴담〉으로 엮었다. 아직 다섯 번째 이야기를 결정하지 않은 까닭도 있지만, 이 일을 자기 나름대로 정리함으로써 마무리 짓자고 생각했다. 연작 단편으로 완결시켜버리면, 이쪽에 뭔가 안 좋은 일이 생길지 모른다는 걱정도 없어질 것이다. 그렇게 생각했던 것이다.

본문에 게재된 열화가 심한 사진은, 내 가방 속에 들어 있었다. 집에 돌아온 뒤에 깨닫고 솔직히 무척 놀랐다. 다만 마쓰오가 넣은 것인지, 이것이 문제의 그 정자인지, 당연한 이야기지만 아무것도 알 수 없다. 내게는 조금도 짚이는 바가 없다.

어떻게 그런 사진을 실을 수 있는가…… 라고 독자는 미심쩍게 생각할지도 모르지만 이것도 일종의 액막이다. 그렇게 담당 편집자 S에게 설명해서 본지에 싣도록 했다.

본작을 집필한 이유와 마찬가지로, 딱히 다른 뜻은 없다.

雨中怪談

역자 후기

미쓰다 신조의 작품 가운데 미스터리 작가 '나'가 주인공으로 등장하는 작품들은 마치 누군가의 실제 경험담을 듣는 듯한 전개가 특징입니다. 소설이니만큼 창작이라고 생각하며 읽다가도 왠지 모르게 '이 부분은 경험담을 듣고 쓴 것 같다'는 느낌을 받을 때가 종종 있습니다. 허구와 현실이 뒤섞여 있는 바로 이 느낌이, 우리가 왠지 모를 오싹함을 느끼면서도 미쓰다 신조의 작품을 계속해서 찾게 되는 이유 중 하나가 아닐까 합니다.

그런데 이번 책《우중괴담》을 작업하던 중에, 첫 번째 에피소드인 〈은거의 집〉에 나오는 할머니 집의 실제 모델로 추정되는 건물을 운 좋게 찾아냈습니다. 창작물에 실제 모델이 있는 것은 드문 일이 아닙니다만, 미쓰다 신조의 작품이다 보니 허구와 섞여 있던 현실의 일부를 발견한 듯한 기분이 들어 한 명의 독자로서 기쁘기도 합니다. 그리고 〈은거의 집〉에서의 설명만으로는 한국 독자분들이 상황을 충분히 이해하기 어려울 것 같아 이 지면을 빌려 약간의 보충 설명을 해보고자 합니다.

실제 모델로 추정되는 것은 구나라가주택旧奈良家住宅이라는 건물로, 현재 일본의 국가 지정 문화재입니다. 일본 혼슈 북쪽의 아키타현에 위치한 에도 시대의 건물인데, 아키타현 중앙 해안부의 대표적인 농가 건축양식이라고 합니다.

〈은거의 집〉내용과 관련하여 조금 더 설명하자면,〈은거의 집〉에서 체험자 남성이 어릴 적에 거주했다고 하는 간사이 지방에서 아키타현까지는 직선거리만으로도 500킬로미터 이상 북쪽으로 떨어져 있습니다. 서울에서 부산까지의 거리만 해도 300킬로미터가 넘으니, 수십 년 전의 열차 편으로 다섯 시간 내에 500킬로미터를 이동하는 것은 역시나 어렵겠지요. 그렇다 해도 그토록 멀리 떨어진 북쪽 지방 양식의 전통 가옥이 혼슈 중부 어딘가에 세워져 있다는 건, 한국으로 치면 조선시대 함경도 지방

특유의 전통 가옥이 1960년대 남한의 중남부 어딘가에 지어져 있는 것과 비슷하다고 할 수 있을 것입니다. 누가 보더라도 참으로 생경하면서 기묘한 상황이 아닐 수 없지요.

(출전:《쇼가쿠칸 일본대백과전서_{小学館 日本大百科全書}》)

위의 도면을 본문 33페이지에 있는 도면과 비교해보면 구조가 아주 흡사하다는 것을 알 수 있습니다. 주요 차이점이라면 할머니의 집에는 주방 옆에 화장실이 붙어 있었지만 실제 모델인 구나라가주택은 주방 옆이 헛간이며 벽으로 완전히 막혀 있다는 점, 그리고 좌측 상단부에 보이는 긴 툇마루가 없다는 점 정도일까요.

글만으로는 이 미묘한 차이점과 분위기를 전할 수 없어서 답답했는데, 마침 유튜브에서 2022년 초 구나라가주택 내부를 견학한 사람이 올린 영상을 발견해 링크를 적어둡니다. (https://youtu.be/IqiwsGzQv-g ※영상에서는 처음에 안방 구역의 입구가 아닌 토방 쪽 입구로 진입합니다.) 평면도만으로는 느낄 수 없는 공간감과 특유의 분위기를 느낄 수 있으니 〈은거의 집〉을 재미있게 읽으셨다면 영상을 보실 것을 추천합니다.

미쓰다 신조는 최근에도 꾸준히 작품 활동을 이어가고 있습니다. 개인적으로도 몹시 좋아하는 작가인 만큼, 앞으로 《우중괴담》 같은 재미있는 호러 미스터리를 계속해서 소개할 수 있게 되기를 바랍니다.

현정수

옮긴이
현정수

일본문학 전문 번역가. 다양한 장르의 책을 번역하고 있다. 옮긴 책으로는 미쓰다 신조의《일곱 명의 술래잡기》《노조키메》《괴담의 집》《흉가》《화가》《마가》《검은 얼굴의 여우》등이 있고, 그 외에도 미아키 스가루의《3일간의 행복》과 구시키 리우의《사형에 이르는 병》등을 우리말로 옮겼다.

우중괴담

초판 1쇄 발행 2022년 11월 4일
초판 4쇄 발행 2024년 9월 9일

지은이 미쓰다 신조
옮긴이 현정수
펴낸이 신경렬

상무 강용구
책임편집 최장욱
기획편집부 고여림 신유미
마케팅 최성은
디자인 굿베러베스트
경영기획 김정숙 김윤하

펴낸곳 ㈜더난콘텐츠그룹
출판등록 2011년 6월 2일 제2011-000158호
주소 04043 서울시 마포구 양화로 12길 16, 7층(서교동, 더난빌딩)
전화 (02)325-2525 | **팩스** (02)325-9007
이메일 book@thenanbiz.com | **홈페이지** www.thenanbiz.com

ISBN 979-11-5879-197-1 03830

• 이 책 내용의 전부 또는 일부를 재사용하려면 반드시 저작권자와 ㈜더난콘텐츠그룹 양측의 서면에 의한 동의를 받아야 합니다.
• 잘못 만들어진 책은 구입하신 서점에서 교환해 드립니다.